MISCHA SCHLEMMER

DIE GEHEIMEN JAHRE EINER KINDHEIT

ROMAN EINER HERANWACHSENDEN
KINDERSEELE

novum pro

Dieses Buch ist auch als
e-book
erhältlich.

www.novumverlag.com

Bibliografische Information
der Deutschen Nationalbibliothek:

Die Deutsche Nationalbibliothek
verzeichnet diese Publikation in
der Deutschen Nationalbibliografie.
Detaillierte bibliografische Daten
sind im Internet über
http://www.d-nb.de abrufbar.

Gedruckt in der Europäischen Union
auf umweltfreundlichem, chlor- und
säurefrei gebleichtem Papier.

© 2022 novum Verlag

ISBN 978-3-99131-486-8
Lektorat: Marie Schulz-Jungkenn
Umschlagfotos: Jojjik,
Solarseven | Dreamstime.com
Umschlaggestaltung, Layout & Satz:
novum Verlag
Autorenfoto: Amelie Schlemmer

www.novumverlag.com

Climate neutral
Print product
ClimatePartner.com/16547-2201-1002

INHALTSVERZEICHNIS

DANKSAGUNG

Für meine Kinder und Enkelkinder, mögen sie aus dem, was sie lesen, etwas lernen und immer selber nachdenken, um ihren Lebensweg zu gehen.

Danke an meine Frau, die immer hinter mir steht, und dass unsere Liebe über alle Zeit und allen Raum geht.

Danke an meine Tochter Amelie, die mit mir auf der Buchmesse den Verlag ausfindig gemacht hat.

Danke für die Motivation beim Schreiben und Veröffentlichen, Frau Koch, Andreas, Thomas und Uli.

Danke an meine Eltern, dafür, dass sie immer versucht haben, auf ihre Weise mir das Beste zukommen zu lassen. Auch wenn manches für mich schmerzlich schien, hat es mich dort hingebracht, wo ich heute im Leben, dank ihnen, stehe.

Danke an meinen Großvater, der mich immer lehrte, in der Einfachheit liegt das Glück und das Gegenteil von Verschieden mich lehrte.

Mut ist es, seinen eigenen Weg, trotz jeglichen Wiederstands, zu gehen.

KAPITEL 1

DER ALTE MANN

Es gibt Momente in unserem Leben, die ziehen vorüber wie eine Gewitterwolke, man vergisst sie so schnell, wie sie einem begegnet sind. Doch gibt es auch Momente, deren Ereignisse so schmerzhaft an uns haften bleiben, dass sie uns ein Leben lang begleiten. Damals dachte ich, dass Liebe beständig sei. Dass sie aus Reinheit, Ehrlichkeit bestehe und sich schmerzlos anfühle. Doch heute weiß ich, dass die Liebe nur ein Begriff ist, der einen zerstören kann, wenn man die eigene Liebe zu sich selber vor die Liebe zu einem anderen Menschen stellt. Oder wenn man etwas von der Liebe erwartet und dafür eine sogenannte Liebe gibt.

Der frisch gefallene Schnee, der in der vergangenen Nacht vom Himmel herabschwebte, schien sich wie aufgewirbelte Staubkörner vom Boden zu heben, um letztendlich wieder zur Erde zu fallen, als Jonas sich vor dem Grabstein im Schnee niederließ und den mitgenommenen Christstern tief in den Schnee drückte.

Es sind dreiundzwanzig Jahre her. In diesen vergangenen Jahren verging kein Tag, an dem er nicht an sie gedacht hatte. Die mit Leidenschaft gefüllten Momente, gemischt mit den schmerzlichen Erfahrungen, spulten sich immer wieder, wie ein Film, vor ihm ab.

„Was machen Sie da?" Der alte Mann, dessen Blick aufs Grab gerichtet war, bemerkte jetzt erst den Jungen, der neben ihm stand, dessen Alter er auf fünfzehn Jahre schätzte. Seine Stimme nahm einen in sich gekehrten Klang an, bevor er ihm antwortete: „Das siehst du doch." Nachdem er den Blumentopf noch einmal zurechtgerückt hatte, stand der alte Mann auf und setzte sich auf die Bank, die seitlich vom Grab stand, ohne dem Jungen seine Aufmerksamkeit zu schenken. Der Junge schniefte. Einen kurzen Moment war Stille. So als wäre das gerade begonnene Gespräch zwischen dem Jungen und dem alten Mann wie ein Faden gerissen. In einem forschen Ton, als würde es ihn stören, dass der alte Mann auf der Bank saß, begann der Junge von Neuem das Gespräch. „Das Grab gehört meiner Großmutter, und die Bank, auf der Sie sitzen, auch." Bevor der Mann ihm antworten konnte, fügte der Junge hinzu: „Sie kennen wohl meine Großmutter?" Der alte Mann holte tief Luft.

„Das spielt wohl kaum noch eine Rolle, außerdem, mein Junge, ist das eine lange Geschichte."

„Also kennen Sie meine Großmutter doch!" Erzählen Sie mir die Geschichte, ich habe Zeit. Kaum hatte der Junge seinen Satz zu Ende gesprochen, setzte er sich neben den alten Mann.

Wer hat heute schon in der schnelllebigen Zeit, in der alles nur von kurzer Dauer ist und wenn es nicht mehr brauchbar ist, weggeworfen wird, ob materieller oder menschlicher Natur, Zeit, dachte sich der alte Mann. „Weißt du, Junge, meine Zeit ist bald gekommen, um von hier zu gehen. Und jetzt, wo ich an dem Grab deiner Großmutter war, wird es mir nicht mehr schwerfallen zu gehen. Es hat mich viel Kraft gekostet, deine Großmutter aufzusuchen. Ich bin alt und müde. Ich habe es verdient, die Augen für immer zu schließen. Deine Geschichte wird auch irgendwann einmal vorbei sein. Doch du hast noch dein Leben vor dir."

Der alte Mann stand auf und ging. „He!", rief der Junge dem Mann hinterher, der gerade dabei war, um die Büsche zu verschwinden. „Sie haben Ihre Ledermappe vergessen!"

„Darin ist meine Geschichte, die du hören wolltest", hörte er den alten Mann noch sagen, der kurz darauf verschwunden war. Der Junge schaute verwundert in die Richtung, in der er den alten Mann das letzte Mal sah. Wie von einem Geist getrieben, blies eine Windböe einzelne Blätter aus der Mappe und wirbelte sie durch die Luft. Hastig sammelte der Junge die davonfliegenden Blätter ein, öffnete die Mappe, in der ein Stapel Blätter lag, sortierte die eingesammelten Blätter und legte sie sorgfältig hinzu. Noch einmal warf er einen Blick in die Richtung, in die der alte Mann ging, dann las er die ersten Zeilen.

Ich wusste, eines Tages würde ich dich hier treffen,... dich, der die Wahrheit erfahren will.

DIE TRENNUNG

Vielleicht muss ein Mensch erst eine Trennung kennenlernen, um das Vergangene lieben zu können.

Seine Gefühle glichen einem kalten Winterabend. Einem Abend, schattenlos, leer und voll einsamer Stille, das Gefühl von verlorener Leere breitete sich in ihm aus. Eine Leere, die für ihn so unverständlich war, weil er sie weder einordnen konnte noch zuvor je gespürt hatte. Eine Leere, in der einfach nichts zu existieren schien.

Was hatte er falsch gemacht, dass er hierher gebracht wurde. Aus seinem Zuhause rausgerissen und von seinen Schwestern getrennt. Nicht in seinem Bett schlafen zu können, seinen Eltern gute Nacht sagen zu dürfen. Als Jonas ins Auto stieg, stellte er fest, dass seine Schwestern nicht da waren, um sich von ihm zu verabschieden. *Was geht hier vor sich? Wurden sie nun auch von mir ferngehalten oder wollten sie mich auch nicht mehr sehen?,* spukte es in seinem Kopf herum, während seine Eltern ins Auto stiegen und sein Vater den Berg hinunterfuhr. Jonas blickte wehmütig zurück. Zurück zu seinem Zuhause, was nun nie mehr so sein Zuhause sein sollte, wie es einmal war.

Stück für Stück hatte er das Gefühl zu versteinern. Das Haus wurde immer kleiner, bis es hinter einer Kurve ganz verschwand. In jener Autofahrt verspürte er das erste Mal ein derartiges Schwindelgefühl, als säße er in einem Karussell, als würde er jeden Moment sein Bewusstsein verlieren. Jonas wusste zu diesem Zeitpunkt noch nicht, dass das Schwindelgefühl ihm, in seinem späteren Leben, noch viel bewusster werden würde. Als er begann, jedes Gefühl seines Bewusstseins zu verlieren, holte ihn seine Mutter in die Realität zurück.

„Jonas, hast du auch deine Poster nicht vergessen?"

„Nein, Mam, da hinten liegt die Rolle."

Auf dem einen Poster war eine Pferdeherde, in der freien Natur gezeichnet, auf dem anderen, was sollte es wohl sonst sein, war ein Soldat, dessen Hände in den Himmel ragten und der ein Gewehr verlor, während er zu Boden fiel. Er durfte sich in der Woche vor der Abreise die beiden Poster aussuchen, um damit sein Zimmer, das er sich mit anderen Jungen zu teilen hatte, zu verschönern. Die Pferde symbolisierten Jonas die Freiheit, die er nun sich sicher war, verloren zu haben. Der fallende Soldat, den verlorenen Kampf um die Liebe zu seinem Vater. Doch den größten Schmerz verspürte er, als ihm klar wurde, dass die innige Verbindung zu seiner Schwester nicht mehr möglich war. Jonas dachte daran, wie er in manchen Nächten, in denen er vor lauter Angst und Schmerzen nicht schlafen konnte, ins Bett seiner Schwester kroch. Nachdem ihn seine Mutter verprügelt hatte, weil er seinen schulischen Leistungen nicht nachkam, die sie von ihm verlangten. Manchmal schlug sie ihm die Hand ins Gesicht. Doch meistens nahm sie das Buch, aus dem sie gerade lernten, schlug es ihm immer wieder auf den Kopf und brüllte dazu: „Ich bin nicht dein Nürnberger Trichter!"

Jonas bekam daraufhin immer öfter Nasenbluten. Was jedoch seine Mutter nicht davon abhielt, noch heftiger zuzuschlagen. Er fühlte sich abgestoßen und weggegeben und das nur, weil er es nicht geschafft hatte, die Erwartungen seiner Eltern zu erfüllen.

Jonas erinnert sich an eine Autofahrt mit seiner Familie, als sie auf dem Weg zu seinen Großeltern waren.

„Glaubst du, Mam, ich kann euch den ganzen Weg zur Großmutter mit geschlossenen Augen sagen?"

Seine mittlere Schwester fing an zu lachen, während sein Vater ihm kritisch einen Blick in den Rückspiegel warf.
„Das weiß ich nicht, mein Junge", kam etwas zögerlich von seiner Mutter und sein Vater grinste hämisch.

Jonas begann mit geschlossenen Augen den ganzen Weg zu beschreiben.

„Jetzt, Papa, fährst du rechts, dann geht es leicht bergab. Links steht eine Pferdekoppel …"

Als das Auto vor dem Haus seiner Großeltern zum Stehen kam, öffnete er stolz seine Augen. Im selben Moment sagte seine Mutter zu ihm: „Siehst du, Jonas, bist doch nicht dumm."
Und wieder warf sein Vater ihm einen kritischen Blick zu, während er und seine Mutter ausstiegen.
Mit einem fiesen Blick flüsterte seine mittlere Schwester ihm ins Ohr:
„Besser, wenn du endlich akzeptieren würdest, dass du immer der Loser in unserer Familie sein wirst. Und glaube mir, wir werden dafür schon sorgen, dass sich daran nichts ändern wird."

Als im Westen die Sonne am anderen Ufer der Donau unterging, fuhr sein Vater das erste und letzte Mal mit Jonas in jene Talsenke, in der das Internat lag. Jonas hatte das Gefühl, in eine tiefe Dunkelheit zu fahren. Seine Mutter, die Jonas' Nervosität bemerkte, versuchte, ihm das Bevorstehende schmackhafter zu machen. „Ein schöner Ort ist das hier, oder?"

Jonas, der innerlich immer mehr verkrampfte, ignorierte einfach ihre Frage. Nachdem sie an mehreren Fachwerkhäusern vorbeifuhren, blieben sie an einem großen Eisentor stehen.

Stillschweigend stiegen sie aus dem Auto. Sein Vater, der Jonas' Koffer trug, lief als Erster durch das riesige stählerne Eisentor. Die schwungvollen gebogenen Eisen trafen sich zum Teil in der Mitte und umklammerten an jeder Tor-Seite ein Wappen, bevor sie dann nach oben verliefen und in mehreren Spießen ähnlichen Stangen, die wiederum zum Himmel ragten, endeten. Auf den gemauerten Sandsteinsäulen, die das eiserne Tor in seinen Angeln hielten, saß jeweils ein Rabe. Als würden sie die Wächter spielen, streckte der eine seine Flügel aus, im Begriff wegzufliegen. Und der andere sperrte seinen Schnabel weit auf, als würde er laut krächzen und den kommenden Menschen etwas mitteilen wollen.

DER ABSCHIED

Gehe von Zeit zu Zeit, aber komme immer wieder zurück.

Krampfhaft hielt Jonas seine Rolle mit den Postern in der Hand. Nach einigen Treppen standen sie vor der Eingangstür, die aus zwei massiven, in sich verzierten Eichentüren bestand. Ächzend öffnete sich die große, massive Eichentür. Sein Vater zog an einer Glocke, die so aussah, als wäre sie noch ein Überbleibsel aus der Kriegszeit. So wie das ganze Gebäude den Eindruck erweckte. Jonas schaute sich ängstlich um. *Das muss einmal ein Lazarett gewesen sein, so wie Opa immer erzählte, wenn er von seinen Kriegserlebnissen gesprochen hatte.*

Vom anderen Ende des langen Korridors, der links und rechts mit unzähligen Türen versehen war, kam auf sie ein Mann zu. Die blanken Holzdielen verschwanden unter einem dickgewebten, dunkelbraunen Läufer, der in der Mitte durch die Tausenden Fußsohlen der vielen Menschen ganz ausgetreten war. „Guten Tag", sagte der Mann und gab Jonas' Vater die Hand. „Ich bin der Erzieher, der heute die Nachtschicht hat. Brogmann ist mein Name." „Sehr erfreut", antwortete Jonas' Vater. „Darf ich Ihnen meine Frau vorstellen?" Herr Brogmann und Jonas' Mutter reichten sich die Hände. Jonas dachte sich: *Und was ist mit mir? Meinetwegen ist doch das ganze Theater.* „Und du, bist wohl unser Sorgenkind?", hörte Jonas den Erzieher sagen, während dieser Jonas mit einem kritischen Blick durch seine verdreckte Brille ansah.

Jonas sprach seinen Gedanken aus. „Wieso bin ich jetzt ein Sorgenkind?" Der Erzieher und seine Mutter lachten. „Das schaffen wir schon, Jonas", meinte Herr Brogmann und strich dem Jungen über den Kopf. „Was schaffen wir schon?", fragte Jonas und schaute seine Eltern und den Erzieher verzweifelt an. Jonas stiegen langsam die Tränen in die Augen. Vor lauter Verzweiflung blickte er seinen Vater um Hilfe an, der aber hatte, wie die ganze Zeit schon, einen ausdruckslosen Blick, als ob er von dem ganzen Geschehen nichts hielte und froh wäre, wenn er nur bald gehen könnte. „Was sollen wir schon schaffen?", fragte Jonas nochmals, der von seinen Eltern gelernt hatte, dass es keine unverschämten und unehrlichen Fragen gibt. Verlegen antwortete Brogmann: „Aus dir einen Mann zu machen." Jonas hatte das Gefühl, als bohre sich eine Pfeilspitze durch sein Inneres. „Und wenn ich keiner werden will?", setzte Jonas ängstlich dagegen. „Das wirst du aber müssen, so ist der Lauf des Lebens. Nun komm erst mal, ich zeige dir und deinen Eltern, wo dein Zimmer ist."

Sie gingen den endlosen Gang entlang. Wie aus der Ferne nahm er die Worte des Herrn Brogmann auf, der dabei versuchte, seine vergilbten Zähne geschickt durch seinen Bart zu verstecken, während er eine weitere Tür öffnete, um ihnen die Duschen zu zeigen. Jonas, der mit einem entsetzten Blick in einen riesigen Raum blickte, in dem mindestens zwanzig Duschen waren, dachte daran, wie schön er es doch zu Hause gehabt hatte. Jetzt wurde ihm immer mehr bewusst, wie wenig er eigentlich all die wunderbaren Dinge zu Hause schätzte. Wie selbstverständlich all das für ihn war, was es nun gar nicht mehr ist. „Papa, ich …!" Jonas, der anfing zu stocken, dachte sich: *Dieses eine Mal darf ich meine Eltern nicht enttäuschen.*

Er kämpfte gegen sich und seine Tränen an und schwor sich in diesem Moment, nie mehr zu weinen. Er wollte solch einen Schmerz niemals mehr spüren. Weshalb sollte er seine Eltern enttäuschen, hatte er es in seiner Vergangenheit wohl getan. Jonas wusste zu diesem Zeitpunkt nicht, was er in diesem Raum noch erleben würde, in dem ein feuchter, stickiger, abgestandener Schwall durch die Tür kam. „Nun dann wollen wir mal dein Zimmer in Augenschein nehmen", meinte der Erzieher. Kurz vor dem Ende des ewig langen Korridors, den wiederum eine Eichentür vor einem weiteren Saal trennte, gingen alle vier schweigend eine Treppe hinauf. Es lag ein modriger Geruch in der Luft, der zum Teil durch das Bohnerwachs der Treppen übertönt wurde. An dem Krächzen der Stufen konnte man hören, dass über diese Treppe wohl schon einige gegangen waren. Jonas dachte sich: *Ob die sich auch so gefühlt hatten wie ich? Ob die Treppe wohl die stillen Schmerzen und Schreie der Jungen durch ihr Krächzen erwidert? Ich will aber kein Mann werden ich will so bleiben, wie ich bin. Weshalb und wieso soll ich mich hier ändern? Was ist an mir falsch, dass ich hierher muss?*

Deswegen waren meine Schwestern nicht zum Abschied gekommen, ich bin krank, schoss es ihm durch den Kopf. *Etwas stimmt mit mir nicht. Sicherlich hat das Ganze mit dem Doktor zu tun, bei dem ich mit meiner Mutter die Wochen davor war. Aber ich fühle mich doch nicht krank.* Dann fiel es ihm wieder ein, nicht wegen einer Krankheit waren sie dort. Sondern die Voraussetzung, dass er hier aufgenommen wurde, war, dass er gewisse Tests bei diesem Arzt machen musste. Jonas erinnerte sich zurück an jenen ekelhaften, fiesen, nasskalten Märztag, als sie die Praxis betraten, die aus pseudokolonialen Möbeln bestand. Die Empfangsdame war eine freundlich aussehende

Dame mittleren Alters, deren sonnengebräuntes Gesicht mit zahlreichen Falten, vom zu vielen Solarium, übersät war. Die hinter ihrem Empfangspult unter dem Perser Teppich gefangen schien.

Als Jonas das Sprechzimmer des Arztes betrat, machte dieser sich Notsitzen in einer Akte. Der Arzt hatte rotes, dichtes Haar und schaute Jonas durch seine dicke Nickelbrille an. Dann warf er Jonas einen lächelnden Blick hin und bat ihn, sich zu setzen, während er seine Mutter ins Wartezimmer schickte.

Nachdem er noch einen kurzen Augenblick Jonas begutachtete, kam er zur Sache. „Gut, Junge, dann wollen wir mal." Er öffnete einen neuen Ordner, aus dem er einige Zeichnungen hervorholte und sie vor Jonas hinlegte.

„Was sagen dir diese Bilder?", fragte er ihn. Jonas, der sich einige Bilder anschaute, erwiderte ihm achselzuckend. „Tut mir leid, aber ich verstehe es irgendwie nicht, was mir diese Bilder sagen sollen, auf dem Blatt ist doch gar nichts drauf." Der Arzt kratzte sich nachdenklich am Kinn und meinte schmunzelnd: „Das hast du gut erkannt, aber versuche mal, das zu sehen, was du denkst, was da stehen könnte."

„Da stehen könnte?", platzte Jonas etwas geschockt heraus. „Sie sind doch nicht ganz bei Sinnen!", ergänzte Jonas noch verärgert. „Nun gut, Junge, dann probieren wir es mal anders." Dann legte er ihm einige Rechenaufgaben hin und stoppte die Zeit, in der Jonas die Aufgaben löste. Danach folgten noch einige Bilder, von denen er wollte, dass Jonas seinen Gefühlen freien Lauf lassen sollte. Jonas, der sich irgendwie verarscht vorkam, machte bei dem einen oder anderen Bild seine jugendlichen Witze.

Als der Arzt wieder in seiner Akte Notizen machte und diese schloss, bat er ihn, ins Wartezimmer zu gehen und seine Mutter zu ihm zu schicken.

Nachdem er im Wartezimmer auf sie gewartet hatte, fragte er sie beim Herauskommen aus der Praxis: „Und, was hat der Arzt gesagt?" Mit gesenktem Blick antwortete seine Mutter ihm: „Jetzt nicht, Jonas, lass uns später darüber reden." Jonas sah Tränen in den Augen seiner Mutter. Obwohl er wusste, dass auch später seine Mutter mit ihm darüber nicht sprechen würde, hakte er nicht nach.

Also, muss es doch mit diesem IQ zusammenhängen. Habe ich am Schluss doch noch irgendeine Krankheit?, fragte sich Jonas. Mittlerweile standen sie vor einer weiteren Tür. *Das habe ich mir aber anders vorgestellt*, dachte sich Jonas, als er den Raum sah, der sein Zimmer sein sollte. Weiß gekalkt, mit zwei Betten versehen, die noch von der Kriegszeit stammen mussten. Aus Eisen, mit weißer Farbe bestrichen, die an diversen Stellen schon anfing abzublättern. An dem Bett, das ihm gehören sollte, stand ein Schrank, der jedoch mehr einem Spind glich, in einer dunkelgrünen Farbe.

Der Platz, den er nun in diesem Zimmer einnehmen sollte, ließ ihn zum einen erschaudern und zum anderen konnte er ihn nie sein eigen nennen, da er ihn nicht mit seinem Ich ausfüllen würde. Für Jonas wurden die Vorstellungen, die er sich die Wochen zu Hause über das Zimmer machte, zu kleinen Ideen, die sich wiederum zu beängstigenden Gedanken ausbreiteten. Er fühlte sich wie eine Raupe in einen Papierkokon eingeengt.

All seine Ideen und Vorstellungen wurden in diesem Augenblick nebelhaft und gegenstandslos für ihn.

Oh Herr Gott, was geschieht hier?, dachte sich Jonas, der immer abends betete. Besonders, wenn seine Mutter ihn einmal wieder am Kachelofen zu Hause derart schlug.

Sie wollen mich bestrafen, sagte er zu sich. „Vater unser, der du bist im Himmel …", sprach er leise vor sich hin. Jonas, der in seinen Gedanken versunken war, wurde plötzlich abrupt herausgerissen. „Jetzt verabschiede dich von deinen Eltern", hörte er den Erzieher sagen. „Ich gehe noch mit zur Tür."

„Nein, Jonas, du verabschiedest dich hier und dann räumst du deinen Koffer aus", widersprach der Erzieher ihm energisch. Seine Mutter nahm Jonas in den Arm und versuchte, ihn zu trösten, indem sie zu ihm sagte: „Am Freitag, mein Junge, holen wir dich wieder." Jonas, dessen Entsetzen ihm ins Gesicht gezeichnet war, stellt seine Frage in den Raum: „Am Freitag? Das ist in fünf Tagen erst."

„Jonas!", fuhr sein Vater ihn an, „das hatten wir alles so besprochen zu Hause. Mach es nicht schwerer, als es schon ist für deine Mutter." *Für meine Mutter*, dachte sich Jonas, *und wo bin ich?* Alle redeten auf ihn ein, dann drückte sein Vater ihm die Hand, wie immer kalt und distanziert. „Mach uns keine Schande, Sohn." Daraufhin drehte er sich um und ging. Jonas schaute seinen Eltern nach, als sie die Treppe mit Herrn Brogmann hinuntergingen. Eine Stille, die zum Zerreißen war, breitete sich aus. Nur sein Herzschlag war zu hören. Es hatte für ihn den Anschein, als würde sein Brustkorb jeden Moment explodieren.

Da sie früher gekommen waren, war Jonas das einzige Kind in diesem riesigen Gebäude. Die Stimmen seiner Eltern und des Erziehers, gemischt mit ihren Schritten, hallten durch die endlos scheinenden Gänge des Internats, als Jonas in sein Zimmer ging. Dann stand Jonas alleine in dem Zimmer, das nicht mehr als einem kalten, leeren weißgekalkten Raum glich, in dem zwei Metallbetten und ein Schrank standen, der jeden Moment schien, aus dem Leim zu fallen. Jonas wusste nun, dass die schönen Zeiten in seinem Zimmer zu Hause, in das er sich immer zurückziehen konnte, wenn seine Eltern sich mal wieder bis aufs Messer stritten, vorbei waren. *Ich hatte wohl großen Mist gebaut oder, besser gesagt, aufs falsche Pferd gesetzt*, dachte er sich. Nun ist er zwar den Prügeln seiner Mutter entronnen, doch im Tausch dafür sitzt er jetzt in diesem kalten Zimmer mit zwei alten Eisenbetten, die aus dem Zweiten Weltkrieg stammen mussten und dessen weiße Farbe abblätterte. Das einzige Bunte in diesem Raum war sein Schrank, der eine grüne Farbe trug, durch die an manchen Stellen Rot, Schwarz und Blau zu sehen war, durch die vielen Anstriche der vergangenen Zeiten. Wenn man den Schrank öffnete, kam einem ein moderiger Gestank entgegen, der einfach nicht mehr herauszubringen war. Seine Matratze bestand aus drei einzelnen Stücken, die teilweise große vergilbte Flecken auf der Oberseite hatten und nach scharfem, altem stinkendem Urin rochen. Und darüber sollte er nun sein gut duftendes Laken von zu Hause spannen.

Na das fängt ja schon super an, dachte er sich. Als der Erzieher hereinkam, bekam Jonas als Antwort, du kannst auch auf dem Boden schlafen, wenn dir dein neues Bett nicht entspricht. An jenem Tag, an dem Jonas seine Familie verloren hatte, verlor er auch seinen besten Freund, Gott. Weil Jonas aufgab, sich zu lieben.

Er saß wie versteinert auf seiner Bettkante, nicht in der Lage, seinen Koffer auszupacken. In Jonas schien nichts mehr so zu sein, wie es einmal war, und ihm wurde bewusst, dass sein Leben nie mehr so sein wird, wie er es vorher hatte. *Das soll nun mein Zuhause sein, mein Zimmer? Wie ist wohl der Junge, dem das andere Bett gehört?* In Sekunden durchschossen ihn die Gedanken und eine Angst breitete sich in ihm aus, die er weder begreifen konnte noch einzuschätzen wusste. Er rannte wie besessen die Treppe runter, riss die Eingangstür auf und wollte gerade das Kopfsteinpflaster zum Haupttor hinunterrennen, um seine Eltern in die Arme zu schließen und nie wieder loszulassen. Am stählernen Eisentor blieb er wie angewurzelt stehen und schaute durch den Zaun, wie seine Eltern im Auto davonfuhren. An der Rückseite des Internats fuhr ein Zug vorbei. Jonas drehte sich um und sein erster Gedanke war: *Renn los, du musst nur rüberklettern und dann rennst du immer den Schienen entlang. Irgendwann führen dich die Schienen schon heim.* Keinen Millimeter war er fähig, sich zu bewegen. Zu tief saß der Schock in ihm. Nur die Gedanken schossen ihm immer wieder durch seinen Kopf: *renn!* In diesem Moment hörte er die Stimme von Herrn Brogmann. „Na, mein Jonas, komm, ich zeige dir den Speisesaal und die anderen Räume."

Wieder strich er Jonas mit einer Art über den Kopf, die Jonas abstoßend fand. Warum, war ihm zu dieser Zeit noch nicht klar. Sie gingen durch den Essenssaal, in dem sich über hundert Stühle an vier ewig langen Tischen befanden. „Das wird dein Platz sein Jonas, merke ihn dir gut. Und hier ist der Aufzug, der geht per Hand, siehst du, wenn du an dem Seil ziehst, geht der andere Aufzug nach unten in die Küche. Das ist ein sogenannter Lastenaufzug, in dem das Essen und die gebrauchten Teller in die und von der Küche befördert werden.

Du bist ein hübscher Bub, Jonas, hast ja ganz blaue Augen. Nun schau doch nicht so traurig. In fünf Tagen darfst du doch schon wieder heim."

„Ich habe kein Zuhause mehr, Herr Lehrer." In Jonas kam ein Hassgefühl hoch, das sich mit Trauer und zerstörerischen Gedanken vermischte. Wieder fing Jonas' Herz zu rasen an. Als ob es zerbersten wolle. Aber niemanden interessierte es. Er wusste, dass er ab nun auf sich selbst gestellt war mit seinen elf Jahren.

Gemeinsam gingen sie die Treppe zu seinem Zimmer wieder hinauf.

„Nun, Jonas, räume deine Sachen in den Schrank, wie sich's gehört. Deine Bilder kannst du da über deinem Bett aufhängen mit dem Klebstreifen." Der Erzieher legte Jonas die Hand auf die Schulter und sagte: „Nur Mut, Junge, das wird schon, ich bin ja auch da." Obwohl er Jonas durch seine ganzen Gesten und Bemerkungen unheimlich war, fühlte sich Jonas fast als verstanden vom Herrn Brogmann. Diese Berührungen weckten eine Sehnsucht in ihm, die ihm große Angst machte. Dann fiel die grün angepinselte Tür seines Zimmers ins Schloss.

DAS ZWEITE GESICHT

Manche Menschen tragen eine Maske, hinter der sie ihr wahres Gesicht verstecken können. Nur wissen sie eins nicht, vor Gott sind wir alle gleich.

Jonas wollte weinen, aber er konnte nicht. Als ob sein Innerstes ausgelöscht wurde, setzte er sich auf die Bettkante von seinem neuen Bett. In ihm entstand eine Leere, die wirkte, schier unendlich zu sein. Es schien für ihn, als säße er eine Ewigkeit so da, als plötzlich die Tür aufging. Für einen kurzen Augenblick dachte Jonas, es wäre seine Mutter, die zurückgekommen ist, um ihn doch wieder mitzunehmen und ihm nur einen Schrecken einjagen wollte. Er würde sich auch ändern. Er wollte nun auch alles Erdenkliche tun, um seine Eltern zufriedenzustellen. *Doch was sollte ich ändern! Ich habe mich doch immer bemüht. Vielleicht bin ich wirklich dumm, dachte sich Jonas. Aber wenn ich dumm bin, hilft das doch auch nichts, mich hierherzubringen. Nein, sie wollen mir nur eine Lektion erteilen, dann holen sie mich wieder.* „Schlimmstenfalls eine oder zwei Nächte. Das schaffe ich schon", sagte Jonas zu sich selber. Er blickte nach oben und erkannte Herrn Brogmann, der anstatt seiner Mutter hereinkam. Als der Erzieher den Koffer noch unausgepackt auf dem Boden stehen sah, bekam er einen hochroten Kopf. In seinem Gesicht bildeten sich Falten, während er mit zwei, drei schnellen Schritten auf Jonas zuging und vor ihm abrupt stehen blieb. In einem scharfen Ton schrie er ihn an: „Habe ich dir nicht gesagt, du sollst deinen Koffer auspacken?!"

Jonas, der über die Sinneswandlung von Herrn Brogmann vollkommen verstört war, brachte nur noch stotternd heraus: „Ja, a … a … aber …" Plötzlich spürte Jonas einen stechenden Schmerz am linken Ohr. Der Erzieher zog Jonas so heftig am Ohr, dass Jonas, um dem Schmerz zu entgehen, schnell aufstand. Doch im gleichen Moment, als Jonas im Stande war, aufzustehen, zog der Erzieher an seinem Ohr derartig heftig, dass er vor Schmerzen auf die Knie fiel, in Richtung Fußboden, zu seinem Koffer. „Ich sage nicht alles zweimal, Jonas. Merke dir das gut, was ich dir jetzt sage! Hier herrscht ein anderer Wind als zu Hause. Dir wird hier Zucht und Ordnung beigebracht, wenn du nicht parierst. Das Verhätscheln ist vorbei. Tue, was man von dir verlangt, und dir wird es gut ergehen. Gehe deinen Pflichten nach und erfülle sie mit Sorgfalt, so wirst du hier dein zehntes Schuljahr als gestandener Junge verlassen, der erkannt hat, dass man durch Zucht und Disziplin viel erreicht. Ein drittes Mal sage ich es dir nicht mehr mit dem Koffer!" Abrupt ließ er das Ohr los. Jonas hatte das Gefühl, als hätte er ihm sein Ohr abgerissen. Ein pochender Schmerz durchbohrte Jonas' Schädel und an seiner Halsseite lief etwas Blut herunter. Erst jetzt bemerkte er, dass der Erzieher so heftig an seinem Ohr gezogen hatte, dass es an der Hinterseite eingerissen war. Zu Hause, als er Schläge bekam, weil er seine

Leistungen nicht vollbrachte, dachte Jonas immer, in der Hölle zu sein und dass es nichts Abgründigeres und Schlimmeres gab. Doch in diesem Moment wusste er, dass dies hier alles übertraf und übertreffen würde, was er je erlebt hatte, an Pein, Demütigung und Schmerzen.

Die Tür fiel abermals ins Schloss. Jonas hielt seine Hand auf sein glühendes Ohr und stand vom Boden auf. Mit Tränen in den Augen ging er zu seinem Schrank und öffnete ihn. Die Innenseite der Schranktür war mit unzähligen Sprüchen, Gedichten und Namen mit Datum versehen. Die von denjenigen stammen mussten, die vor ihm hier waren. Ein Spruch fiel Jonas sofort ins Auge. „Dreimal verflucht seiest du. Vergeben und verzeihen kann ich wohl dir, du Peiniger. Doch noch mehr wünschte ich mir so sehr, zu vergessen, den Schmerz, den du hast mir zugefügt. Alles hast du dir von mir genommen, mein Innerstes verwüstet. Achtlos benutzt und weggeworfen, wie einen angefaulten Apfel. Nichts hast du mir gegeben, außer leere Versprechungen und Lügen. Nun gehe ich ins Leben mit nichts, denn du hast dir alles geholt von mir. Zum Scheitern bin ich verurteilt. Doch immer wirst du sein in meinem Leben, du Pein …! Abschluss neunzehnhundertneunundsiebzig." Jonas las den Spruch immer und immer wieder. *Was meint er damit?*, dachte sich Jonas. Instinktiv spürte er, dass dem Jungen, der dies geschrieben hat, etwas widerfahren ist, dessen Schmerz er ein Leben lang mit sich tragen wird.

Als Jonas seinen Koffer ausgepackt hatte und alles im Schrank verstaut war, ging abermals die Tür auf. Als Jonas Herrn Brogmann in der Tür stehen sah, zuckte er zusammen.

Während dieser flüchtig zum Spind blickte, bekam er wieder seinen puterroten Kopf und seine Stirn legte sich abermals in Falten. Dann ging er mit zwei schnellen Schritten auf Jonas zu. Er fuchtelte noch immer mit seinen Armen herum, als er ihn in einem zornigen Ton anschrie: „Das nennst du aufräumen?!" Ehe sich Jonas umsah, hatte Herr Brogmann ihn an seinem Ohr abermals gepackt und so daran gezerrt, dass Jonas gar nicht anders konnte, als vor dem Erzieher auf den Boden zu gehen, um dem Schmerz auszuweichen. Während er ihn mit schimpfenden Worten überschüttete, schmiss er mit seiner rechten freien Hand alles aus dem Spind auf den Boden. Dann erst ließ er von Jonas ab. Mitten im Umdrehen versetzte er Jonas noch eine heftige Kopfnuss und ging wieder zur Tür. Während er zur Tür hinausging und die Tür im Begriff war, ins Schloss zu fallen, sagte er: „Jonas, Jonas, also schnell bist du ja nicht im Verstehen, das kann ja was werden mit dir."

Eine Mischung aus Erschrecken, Zorn und Verachtung nahm Jonas in sich wahr. Er fühlte sich zerschlagen und willenlos und es bedurfte seiner ganzen Kraft, von seinen Knien aufzustehen. In Jonas' linker Kopfhälfte machte sich, ausgehend vom linken Ohr, ein unerträgliches Brennen bemerkbar. Als er sich auf die Bettkante gesetzt hatte, hielt er für einen kurzen Augenblick sein Ohr, um den Schmerz zu lindern. In Jonas breitete sich eine Kälte aus, die ihn Millimeter für Millimeter anfing aufzufressen. Der Schmerz, den Jonas empfand, war so unerträglich, dass er schreien wollte. Sein Mund öffnete sich, aber der Raum um ihn blieb still. Jonas erinnerte sich an einen weiteren Spruch, den er gerade zuvor an der Innentür seines Schrankes gelesen hatte: „Wünsche und Träume verlöschen hier, nichts wird einem bleiben, wenn du nicht zu dem wirst, was du nie sein wolltest, wirst du nicht überleben."

„Gott, wo bist du? Wieso hilfst du mir nicht? So lasse mich nicht allein", flüsterte Jonas. „Was habe ich getan? Welche Sünde habe ich begangen, dass du mir diesen bösen Menschen schickst?" Jonas erinnerte sich an das Kruzifix, das in der Küche bei seinen Eltern zwischen zwei heiligen, antiken Bildern hing. Die Verse in den Bildern, die mit Engeln und Rosen verziert waren, hatten sich in seinem Kopf manifestiert. In Gedanken ließ er sich die Sprüche durch den Kopf gehen. „Wenn Trübsal einkehrt, nicht verzagen, es kommen wieder bessere Tage." Beim zweiten Spruch überlegte er erst einen Augenblick, doch dann nickte er, als müsse er sich selber bestätigen, dass er ihn noch wusste.

„Wie Gott will, lebt ich stets in Frieden, wie Gott will, trag ich all mein Leid, wie Gott will, wart ich still und sterb, wie Gott will." Plötzlich wurde ihm klar, dass er weder seine Mutter, geschweige denn seinen Vater, jemals in der nostalgischen Bibel aus dem achtzehnten Jahrhundert, die demonstrativ auf dem Wohnzimmertisch vor dem Kachelofen lag, lesen sah. All die Hoffnung zerbrach in Jonas. Er sah den Mond, der am Himmel stand, und er sah, wie schön die Welt dort draußen war. Er dachte, alle Menschen könnten diese Schönheit sehen, trotz jeglicher Entfernung. Doch er dachte auch: *Nichts ist grausamer als die Schönheit der Welt, die wie er glaubte, von Gott geschaffen war.* Jonas fragte sich im Inneren: „Kann Gott so grausam sein?"

Nach einer Weile, nachdem er sich beruhigt hatte, murmelte er vor sich hin. „Na ja, schlimmer kann das nicht mehr werden." Jedoch sollte sich da Jonas täuschen und eines Besseren belehrt werden. Seit jenem Tag fing sich in Jonas' innerem Bewusstsein an, eine Art Dämon festzusetzen. Er konnte ihn wohl spüren, aber nicht fassen, realisieren. Vielleicht hatte der Junge, der an der Innenwand seines Spinds diesen Satz geschrieben hatte, das gleiche Gefühl! „Was geschieht hier nur?", fragte sich Jonas. Draußen im Gang hörte man Schritte. Erschrocken lauschte Jonas, dann wurden die Schritte leiser. Schlagartig wurden ihm seine Kleider auf dem Boden bewusst. Der Gedanke, dass Herr Brogmann noch einmal hereinkommen könnte und seinen unaufgeräumten Spind sehen würde, ließ ihn die Schmerzen vergessen. In Windeseile fing er an, alle Kleidungsstücke aufzuheben und sorgsamer als vorher aufzuräumen, obwohl er sich sicher war, dass es vorher genauso ordentlich war. Er hatte das Gefühl, seine Mutter zu riechen. Er hob das letzte T-Shirt auf und roch daran, ja, das tat gut, es roch nach seiner Mutter. *Sie muss es wohl zu Hause in ihrem Schlafzimmer gebügelt haben,* dachte sich Jonas, *neben der Kommode, auf der sich ihre Parfüms befanden. Wie sehr ich sie jetzt schon vermisse,* dachte er sich.

KAPITEL 2

EIN NEUER FREUND

Drei Dinge schweißen den Menschen zusammen, zum einen die Angst und der Feind sowie die Sehnsucht nach Liebe. Drum ist der Kampf an der Front dem Kampf hinter den Linien nie gleichzusetzen. Denn der eine an der Front, egal an welcher auch immer er in seinem Leben kämpft, setzt sein Leben aufs Spiel. Der hinter der Linie nur die Würde, nach seinem Scheitern.

Jonas hörte wieder Schritte im Gang, diesmal kamen sie näher und plötzlich ging die Tür auf. Er dachte, es wäre Herr Brogmann. Seine Kehle fing an, sich zuzuschnüren, und sein Herz pochte so heftig, als würde es jeden Augenblick in seinem Brustkorb zerreißen.

Jonas blickte mit gesenktem Kopf zur Tür, erleichtert und doch angespannt, sah er einen Jungen, der in seinem Alter war. Ohne Jonas zu beachten, schmiss der Junge die Tür mit einem heftigen Fußtritt zu. Im Gang hörte man jemanden schreien: „Simon! Die Tür hat einen Griff, Kreuzdonnerwetter!" Jonas war sich sicher, dass es Herr Brogmann gewesen war, der dem Jungen hinterhergeschrien hatte. Der Junge ging, ohne Jonas zu beachten, auf das andere Bett zu, schmiss seine Tasche darauf, drehte sich zu seinem Spind und öffnete ihn. Dann schob er einige Bücher zur Seite, holte eine grüne Flasche hervor, zog den Korken heraus und nahm zwei kräftige Schlucke. Draußen im Gang hörte man Schritte, die schnell näher kamen. Schon ging die Türklinke nach unten und ruckartig öffnete sich die Tür. Der Erzieher stand auf der Tür-Schwelle. Im gleichen Moment beobachtete Jonas, wie der andere Junge die grüne Flasche hinter seinem Rücken versteckte. Jonas erkannte die Situation und wusste, dass der Junge in Schwierigkeiten geraten würde, wenn Herr Brogmann die Flasche bei ihm entdecken würde. Jonas war klar, dass in der Flasche Alkohol sein musste.

Trotz der großen Furcht vor dem Erzieher, der noch vor kurzer Zeit derart brutal zu ihm war, lenkte Jonas die ganze Aufmerksamkeit auf sich, um den Jungen vor dem Ertappen von Herrn Brogmann zu schützen. „Schauen Sie, Herr Brogmann, nun habe ich meinen Spind neu eingeräumt", sagte er, während er die Schranktür öffnete. Prompt ging Brogmann auf seinen Schrank zu und ließ von Simon ab. „Na siehst du, Jonas, so ist es doch schon viel besser."

Jonas zuckte zusammen, als er seine Hand in Richtung seines Kopfes streckte. Jedoch im Gegensatz zu vorhin strich er Jonas, so wie am Anfang, als sie ankamen, so seltsam über seinen Kopf, dass es Jonas derart anekelte, sodass er schnell auswich. Inzwischen beobachtete Jonas, dass der Junge den Moment ausnützte, als Brogmann ihm den Rücken zuwendete, und versteckte die Flasche unter seinem Kopfkissen, neben dem er sich hinsetzte. In diesem Moment drehte Brogmann sich um. „Na, Simon, hast du fleißig gelernt am Wochenende, oder müssen wir wieder einiges nachholen?" Jonas hörte etwas Zynisches aus dem heraus, was Brogmann da zu Simon sagte, konnte es aber nicht einordnen. „Nein, Herr Brogmann, habe jeden Tag zwei Stunden Mathe gepaukt."

„Das heißt nicht gepaukt, sondern gelernt, Simon, wie oft soll ich dir das noch sagen?!"

„Jawohl, Herr Brogmann, ich meine gelernt, verzeihen Sie mir." Als Brogmann zur Tür ging, hielt er kurz inne und schaute sich im Zimmer um, schniefte zweimal und ging dann hinaus, während er irgendetwas in seinen Bart nuschelte. Wieder fiel die Tür ins Schloss! Zwei, drei Herzschläge schauten sich Jonas und Simon an, ohne irgendein Wort zu wechseln. Dann lachten sie lauthals und krümmten sich vor Lachen. Jonas ging auf Simon zu und streckte ihm die Hand entgegen, so wie er es von seinem Vater gelehrt bekommen hatte. Simon sah Jonas etwas verdattert an und begann erneut zu lachen. Jonas lachte verlegen und hielt immer noch die ausgestreckte Hand hin. „He, Jonas, so geht das bei uns nicht. Das ist uncool."

Simon nahm Jonas' Hand und drehte dessen Handinnenfläche nach oben. „Pass gut auf, Jonas." Dann klatschte er mit seiner Hand auf Jonas' Hand. „Das ist cool, o. k.!" „O. k.", antwortete Jonas, der sich schämte, das nicht gewusst zu haben, und sich gleichzeitig über seinen Vater ärgerte, der ihn in diese peinliche Situation gebracht hatte, mit seinem ewigen distanzierten Anstandsgehabe. „War eine coole Aktion mit dem Ablenkungsmanöver vom Schwulanten." „Wer ist der Schwulant, Simon?", hakte Jonas nach. „Bei uns heißt Herr Brogmann Schwulant." „Warum?", wollte Jonas wissen. „Weil er manche Jungen wie ein Schwuler anfassen tut." „Dich auch?", fragte Jonas. „Ja, fast alle, bei denen er es sich traut, die Großen lässt er meistens in Ruhe. Nur bei den Kurzen und uns." „Wer sind die Kurzen?", fragte Jonas. All diese Wörter hatte er noch nie gehört. „Hör gut zu", sagte Simon. „Keine Panik. Nach deiner vorigen Aktion mit dem Ablenkungsmanöver bringe ich dir schon alles hier bei, auf was du achten musst und vor wem du dich besser hütest. Eines kann ich dir gleich sagen, hüte dich vor dem Schwulanten, mehr musst du vorläufig noch nicht wissen. Hüte dich davor, mit ihm allein zu sein. Vor zwei Jahren ungefähr …" Plötzlich ging die Tür auf und Simon stockte mitten im Satz. Ein Junge mit einer Glatze kam herein. „He, Simon, alte Hütte." Ein schräger Blick traf Jonas von dem Glatzköpfigen, während er Simon den gleichen Handschlag gab, wie er ihm vorhin zeigte zur Begrüßung.

Während die beiden sich unterhielten, verlor Jonas den Kontakt zur realen Welt und versank in seinen Gedanken.

Jonas sprach in Gedanken mit seinem Gott.

„Es tut mir leid." „Was tut dir leid, Jonas?" „Dass ich die Kraft nicht mehr finde, weiter durchzuhalten, wie es meine Eltern von mir verlangen. Ich habe das Gefühl, in eine endlose Tiefe zu fallen. Das letzte Mal hat es mich so erwischt, als meine Mutter mir die Kante vom Mathebuch ins Gesicht geschlagen hat. Im Gegensatz zu damals spüre ich gänzlich, wie es versucht, mich in seine Gewalt zu bekommen, wie es an mir nagt." „Es muss dir nicht leidtun, Jonas. Ich weiß, dass du es vollendest. Jonas, weißt du, wir sind alle eins und doch muss jeder von euch seinen eigenen Weg gehen."

„Aber warum?"

„Da jeder Mensch auf einen anderen Weg gekommen ist und jeder seinen eigenen Weg gehen muss, um zu erkennen." „Um was zu erkennen?"

„Das weißt du, Jonas."

„Aber …!" „Nicht aber, Jonas. Es gibt nichts Falsches oder Richtiges, der Sinn in alldem ist, sich zu finden." „Was heißt, sich …?" „Das heißt, Jonas, ganz einfach alles loszulassen und doch eins zu sein mit allem, was du loslassen sollst." „Das klingt für mich irgendwie verwirrend."

„Pass auf, Jonas, es gibt nichts Falsches oder Richtiges, hatte ich gesagt, so gibt es auch nichts Negatives oder Positives, denn alles, was in deinem Leben geschieht, brauchst du für die Erkenntnis. So, nun, Jonas, wenn ihr alles loslasst und doch versucht, eins mit allem Losgelösten zu sein, ergibt alles in eurem Leben einen Sinn. Und ihr, Jonas, erkennt eines Tages die wahre Liebe, nicht die Liebe, von der ihr sprecht. Die Liebe, die ich meine, kennt keinen Hass und Neid, kennt kein Aber, kein Gut oder Schlecht, kein Richtig und Falsch. Die wahre Liebe kennt nur eins, an das Leben zu glauben und an den Sinn, an das, was euch das Leben gibt und euch dadurch aufzeigt. Lernt daraus! Es ist ein ständiger Wandel. Dies, was euch aufhält, ist, dass ihr an vielem festhaltet aus Angst, weil ihr nicht an euch glaubt. Weil ihr es nicht besser gelehrt bekommen habt. Suche nicht einen Schuldigen, denn der Schuldige wirst immer du selber sein, Jonas. Denn um etwas in Bewegung zu setzen, gehören immer zwei Komponenten, die sich gegenseitig anziehen. Wenn du dich liebst, dann liebst du mich. Wenn du an dich glaubst, dann glaubst du auch an mich. Was nützt es dir, wenn du an mich glaubst, aber an dir zweifelst. Du bist aus mir, also Jonas, wie kann ich dir helfen, wenn du mich (dich) verleugnest. Ist dir schon mal aufgefallen, immer, wenn du meinst, es ginge dir schlecht, spürst du mich da in deiner Gegenwart?" "Am Anfang nicht, nein", antwortete Jonas. "Erst wenn du es erkennst, stimmt's, Jonas?" "Ja, wenn ich beginne, bewusst zu erkennen, dann bist du wieder gegenwärtig." "Siehst du, wenn du also dich verleugnest, verleugnest du auch mich. Dann bin ich zwar noch gegenwärtig, aber du spürst mich nicht mehr. Dann ist es für mich schwer, dir zu helfen. Denn dann bist du nicht offen, sondern verblendet von deinem Hass und dem Schmerz, der dir angetan wurde. Bis du es erkennst. Du bist hier, Jonas, zweifle und hadere nicht mit dir, das dient dir nicht. All das hat seinen tieferen Sinn, auch wenn du es noch nicht erkennen kannst. Bleibe nicht wegen jemand anderem. Bleibe, weil du daran glaubst. Weil es dein Weg ist, Jonas!" "Aber wann weiß ich denn, ob es mein Weg ist?" "Dann, Jonas, wenn du versuchst, die Liebe zu spüren, und es bewusst, aus wahrem Herzen, tust."

DIE EINWEIHUNGSZEREMONIE

Den größten Mut erfordert es, seinen eigenen Weg zu gehen. Sich gegen Rituale und die Masse zu wehren, wenn man der Überzeugung ist, das Richtige zu tun, ohne einem anderen einen Schaden zuzufügen.

Plötzlich ertönte eine Glocke. Der Glatzköpfige drehte sich zur Tür. Beim Herausgehen warf er Jonas einen skeptischen und zugleich musternden Blick zu, dann drehte er sich zu Simon. "Bis später", und er machte eine Geste mit dem Daumen zum Mund wobei er die anderen Finger zu einer Faust machte. Jonas wollte, nachdem der Glatzköpfige draußen war, Simon fragen, was das bedeutete. Aber es blieb ihm keine Zeit. Er würde es eh später verstehen.

„Waschzeit.", hörte er Simon noch sagen, der schon dabei war, zur Tür zu gehen. „Vergiss deinen Waschbeutel nicht, Jonas. Komm, beeil dich, sonst hat uns der Schwulant heute Nacht auf dem Kieker, und das können wir nicht gebrauchen. Es gibt was zu feiern, heute Nacht." Und schon war Simon zur Tür hinaus. Jonas hatte bei der Geschwindigkeit gerade noch seinen Waschbeutel erhascht und rannte Simon hinterher, um ihn in diesen endlosen Gängen nicht zu verlieren. Auf einmal war der ganze Gang, der vor Kurzem noch leer war, voll mit Jungen. Jede Altersstufe war hier vertreten. Jonas war ganz erstaunt, als er den einen Jungen sah, den er höchstens auf acht schätzte, der gerade an ihm vorbeizischte. Von manchen wurde Jonas musternd oder mitleidig angeschaut, jedoch die meisten ignorierten ihn. Simon stand an einem Waschbecken, an dem an die zwanzig Weitere waren, an der gegenüberliegenden Seite des Ganges spielte sich das Gleiche ab. Ein Dutzend Jungen stand am Waschbecken und wusch sich ab. Neben Simon war kein Platz mehr frei. Instinktiv ging Jonas zum zweiten Becken weiter. Gerade als Jonas sich die Zahnbüste aus seinem Waschbeutel holen wollte, sah er im Spiegel einen großen, stark gebauten Jungen. Ehe Jonas sich versah, rammte der Junge ihm seinen Ellenbogen derart in die Seite zwischen die Rippen, dass Jonas nach Luft schnappte und vor Schmerzen in die Knie ging. Im selben Moment tauchte Herr Brogmann auf. „Was ist da hinten los?!", schrie er. Jonas, der sich wieder gefangen hatte, antwortete mit schmerzverzogenem Gesicht: „Mir ist nur die Zahnbürste heruntergefallen und beim Aufheben habe ich mir den Kopf angehauen." Kaum hatte Jonas das letzte Wort ausgesprochen, stand Herr Brogmann hinter ihm und dem für Jonas riesigen, gut gebauten Jungen. „Was macht ihr hier zu zweit am Waschbecken?" Der Junge schaute mit einem scharfen Blick Jonas an, während er sich zu Herrn Brogmann umdrehte und seine Gesichtszüge so in Unschuld wusch, dass Jonas nur noch vor Bewunderung schaute. Der Junge antwortete Herrn Brogmann: „Jonas hat sich einfach dazwischen gestellt und wollte sich wohl das Waschbecken mit mir teilen, dabei ist ihm die Zahnbürste aus der Hand geflogen." Ein leises Rumoren der anderen hundert Jungen, die in einer Reihe nebeneinander an der ewig langen Waschbeckenanlage standen, ging in dem sonst totenstillen, endlosen Gang durch den Raum. Mit zusammengekniffenen Augen und seinem puterroten Kopf drehte sich der Erzieher zu Jonas hin. „Stimmt das, Jonas?"

Wenn er es als falsch erwiderte, würde es ihm später oder die darauffolgenden Tage an den Kragen gehen, war ihm bewusst. „Hat es dir jetzt auch noch die Sprache verschlagen, Jonas?"
„Ja, Herr Brogmann, ich meine, nein." Kopfschüttelnd fragte der Erzieher:
„Na, was jetzt?" „Ich meine, die Sprache hat es mir nicht verschlagen und ich habe mir beim Aufheben der Zahnbürste den Kopf angeschlagen." „So, so", meinte der Erzieher, mit einem sadistischen Blick. „Den Kopf angeschlagen", wiederholte er Jonas' Worte zynisch. Schnell fügte Jonas hinzu. „Ja es tut mir leid. Ich habe kein …" Dann verstummten Jonas' letzte Worte, um den Satz zu beenden. Er verspürte den gleichen stechenden Schmerz im linken Ohr, als der Erzieher ihm im Zimmer das Ohr fast abgerissen hatte. Nur, dass diesmal Herr Brogmann Jonas' Ohr derartig umdrehte, dass er glaubte, diesmal würde er es ihm wirklich abreißen. Ohne sein Ohr loszulassen, zog er Jonas an der Waschbeckenreihe entlang und blieb erst mit ihm stehen, als er Jonas vor einen leeren Platz an der langen Waschbeckenkonsole hingezerrt hatte.
„Nun wasch dich und treib nicht schon an deinem ersten Tag Unfug." Während Herr Brogmann den Gang zu den anderen weiteren Waschbecken ging, murmelte er: „Der ist ja schlimmer, als es in seinen Akten steht. Ha, na ja, der wäre nicht der Erste." Sein Murmeln wurde durch Jonas' laute, wütende und weinerliche Stimme unterbrochen.
„Wer gibt Ihnen das Recht, mich so brutal am Ohr zu ziehen?!" Wieder ging ein Raunen durch den Saal, wobei keiner der anderen Jungen aufhörte, sich zu waschen. Herr Brogmann drehte sich auf der Stelle um, brauchte nur zwei Schritte, um zu Jonas zu gelangen, und schon hatte Jonas eine derartige Backpfeife mit der

Handfläche vom Erzieher auf die linke Wange bekommen, dass er sein Gleichgewicht verlor und auf den Boden flog. Jonas stand auf, stellte sich vor den Erzieher und sah ihm tief in die Augen. Dann sagte er ganz ruhig: „Ich bin Schläge gewohnt." Erstaunt blickten manche Jungen, die es wagten, sich umzudrehen, zu Jonas.

„Ich habe nichts falsch gemacht und wenn Sie Ihre schlechte Laune an mir auslassen müssen, nur keinen Zwang, Herr Brogmann, genau so habe ich mir die Hölle vorgestellt." Kaum hatte Jonas es ausgesprochen, wurde ihm erst bewusst, was er gesagt hatte, und war über sich selber so erstaunt. Abermals ging ein Raunen durch den langen Gang, von den anderen Jungen, die sich mit dem eiskalten Wasser abwuschen. Der Erzieher legte wieder ganz behutsam seine Hand auf Jonas' Schulter, wie er es schon anfangs tat, und sprach in einem weiteren zynischen Ton: „Auch du wirst es schon bald lernen."

„Wenn, dann wirst du es hier begreifen", rief einer der Jungen. „Wer war das?!", brüllte Herr Brogmann. Totenstille breitete sich aus. Diesmal schwiegen alle.

Jonas putzte sich seine Zähne und wusch sich sein Gesicht, das erste Mal in seinem Leben mit kaltem Wasser. Er erinnerte sich an zu Hause, als seine Mutter ihn immer ermahnte, sich die Hände mit warmem Wasser zu waschen, damit der Dreck besser abging. Jonas fragte sich im Stillen, ob das hier nicht der Fall war oder vielleicht hatte ja seine Mutter auch unrecht. Dann verdrängte er den Gedanken und packte seine Waschsachen wieder in den Waschbeutel und schaute zu Simon, der ihm mit einer Kopfbewegung klarmachte, dass er ihm unauffällig folgen sollte.

Einen Schmerz kann ein Kind auf verschiedenste Weise kennenlernen. Jedoch die grausamste Art bleibt der seelische Schmerz, der nur von Erwachsenen ausgeübt werden kann.

Jonas folgte Simon den Gang zurück. Hinter ihnen fiel die Tür ins Schloss. Kurz danach ertönte ein schriller Sirenenton. Jonas schaute Simon fragend an. „Das ist das Zeichen, dass uns noch fünf Minuten bleiben, um zu Bett zu gehen, Jonas. Mach hin, dann kommt der

Schwulant nicht mehr später beim zweiten Kontrollgang." Schnell zog sich Jonas den Schlafanzug an und kroch unter seine Decke. Plötzlich ging das Licht automatisch aus. Er hörte ihn noch schnell sagen: „Stell dich schlafend, Jonas." Kurz darauf ging die Tür auf. Eine Taschenlampe blendete in Jonas' und dann in Simons Richtung. Dann fiel die Tür wieder ins Schloss. Jonas blickte starr in die Nacht. Am Himmel, den er von seinem Bett aus durch das Fenster sehen konnte, sah er den Mond, der fast eine Kugel ergab. *Den gleichen Mond und die gleichen Konturen sieht meine Familie, obwohl wir doch so weit entfernt sind*, dachte er sich. Er vergrub sein Gesicht ins Kissen und fing an zu weinen. Plötzlich ging die Tür auf. Jonas hielt inne, schon merkte er, wie sich eine Gestalt auf seinen Rücken setzte und ihm seinen Kopf tiefer ins Kissen drückte, sodass er kaum noch Luft bekam. Dann sagte eine Stimme zu Jonas: „Wenn du schreist, bist du tot." Eine kalte Messerklinge wurde ihm an die Seite des Halses gedrückt. Jonas spürte, wie sich die Klinge in seine Haut schnitt. Er war sich nicht sicher, ob es die Kälte des Metalls war, die er spürte, oder die Schärfe der Klinge. Kaum hatte derjenige die Worte zu Ende gesprochen, bekam er den ersten Hieb zwischen seine Rippen, der genau auf derselben Stelle auftraf, an der er zuvor den Ellenbogenhieb vom glatzköpfigen Jungen verpasst bekam. Jonas schnappte nach Luft. Im gleichen Moment bohrte sich in seinen Oberschenkel ein stechender Schmerz, den er mit einem für ihn undefinierbaren Gegenstand versetzt bekam. Doch das Schlimmste für Jonas waren nicht die Hiebe, die ihm die Jungen zufügten, sondern dass er kaum noch Luft bekam, weil ihm einer der beiden Jungen den Kopf derartig in das Kissen drückte, dass er kurz davor war, sein Bewusstsein zu verlieren. Genau in diesem Moment, als er aufhörte, sich dagegen zu wehren, alles ganz leicht um ihn wurde und er immer weniger von all dem, was mit ihm gemacht wurde, spürte, verlor er sein Bewusstsein. Er verspürte, wie all seine Sinnen immer mehr schwanden und sein Geist sich immer mehr umnebelte. Als würde er für immer einschlafen und all seinen Kummer fest umschlungen mit sich nehmen. In diesem Moment ließen sie von ihm ab. Kurz danach schnappte die Tür quietschend ins Schloss. Totenstille breitete sich aus, als wäre nichts gewesen.

Es fühlte sich für ihn an, als wäre er ganz weit weg. So als würde sich sein Innerstes auf eine Reise begeben und seine körperliche Hülle dort auf diesem Bett liegen lassen. Es schien ihn gar nicht zu stören, denn an diesem Ort, dem er immer näher kam, verspürte er ein sehr friedliches, wärmendes und liebevolles Gefühl, was ihn förmlich anzog.

Aus der Ferne vernahm er, dass jemand immer wieder auf seinen Brustkorb mit der Faust schlug. Eine Stimme mischte sich mit dazu, die immer wieder rief: „Jonas, du musst atmen!" Jetzt erkannte er die Stimme, es war Simon, der zu ihm sprach und seine Faust immer wieder auf seinen Brustkorb schlug. Wie ein Katapult schien er von diesem ruhigen, liebevollen Ort zurückgeholt zu werden, dann schnappte er nach Luft. Jonas war wohl Schläge von seiner Mutter gewöhnt, aber das, was sich in den letzten drei Stunden hier abspielte, war für ihn in keiner Weise mit dem gleichzusetzen. Plötzlich berührte ihn eine Hand an der Schulter.

„Komm, ich habe was für dich", sprach Simon. Jonas, der die Augen wieder geöffnet hatte, erblickte die grüne Flasche. „Trink, du hast es überstanden. Ich glaube, du bist aufgenommen." Jonas, der sich noch schwer mit dem Sprechen tat, krächzte: „Von was aufgenommen?" Simon verzog seine Lippen, so als würde er nach den passenden Worten suchen, um es ihm zu erklären. „Hättest du gerade geschrien, wärst du ein Kurzer für die Zeit, die du hier bist. Ein Kurzer zu sein, heißt, keine Rechte zu haben und immer dem Groll der Bestandenen ausgesetzt zu sein." Simon reichte Jonas die Flasche. „Trink einen kräftigen Schluck." Jonas nahm einen Schluck und bekam darauf einen erbärmlichen Hustenanfall. „Was ist das für ein Zeug?", krächzte er. „Selbstgebrannter", antwortete Simon und nahm einen großen Schluck, so als würde er Wasser trinken. Jonas merkte, wie sich in seinem Körper eine wohltuende Wärme ausbreitete, nachdem das Brennen in seiner Kehle und seinem Magen nachgelassen hatte. Jonas und Simon nahmen noch drei große Schlucke, ehe Simon die grüne Flasche wieder in seinem Spind versteckte. Jonas, der gerade eben noch einen unerträglichen Schmerz in seinem Bein und den Rippen empfand, verspürte nur noch Leichtigkeit und Gleichgültigkeit. Er hatte nicht einmal Sehnsucht nach seinen Eltern oder seinem Zuhause. *Was für ein guter Teufelstrank*, waren seine Gedanken.

Simon saß immer noch an Jonas' Bett, als er sich die Zigarettenschachtel aus seinem Pyjama zog und ihm die Schachtel hinhielt, während er sich eine anzündete.

„Ich rauche nicht." „Wie, du hast noch nie geraucht?"

Jonas, der sich etwas schäbig vorkam, antwortete zögerlich: „Doch, schon, aber mehr heimlich. Was ist, wenn der Erzieher noch mal kommt? Ich glaube, ich habe genug heiße Ohren für heute bekommen." Simon grinste. „Keine Angst, der macht keinen weiteren Kontrollgang."

„Simon, darf ich dich etwas fragen?" „Nur zu."

„Seit wann bist du hier?" Simons Gesichtsausdruck veränderte sich. Mit einer belegten Stimme, in der man heraushören konnte, dass es ihm schwerfiel, darüber zu sprechen, begann er zögernd: „Seit der dritten Klasse." Entsetzt wollte Jonas wissen: „Das heißt, du bist schon zweieinhalb Jahre hier? Wie hältst du das nur aus?"

„Ach weißt du", erklärte Simon, „hier ist es gar nicht so schlecht, wenn man sich erst einmal einen gewissen Namen gemacht hat und sich an bestimmte Regeln hält, kommt man hier besser durch als zu Hause. Wirst schon noch selber merken." Kurz darauf machte er noch einen Zug an seiner Zigarette und schnippte sie gekonnt mit seinen Fingern aus dem Fenster.

„Was hast du gerade so nachdenklich geschaut?" „Simon überlegte nicht lange. „Ich denke nichts mehr hier, weil, wenn du hier über das Leben nachdenkst, wirst du verrückt."

Nachdem sich beide noch einmal von der grünen Flasche einen Schluck zur Brust genommen hatten, ging Simon zurück in sein Bett. „Gute Nacht, Jonas, wenn heute Nacht irgendwas sein sollte, kannst du mich wecken." „O. k., danke, schlaf gut." „Du auch, Jonas."

Völlig schwerelos und gelöst schlief Jonas nach dem Schnaps ein. Er merkte nicht einmal, wie Simon ihn später liebevoll zudeckte.

DER TAG DANACH

Der Versuch, einen seelischen Schmerz mit einer Sucht in den Griff zu bekommen, ist zum Scheitern verurteilt. Denn zuerst zermürbt einen die Sucht, nachdem sie einem scheinheilig eine Erleichterung vortäuscht. Und zuletzt frisst einen letztendlich doch der seelische Schmerz auf. Meistens kommt einem die Erkenntnis zu spät. Dann wird es zu einer Gratwanderung zwischen dem Jetzt und dem Vergangenen.

Nach dem wahren Weg suchen noch heute die Menschen, auf verschiedenste Weise.

Jonas wurde durch das brennende Stechen am Oberschenkel wach, das er den gestrigen Einweihungsschlägen zu verdanken hatte. Der Schmerz wurde so intensiv, dass er, egal wie er sich legte, keine Lage mehr fand, um dem Schmerz auszuweichen. Erst dachte er, es wäre nur ein Traum. In seiner immer noch befindlichen Schlaftrunkenheit wollte er zu seiner Schwester ins Bett kriechen. Doch als er seine Augen geöffnet hatte und nur von weißen, hohen und kalten Wänden umgeben war, schloss er schnell wieder seine Augen und wollte an jenen Ort zurück, von dem er heute Nacht träumte. Obwohl er wusste, dieser Hölle nicht entfliehen zu können, kniff er so lange die Augen zu, bis er plötzlich von Simon in die Realität zurückgeholt wurde.

„Komm, lass uns eine rauchen, du hast deine erste Nacht überstanden." Simon öffnete das Fenster, steckte sich eine Kippe an und blies die Rauchschwaden in den verregneten Morgen.

Jonas wollte aufstehen. Doch als er sich an die Bettkante setzte, stellte er vor Entsetzen fest, dass er nicht in einer feuchten, warmen Wiese lag, wie er es geträumt hatte, sondern, dass er die Nacht ins Bett gepinkelt hatte. Jetzt wurde ihm auch bewusst, was letzte Nacht abgelaufen war. Die Schmerzen in seiner Brust beim Einatmen und das Stechen bei jeder Bewegung in seinem Oberschenkel ließen ihn den vergangenen Abend wieder klar vor seinen Augen werden.

Jonas blickte gedankenverloren zwischen seine Beine und überlegte, was er nun machen sollte, als auf einmal Simon, der immer noch am Fenster stand und den Zigarettenqualm zum Fenster hinausblies, herüberrief:

„He, denk dir nichts dabei, ich habe auch damals ins Bett gemacht. Komm, mach einen Zug, der weckt deine Geister zum neuen Leben und nimmt dir deinen Schmerz. Danach erledigen wir das mit deinem Bett. Sind eh noch früh dran.

Brogmann kommt erst in einer Stunde zum Wecken." Mit einem hämischen Lachen im Gesicht fuhr er fort: „Der alte, geile Sack grunzt noch in seinem Bett." Jonas, der wie im Trance-Zustand war, streifte sich seinen nassen Schlafanzug ab, zog seine Boxer-Short an und ging zu Simon.

„Jonas, es gibt hier gewisse Regeln, so wie die Einweihungsprügel gestern Abend. Aber es gibt auch einen Ehrenkodex. Außerdem, verscheiß ich es mir doch nicht mit meinem Zimmerkameraden, ha, oder?" Dann klopfte er Jonas auf die Schulter und hielt ihm die Zigarette hin.

Jonas nahm einige kräftige Züge von der Kippe und wusste, einen guten Freund gefunden zu haben.

Simon zog mit Jonas das Bett ab und überzog es mit einer zweiten Garnitur, während Jonas die verschmutzte Bettwäsche in einem Plastiksack verstaute, den er von Simon bekam. Danach zog er so akkurat die Bettzipfel gerade, dass Jonas nur so staunte. „Das kann ja nicht mal meine Mutter so perfekt, Simon."

„Mensch, Jonas, pass doch auf, das musst du zukünftig selber hinkriegen. Oder willst du von Herrn Brogmann wieder eine verpasst bekommen?"

Danach versteckten sie Jonas' Plastiksack mit der dreckigen Bettwäsche im Schulsportsack von Jonas. „Was machen wir mit dem Plastiksack, Simon?"

Simon drehte sich zu Jonas um und fuhr ihn in einem ernsten Ton an: „Pass auf, merke dir die Dinge und rede nicht so viel. Wir haben nicht mehr viel Zeit."

Kaum war der Wäschesack gut untergebracht, öffnete sich schon die Tür einen Spalt.

„Aufstehen – Waschzeit.", rief einer der Erzieher in den Raum und schon fiel die Tür wieder ins Schloss.

Bei jedem Schritt bekam Jonas ein Stechen in seinem Bein, als bohre ihm jemand ein Messer hinein. Dazu kam noch der Schmerz im Brustkorb, den er bei jedem Atemzug verspürte. Es war für ihn unmöglich, vom Schmerz her voll einzuatmen.

Er fragte sich im Stillen, wie er nur in diesem Zustand bei der ersten Sportunterrichtsstunde, ohne aufzufallen, mitmachen sollte. Jeder Atemzug fiel ihm schwer.

Durch jeden Schritt, den er an der Seite von Simon die Treppe zum Essenssaal hinunterging, wurde der Schmerz stärker.

Simon, der Jonas' schmerzverzogenes Gesicht sah, flüsterte zu ihm zu: „Atme nicht in den Bauch, nur in den oberen Brustkorb." Nachdem Jonas versuchte, den Rat umzusetzen, ging es mit der Atmung tatsächlich etwas leichter.

Unten angekommen, standen an die hundert Jungen vor dem Essenssaal und drängten sich an eine Tür, was zur Folge hatte, dass die, die an erster Stelle bei der Tür standen, von den Dahinterstehenden fast durch die Glasscheibe, die in der Tür war, gedrückt worden wären, wenn sie sich nicht mit Ellenbogen und Fäusten massiv dagegen gewehrt hätten. In Jonas' Ohren summte ein Wirrwarr von Stimmen.

Vorne an der Tür standen die Älteren. Jonas blickte nach hinten. Erschrocken stellte er fest, dass hinter ihm ganz kleine Kinder waren, sie waren nicht älter als sieben. Jonas war nun dreizehn. *Was mochten wohl die Kinder da hinten erst fühlen oder denken? Erging es ihnen genauso an ihrem ersten Abend?*, waren seine Gedanken. Simons Stimme riss ihn aus seiner Nachdenklichkeit. „Jonas, sie haben das Gleiche durchgemacht, nur die, die du siehst, sind daran nicht untergegangen, sondern sind stärker geworden. Wenn du nicht daran zerbrichst, wirst du eines Tages dort vorne stehen und die Macht haben."

Dann sah Jonas den Glatzköpfigen zwischen den anderen großen Jungen in der ersten Reihe. Die Tür wurde von innen geöffnet und während die Masse Jonas mit in den Essenssaal schob, fragte er sich, welche Macht Simon meinte.

Simon zerrte Jonas am Ärmel und flüsterte ihm beim Weitergehen ins Ohr: „Dort ist dein Platz, pass auf deinen Teller auf."

Dann verschwand Simon zwei Tischreihen weiter. Jonas setzte sich auf seinen Platz. Er hatte das Gefühl, Tausende Augen beobachteten ihn, bei einem Lärmpegel, der ohrenbetäubend war. Auf jedem Teller befanden sich zwei Semmeln und zwei Döschen Marmelade mit jeweils einer kleinen Butter.

„Bist du der Neue?!", brüllte eine Stimme, zwei Tische hinter ihm.

Erfreut, dass jemand mit ihm sprechen wollte, drehte er sich um und antwortete: „Ja, ich heiße Jonas und du?" „Leck mich, du Arsch", bekam er als Antwort zurück.

Dann brach ein Gelächter aus. Selbst Simon, der zwei Tische weiter saß, lachte. Verwundert drehte sich Jonas zu seinem Teller um, der aber war nun leer. Jonas schaute Simon an, der verzog sein Gesicht und zuckte die Schultern. Jonas verstand nun Simons Worte. Passe auf deinen Teller auf!

DIE ENTSORGUNG

Entsorgen kann man alles. Doch immer bleibt eine Spur an einem haften. Nichts ist vergänglich.

Jonas dachte an seine Schwestern, die wohl nun zu Hause an einem gedeckten Frühstückstisch saßen und ein Pausenbrot von der Mutter bekamen. Er erinnerte sich an seine ältere Schwester, die sich immer über den Pausenbrotbeutel aufregte, in dem immer eine Apfelsine oder eine Karotte war. Was würde er jetzt für so eine Apfelsine geben. Nun wurde ihm klar, dass es nicht selbstverständlich war, immer ein fertiges Müsli am Frühstückstisch stehen zu haben. Geschweige denn, einen Pausenbrotbeutel mit in die Schule zu bekommen.

Er war immer der Erste, der die Wohnung zu Hause verließ, denn er musste damals schon in eine andere Schule mit dem Bus fahren. Im Gegensatz zu seinen Schwestern, die mit ihrem Vater gemeinsam mit dem Fahrrad zur Schule fuhren, da sie in das Elite-Gymnasium der Stadt gingen.

Er wusste, dass sein Vater auf seine beiden älteren Schwestern mehr stolz war als auf ihn, da sie ein humanistisches Gymnasium besuchen durften, in das auch er als Kind gegangen war nach dem Krieg, im Gegensatz zu ihm, der nur auf einer Mittelschule war.

So ging Jonas an seinem ersten Internatstag mit leerem Magen in die Schule. Doch seine Schmerzen in der Brust und dem Bein waren stärker als sein knurrender Magen. Zumal er ein flaues Gefühl eh hatte. Es blieb ihm keine Zeit mehr zum Weinen. Seine Tränen und der Kummer fraßen in ihm und trockneten innerlich sein Herz aus.

Als Jonas und Simon Richtung Schule liefen, bogen sie in einen Park ab, um die Plastiktüten mit der nassen Bettwäsche zu entsorgen.

Der Park mündete an der Donau, in den sie im hohen Bogen die Säcke hineinwarfen.

„Darauf rauchen wir erst mal eine, Jonas."

Zu zweit saßen sie auf einer Mauer, vor ihnen lag die Donau, mit seinem trüben Wasser, und rauchten brüderlich die Zigarette. Durch die Verletzung, die er durch die Schläge davongetragen hatte, stach ihm jeder Zug von der Zigarette in seinem Brustkorb. Aber er wollte keine Schwäche zeigen. Er hatte immer mehr das Gefühl, dass sie etwas zusammenschweißte. Etwas sie verband, das jedoch mehr von Simon ausging.

Nachdem sie eine Zeitlang geschwiegen hatten, stupste Jonas Simon mit dem Ellenbogen an:

„Wieso kann ich es nicht einfach sagen?" „Was meinst du denn?" „Na das mit der Bettwäsche. Jetzt fehlt mir doch eh die Ersatzwäsche und irgendwann kommt der Herr Brogmann doch so oder so drauf."

„Ach herrje, Jonas, stell dich doch nicht so blöd an …", Simon wollte seinen Satz zu Ende sprechen, wurde aber vom Jonas unterbrochen, der ihn wutentbrannt anschrie: „Das sagst du nie mehr zu mir!" Dann stockte seine Stimme und er fing hemmungslos zu weinen an.

„Sorry, Jonas, ich wusste nicht, dass dein Vater es immer zu dir gesagt hat."

„Woher willst du wissen, dass es mein Vater war", schluchzte Jonas.

Simon zögerte mit seiner Antwort, neigte seinen Kopf leicht zur Seite, als würde er nachdenken. „Na ja, so niederträchtig kann ja nur dein männliches Vorbild sein. Lass mich raten, deine Mutter hat dich nach Strich und Faden verprügelt und dein Vater hat den Rest mit seiner verbalen Aussprache gemacht, so wie Taugenichts, du Hirsch oder Versager."

„Woher weißt du das alles, Simon?"

Während er anfing, sich eine weitere Zigarette zu drehen, versuchte Simon, sich in einer etwas mitfühlenderer Weise, auszudrücken. „Ach weißt du, Jonas, wir alle hier sitzen doch eigentlich im gleichen Boot und haben das gleiche Schicksal, sowohl hinter uns als auch vor uns."

Kurz darauf fuhr er fort. „Wie oft habe ich hier schon gesessen. Meine Eltern haben mich hierher gesteckt, weil meine Großeltern, bei denen ich die ersten zwei Schuljahre aufgewachsen bin, meinten, ich wäre nicht zu erziehen. Deswegen kenne ich die Schläge und Erniedrigungen. Im Grunde wollte ich doch nur zu meinen Eltern."

Jonas unterbrach Simon. „Und warum konntest du nicht bei deinen Eltern sein?"

Simon leckte seine gedrehte Zigarette an und steckte sie sich in seinen Mund. Nachdem er sie angezündet hatte und einen tiefen Zug nahm, gab er Jonas zur Antwort: „Die ersten Jahre war ich bei meinen Eltern. Es war eine sehr schöne und lustige Zeit. Du musst wissen, meine Eltern schippern auf dem Main oder der Donau, oder weiß der Teufel, wo, mit einem riesigen Schiff herum." Er streckte seine Hand aus, zeigte auf ein riesiges Schiff, das mit Kohle beladen war und gerade an ihnen vorbei-fuhr. „So eines zum Beispiel. Doch als ich schulpflichtig wurde, konnten sie mich nicht mehr mitnehmen. Also nahmen mich meine Großeltern. Die aber, wie schon gesagt, hatten nicht be-dacht, dass ich so rebellieren würde. Die logische Folge war ge-nauso wie bei dir, erst Schläge und verbale Erniedrigungen und Drohungen, die alles nichts halfen. Dann entschlossen sich mei-ne Eltern für das Internat. Wie dumm von mir, zu denken, sie würden mich wieder mit aufs Schiff nehmen oder einfach die Arbeit an den Nagel hängen.

Eine Zeitlang habe ich wirklich gedacht, wenn ich hier sit-zen würde, würden sie vielleicht eines Tages hier vorbeifahren."

Simon zuckte mit den Schultern. „Na ja, nur so zufällig, und mich dann doch mitnehmen. Scheiß drauf, ist wohl nicht so. Aber zurück zu deiner Bettwäsche. Willst du wieder die Ohren auf halb acht gedreht bekommen und als Kurzer bei den ande-ren dastehen? Was glaubst du, was los ist, wenn der Erzieher he-rausbekommt, dass du ins Bett gepisst hast? Hast du heute Mor-gen den kleinen Tim in der Ecke im Essenssaal stehen sehen?"

„Ja, wieso?" Simon erklärte ihm: „Das passiert mit Jungs, die ins Bett pissen, wenn sie sich erwischen lassen. Sie dürfen die ganze Frühstückszeit im Essenssaal in der Ecke stehen mit dem Gesicht zur Wand, während die andern sie verspotten. Da-nach geht derjenige, ohne zu frühstücken, mit leerem Magen zur Schule und zu guter Letzt ist er dann als Bettpisser bei den anderen auf Lebenszeit abgestempelt. Was das bedeutet, brauche ich dir nicht zu erklären." Jonas war verwundert. „Aber der ist doch, schätze ich, erst sieben?"

Simon lachte und spottete. „Na und wie alt bist du?" Jonas fing auch an zu lachen, aber eigentlich mehr, um seine Peinlichkeit zu überspielen, dass er mit elf ins Bett gemacht hat. „Und wie geht es jetzt weiter mit meiner fehlenden Bettwäsche?"

Nachdem Simon seine Zigarette mit seinen Fingern wieder geschickt, als ob er noch niemals was anderes gemacht hätte, in die Donau geschnalzt hatte, antwortete er: „Heute nach der Schule gehen wir ins Dorf und besorgen eine neue. Denn du musst wissen, eine Ersatzwäsche muss immer im Schrank sein, und so, wie ich den Herrn Brogmann kenne, wird er deinen Schrank in nächster Zeit noch öfter kontrollieren.

Überleg doch mal, Jonas", fügte er hinzu, „ich muss mit dir das Zimmer teilen und einen Loser möchte ich nicht als Zimmergefährten haben. Also, reiß dich zusammen!"

„Alles klar, hab's verstanden."

Die Kirchenuhr vom Dorf, in dem das Internat lag, schlug dreiviertelacht. „Also komm, Jonas, lass uns die Lehrer ärgern gehen, damit es uns nicht langweilig wird." Lachend sprang er von der Mauer.

Da Simon sich sehr um Jonas kümmerte, verlief sein erster Schultag ohne irgendwelche Besonderheiten für ihn. Seine Befürchtungen, dass die volle Aufmerksamkeit auf ihn fallen würde, war hinfällig, nachdem er feststellte, dass er nicht der einzige Neue hier war.

Nach dem letzten Gongschlag machten Jonas und Simon wieder einen Abstecher durch den Park. Diesmal aber Richtung Dorf. Sie durchquerten einen Friedhof. Plötzlich blieb Simon stehen. „Siehst du, das ist ein Judengrab, Jonas. Was denkst du über Juden?" „Weiß nicht, sind wohl viele umgekommen, das ist schon entsetzlich, wenn man sich das überlegt. Wobei mein Großvater in beiden Kriegen als deutscher Soldat gekämpft hatte und immer dachte, für eine gute Sache zu kämpfen, wenn er all das gewusst hätte, kann ich mir schon denken, wie er gehandelt hätte. Viele seiner Kameraden sind vor seinen Augen gestorben, was er mir manchmal erzählt hatte."

Simon unterbrach Jonas, drehte sich zu ihm um und legte seine Hand auf seine Schulter. Dann vertraute er ihm, in einer herabgesetzten schwächlichen Stimme, an:

„Ich bin Jude. Meine Großeltern waren in Ausschwitz, sie haben aber überlebt." Er schnippte seine Zigarette weg und ging weiter. „Komm, du Enkelsohn eines Judas", platzte ihm lachend heraus.

Jonas spürte aber, dass Simon diese Angelegenheit sehr naheging und er im Grunde die Situation nur überspielen wollte.

Nachdem sie beide eine Zeitlang Richtung Schule schlenderten, fing Jonas von seinem Großvater an zu erzählen. „Mein Großvater berichtete mir einmal, als wir in seinem Herrenzimmer eine Zigarillo rauchten …" Jonas kam ins Stocken, als er Simons skeptischen Blick bemerkte. Dann fuhr er fort: „Weißt du, in das Herrenzimmer durfte niemand rein, nicht mal seine Frau, musst du verstehen. So hat er mich in das Zigarrenrauchen eingeweiht. Früher hatten alle adeligen Männer ein Herrenzimmer, in dem Frauen keinen Zutritt hatten. Also, der hat mir mal erzählt, wie ihm der Unterkiefer weggeschossen wurde. Er lag mit seinem Kumpel in einem Schützengraben, als es passierte. Irgendwann ist er zu Bewusstsein gekommen und stellte fest, dass sein Unterkiefer in Fetzen weg hing und er wie ein abgeschlachtetes Schwein blutete. Dann hat er sich ein Taschentuch genommen und so seinen zerfetzten Unterkiefer an seinem Kopf festgebunden. Seinem Kumpel, dessen Gewehr eine Ladehemmung hatte, sein Gewehr gegeben und ist dann noch fünf Kilometer ins nächste Dorf hinter die Front gelaufen. Von dort wurde er dann erst mit dem Zug in ein Lazarett gebracht, bis man ihn dann schließlich erst wieder zusammenflickte." Euphorisch fuhr er fort: „Oder das eine Mal hat er mir erzählt, als sie beim Rückzug waren, vor den Russen, erlitt sein Kumpel einen Bauchschuss. Da hat er ihm seine Pistole gegeben und ist weitergegangen. Kurz darauf hörte er den Schuss aus seiner Waffe, verstehst du? Sein Kumpel hat sich selber erschossen, weil er wusste, mit dem Bauchschuss würde er so oder so nicht lange leben. Zum anderen wussten sie, dass die Russen keine derart Verletzten in Gefangenschaft nahmen."

Simon unterbrach Jonas, in einem etwas gereizten Ton: „Lass uns später weiterreden, wenn wir im Wald sind."

Jonas merkte, dass Simon ihm zwar zuhörte, aber keine Reaktion zeigte. „Was hast du? Oder soll ich aufhören?", fügte Jonas hinzu.

Simon blieb stehen und schaute ihn an. Dann sagte er in einem verärgerten Ton. „Soll ich dir erzählen, was meine Großmutter erlebt hat im Konzentrationslager? Oder vielleicht besser, wie mein anderer Großvater gestorben ist? Ach komm, Jonas, lassen wir doch lieber den Scheiß. Was können wir für die Dummheit der anderen. Das Einzige, was wir daraus lernen können, nie den gleichen Fehler zu begehen, sollten wir eines Tages in die gleiche Situation kommen. Was ich nie hoffe."

Dann schlenderten sie stillschweigend die Gasse runter zum Einkaufsladen.

Die Verkäuferin grinste, als ob sie schon Bescheid wusste. Mit hochrotem Kopf packte Jonas die billigste Bettwäsche in den Einkaufswagen und ging zur Kasse. Mit gesenktem Kopf bezahlte er und ging, so schnell er konnte, zielstrebig zur Tür. Als er die Tür schließen wollte, stolperte er fast über die Treppenkonsole.

Simon, der schon vorausgegangen war, kam ein Geschäft weiter aus der Eingangstür, mit einem Karton voll Bierflaschen. „Schau nicht so dämlich, mach deine Büchertasche auf." Kaum hatte Jonas sie aufgemacht, schon landeten einige Flaschen Bier in seiner Büchertasche. Jonas beobachtete Simon verwundert, der zwischen die Flaschen seine Hefte legte, damit sie nicht klirrten. „Für heute Abend", grinste Simon. „Und wenn sie uns erwischen?" „Wir gehen durch die Küche", zwinkerte er Jonas zu, „versteste!"

Jonas raste das Herz, als sie Richtung Küchentür abbogen, anstatt zum Haupteingang vom Internat zu gehen. Er verspürte ein Gefühl, als könnte man ihn nur durch sein Herzrasen ertappen, so laut empfand er es.

„Mahlzeit!", rief, ja fast schrie Simon in die Küche, in der zirka zehn Frauen mit ihren weißen Häubchen rumhantierten. „Hallo, Simon, wie war der erste Schultag und wen hast du denn da im Schlepptau?", fragte eine der Köchinnen. „Das da ist Jonas, mein neuer Zimmerkamerad." „Na dann pass nur gut auf ihn auf, dass es ihm nicht genauso ergeht wie deinem letzten!" Simon wurde auf einmal ganz still und senkte seinen Kopf. Jonas hatte fast den Anschein, als würden Simon Tränen in den Augen stehen. Jedoch hatte er sich im selben Moment auch schon wieder im Griff, sodass Simon, kurz bevor er zum Hinterausgang verschwand, der Köchin einen derartigen Klaps auf dem Po gab, dass sie einen schrillen Ton von sich gab. „Du Halunke!", schrie sie Simon nach, der schon die Treppe zum Obergeschoss hinaufhastete.

Im Zimmer angekommen, verrutschte Simon seinen Schrank und öffnete hastig ein kleines Türchen aus Gusseisen in der Wand. „Na, her mit den Flaschen oder willst du, dass uns der Schwulant erwischt?", hörte Jonas ihn hastig sprechen. Eine Flasche nach der anderen verschwand in dem ehemaligen Kaminschacht.

Die Wochen und Monate vergingen wie im Flug, als Jonas feststellen musste, dass es mittlerweile Dezember war. Die Nächte hatten angefangen, eisig zu werden. Der Winter stand vor der Tür, er hatte die Felder tief zugeschneit und tiefe graue Wolken streuten immer mehr Schnee auf die Erde. Es schien ein kalter Winter zu werden. Die Nächte waren weiß wie Glas und kalt wie Eis, an den Fenstern bildeten sich Eiskristalle. Die Eisblumen an der Scheibe versperrten ihm den Blick.

Jonas saß vor der Scheibe und hauchte von innen an die Scheibe, im Nu zerfloss das Sternenmuster, die bizarren Bilder lösten sich für immer auf. Obwohl sich kurze Zeit danach ein neues Muster bildete, war sich Jonas bewusst, das, was es einst war, würde es nie mehr werden. Genauso wie er sein Ich verloren hatte, an dem Tag, an dem er hierher gebracht wurde. Jonas verlor die Sehnsucht nach den Menschen. Das erste Mal sehnte er sich nach Einsamkeit. Dass er sein Leben da zurückgelassen und an sich Verrat ausgeübt hatte, aus Angst, zu widersprechen, nur anderen es recht zu machen und auf sein Recht zu verzichten. Sich zu wehren. All die Gedanken ließen ihm keine Ruhe mehr. Wieder hauchte er die Scheibe an und beobachtete, wie das einmalige Kristallmuster zerfloss und sich ein neues kurz darauf bildete. Nun wusste er, die Wirklichkeit war da, wo er sie zurückgelassen hatte. Doch es gab kein Zurück, denn nichts würde mehr so werden, wie es einst mal war für Jonas.

„Trinkst du eigentlich von deinem Bier oder spuckst du mehr rein, Jonas?", pöbelte Simon ihn in einer schmerzlichen Weise an. Jonas, der in sich vertieft war, zeigte ihm kaum eine Reaktion.

Simon verstand, dass er seine Ruhe brauchte, und süffelte an seinem Bier weiter.

Lange saß Jonas noch vor der Fensterscheibe, lange nachdem Simon schon eingeschlafen war. Jonas hatte beschlossen, die Strafe auf sich zu nehmen und mit Würde zu tragen, auch wenn er den wahren Grund für die Strafe, dass er hierher gebracht wurde, wohl nie verstehen würde.

KAPITEL 3

DIE ABNABELUNG

Menschen investieren zu wenig Zeit, in das Leben eines anderen Menschen zu blicken. Jene, die es doch tun, werden voll Entsetzen feststellen, wie fehlerhaft ihre Kritiken und Urteile sind.

Jonas spürte die Entfernung, die sich zwischen ihm und seiner Familie aufgebaut hatte. Zum ersten Mal wurde ihm bewusst, was er verloren hatte und wie sich Sehnsucht anfühlte. Ein gemischtes Gefühl aus Wut und Übelkeit kam in ihm hoch, er hatte das Gefühl, jemand hätte ihm einen heftigen Schlag in die Magengrube verpasst.

Jonas steckte sich noch eine Zigarette an und blies den Rauch durch den Fensterspalt in den mit Sternen bedeckten Himmel. Der Mond stand fast senkrecht am Himmel, Jonas dachte sich, alle Menschen auf der Welt könnten den Mond sehen, egal, wo sie waren, egal, wie weit sie entfernt voneinander sind. Er nahm sich vor, eine Mondpost aufzumachen, indem er immer, wenn der Mond senkrecht stehen würde, während er seine Bahn zieht, und an seinem Fenster vorbeischauen würde, einen Gruß an seine Mutter, seinen Vater und die Schwestern schicken würde.

Jeden Abend, wenn Simon schon schlief, schickte Jonas bis spät in den Morgen die Grüße hinauf. Doch als der Mond verschwand, verschwand auch die Hoffnung, dass Jonas ein Zeichen, einen Gruß zurückbekommen würde. Nur eine Stille blieb zurück. Eine Leere hing in der Luft, vereint mit seinen vielen Rufen, Schreien und Hilfegrüßen, die wie dahingekleckste Muster in dem Himmel hingen.

Die Tage verliefen genauso schnell wie die Wochen und Monate und ehe er sich umsah, war das erste Jahr vorüber. Anfangs fuhr Jonas noch regelmäßig am Wochenende mit dem Zug nach Haus, später, als er erkannte, dass es kein Zuhause mehr für ihn gab, fuhr er mit zu Simon nach Hause oder blieb ganz im Internat. Simons Eltern besaßen ein Schiff und waren so kaum zu Hause, da sie den Main-Donau-Kanal rauf und runter schipperten. In der Zeit waren Simons Großeltern für ihn verantwortlich. Jonas fühlte sich mehr geduldet als verstanden. Immer mehr fühlte er sich wie ein Fremder, vielleicht nicht in den Augen seiner Familie, aber in seinen eigenen. Es zählten immer nur seine schulischen Leistungen, sodass Jonas eine neue Strategie entwarf, die ihm Simon zeigte. Die guten Zensuren brachte er nach Hause. Jedoch, wenn er schlechte erhielt, die in der Mehrzahl überwogen, gab er sie telefonisch durch. So konnte er den verurteilenden und erniedrigenden sowie verständnislosen Blicken seiner Familie entkommen. Aber noch erleichterter war er, dass seine Mutter ihm nicht mehr irgendein Buch, aus dem sie ihn abfragte, derartig über den Kopf schlug, dass er Nasenbluten bekam. Oder ihm mit der blanken Hand ins Gesicht schlug, sodass sein Kopf rückwärts an den Kachelofen knallte. Manchmal flogen auch die Bücher durch das Wohnzimmer oder andere Gegenstände, die seine Mutter wutentbrannt in irgendeine Richtung wahllos schmiss.

Später bestrafte sich Jonas selber, indem er, wenn er lernte und sich Vokabeln nicht merken konnte, seinen Kopf in einem rhythmischen Wechsel an die Tischkante oder Wand haute. Anfangs leicht mit zunehmendem Selbsthass immer heftiger, sodass er an manchen Tagen danach benommen mit Kopfschmerzen aufwachte. ‚Du bist ein Taugenichts, du Versager, alter Dummbeutel, wirst noch als Bettler vor dem Kaufhof landen'. Wie oft bekam Jonas die Worte zu hören.

Im Internat wurde er zwar diesem nicht mehr ausgesetzt, jedoch kam er da von dem Regen in die Traufe.

Zwar wurde er dort nicht mehr derart erniedrigt und nur anfangs noch von Herrn Brogmann geschlagen, doch musste sich Jonas auf eine derbe Weise Anerkennung verschaffen unter seinen Kameraden, sodass er in manchen Wochen fast täglich in die Kirche ging, um seine Sündenlasten loszuwerden, um es zu ertragen. So dachte Jonas, nur war ihm nicht bewusst, dass er seine grauenvollen Taten sein Leben lang in sich tragen wird.

Regelmäßig, wie eine Uhr, spielte der Pfarrer an der Orgel, still schlich sich Jonas in die letzte Bank, auf der ihn der Orgelspieler nicht sehen konnte, und betete zu Gott, ja, innerlich schrie er regelrecht um Verzeihung und Erlösung.

Jonas wachte durch ein Schreien auf. Als er die Augen öffnete, wurde es wieder still, er hörte nur noch ein Wimmern. Er blickte auf die Uhr, es war ein Uhr morgens. Er schaute zu Simon, doch sein Bett war leer.

Irgendetwas stimmt nicht, ging ihm durch seinen Kopf. Jonas hörte immer wieder in regelmäßigen Abständen gedämpfte Schreie, die in einem Gurgeln verstummten.

Eine geraume Zeit saß Jonas auf seiner Bettkante und schaute zu Simons Bett. Wieder hörte er einen kurzen, gedämpften Schrei, der kurz darauf verstummte. Langsam öffnete er die Zimmertür einen Spalt. Zu groß waren die Angst und Ungewissheit um Simon. Er schaute den Gang entlang, konnte aber nichts erkennen. Vorsichtig tastete er sich durch die Zimmertür in den dunklen Gang. Knarzend fiel die Tür ins Schloss. Der normale tagsüber leise Knall hallte bei der absoluten Stille in der Nacht durch den ganzen Korridor. Plötzlich hörte Jonas Stimmen, die von der linken Korridorseite, aus den Toiletten, kamen. Zwei, drei Schatten huschten an ihm vorbei und verschwanden im Seitengang des Korridors. Wieder fiel eine Tür knarrend ins Schloss! Jonas' Herz raste und er spürte sein Blut in den Adern pochen. Ein leises, fast kaum hörbares Wimmer kam aus den Toiletten, aus denen die Schatten hasteten.

Simon!, schoss es Jonas durch den Kopf! Jonas rannte zu den Toiletten und knipste das Licht an, da saß Simon, in der hintersten Ecke der letzten Toilette, schluchzend den Kopf auf die Knie gelegt. „Simon, was ist los?" Plötzlich hörte Jonas Schritte, die immer schneller wurden. Die Toilettentür wurde aufgerissen und Herr Brogmann stand vor der Tür.

Mit hochrotem Kopf brüllte er: „Was für Unfug treibt ihr da!" Dann sah er die vielen Zigarettenstummel bei Simon auf dem Boden. Wutentbrannt ging er an Jonas vorbei, im selben Moment klatschte Herrn Brogmanns Hand Jonas auf die rechte Backe. Vor Simon stehen geblieben, der mittlerweile aufgestanden war und wie ausgewechselt dastand, schrie er abermals: „Ihr nichts taugenden Bengel, was treibt ihr hier?!" Und schon hatte er Simon derart am Ohr gepackt, dass er gleich darauf zu Boden ging. „Heb die Zigarettenstummel auf!" Simon widersprach kein einziges Mal, obwohl Jonas wusste, dass Simon unschuldig war. Als Jonas etwas sagen wollte, traf ihn von Simon ein scharfer Blick, der Jonas zu verstehen gab, den Mund zu halten. „Was ist denn noch, Jungs?", fauchte Herr Brogmann beide an. „Ab ins Bett, sonst gibt's noch ein paar heiße Ohren. Und Simon", sagte Herr Brogmann mit einem Grinsen, „trockne deine Haare, sonst kommst du morgen noch auf die Krankenstation." Eine funkelnde Feuerzunge blitzte von Simon zurück, genauso flink und scharf wie Herrn Brogmanns zynische Anweisung. Dann gingen sie zurück in ihr Zimmer. Simon erzählte Jonas lange Zeit nichts von jener Nacht und war einige Tage danach noch sehr still. An manchen Nächten saß er ohne jegliche Reaktion am Fenster über seinem Bett und starrte Löcher in den Himmel. Eine Zigarette nach der anderen rauchte er an diesen Abenden, tief in seine Lunge inhalierte er den Rauch, das ganze Zimmer war wie in einen Nebel gehaucht. Als ob es ihm egal war, wenn ein Erzieher reinkäme. Normalerweise warteten sie immer bis nach zehn Uhr, nachdem der letzte Kontrollgang gemacht wurde.

In einer dieser stummen Nächte dachte Jonas an die arme alleinstehende Bäuerin, mit ihrem Buckel und den O-Beinen, der Simon und er das Huhn stehlen wollten. Die sie die buckelige Hexe nannten. Jemandem etwas zu stehlen, bringt Unglück, predigte der Pfarrer immer bei der Sonntagspredigt. *Aber geschmeckt hat es vorzüglich*, dachte sich Jonas. So ein saftiges Hähnchen habe ich noch nie gegessen, vor allem am besten waren die geklauten Kartoffeln, die sie in der Küche verschwinden ließen und am Feuer im Wald in der Glut garten.

Er hatte es nicht richtig erlegt, dieses dumme Huhn ist wie in einem Sturzbach über die Kuppen des Feldes gerannt und letztendlich noch in einen Dornbusch. Natürlich so tief, dass es sich nie im Leben hätte selbst befreien können. Simon wollte schon aufgeben, aber Jonas war wie besessen und kroch dem Huhn hinterher. Er merkte gar nicht, dass er sich sein Hemd am Dornbusch zerriss, doch noch viel schlimmer, er zerkratzte seine ganzen Unterarme. Das Blut floss ihm durch die kleinen aufgerissenen Furchen an seinen Armen, je tiefer er in das Gestrüpp kroch. Plötzlich schrie Simon: „Komm da raus, die Alte kommt mit der Mistgabel gerannt!" Jonas drehte sich um, aber sah nur Simons Füße, dann ergriff er das Huhn am Flügel, das zu fauchen und zu picken anfing. Jonas, der wie in einem Stress war, fluchte kurz auf, als das Huhn ihm abermals in die Hand pickte.

Dann knackte er dem Huhn sein Genick. So als wenn man einen Ast durchbrechen oder etwas zerbersten würde, hörte es sich an. Dann schien das Huhn tot zu sein! Doch nochmals bäumte es sich auf, sein Körper zuckte und zuckte. Jonas kam es wie eine Ewigkeit vor, das Ringen mit dem Tod. Während er rückwärts aus dem Dornengestrüpp kroch, verfing sich ein Flügel vom zuckenden Huhn in einem Dornenast. Jonas, der das Huhn an beiden Füßen festhielt, riss fluchend das Huhn frei, dabei blieben etliche Federn am und um den Dornenast hängen. Aus dem Dornbusch hervorgekrochen, stellte er sich breitbeinig hin, schwang das tote Huhn über seinem Kopf und schrie: „Nu ist das Huhn hin!" Lachend rannte er Simon hinterher, während das Huhn ihm immer wieder gegen seine Beine schlug. Kurz bevor sie in den angrenzenden Wald verschwanden, drehte sich Jonas noch mal zu der Bäuerin um, die schimpfend mit der Mistgabel herumfuchtelte.

Immer tiefer liefen sie in den Wald hinein, bis sie das Gefühl hatten, sicher zu sein. Ein Schweigen breitete sich zwischen ihnen aus, das nur durch ihr gegenseitiges Schnaufen unterbrochen wurde. Angst, Reue und zugleich einen gewissen Triumph verspürte Jonas. Ich kann töten, ich kann … auf einmal sah Jonas das Auge vom Huhn vor sich, als er ihm den Hals im Dornbusch rumgedreht hatte, das Knacken der Knorpel wiederholte sich in ihm wieder und wieder. Langsam schlug der Triumph in Reue um, gemischt mit einem Gefühl einer inneren Verstörtheit, breitete sich in ihm aus.

Am Schnabel vom Huhn, das mit dem Kopf nach unten hing, bildeten sich in kurzen Abständen Blutstropfen, die zu Boden fielen und den mit vertrockneten Tannennadeln bedeckten Waldboden dunkel färbten. Jonas ließ abrupt das tote Huhn los, dessen Kopf hin und her baumelte. Leblos lag es nun auf dem Waldboden, vollkommen zerrupft, als ob es aus einer Schleuder gekommen wäre.

In Jonas breitete sich eine Übelkeit aus. Als ob er jeden Moment sich übergeben müsste, drehte er sich weg von dem dort liegenden toten Huhn, dem er den Hals umgedreht hatte. Jonas wurde bewusst, dass es gar nicht das Huhn war, dem er den Hals umdrehen wollte. Vielmehr war es der Hass, den er in sich trug, gegen seine Familie, die ihn verstoßen und abgeschoben hatte.

Simon, der die ganze Zeit geschwiegen hatte, steckte sich eine Zigarette an und reichte die Schachtel Jonas. „Hier, die geht auf meine Rechnung. Hast du die Hexe gesehen?", lachte Simon. „Als sie mit der Mistgabel und ihren alten O-Beinen über das Feld wackelte."

Simon hob das Huhn auf, legte seinen Hals über einen Baumstumpf und legte die Klinge seines Messers an. Ein malendes, knackendes und zugleich knirschendes Geräusch erreichte Jonas' Ohren. Er drehte sich um, da lag der abgeschnittene Kopf am Waldboden, neben der Stelle, an der vorher das Blut aus seinem Schnabel tropfte.

Nachdem Simon das Huhn gerupft und ausgenommen hatte, trennte er geschickt die Krallen ab und legte es mit einem Holzspieß über das Feuer. Jonas, der seine zweite Zigarette ausdrückte, erkannte sich nicht wieder. Er merkte, dass sich etwas seit jener Zeit veränderte. Seit der Zeit, als seine Eltern ihn hier hergebracht hatten.

Jonas stieg das Bier mit dem Schnaps sehr schnell in den Kopf und während sie das vorzügliche Huhn mit den Kartoffeln verdrückten, verlor er wieder dieses beklemmende Gefühl, genauso wie damals in jener Nacht, als Simon ihm das erste Mal den selbst gebrannten Schnaps gab.

Nachdem sie das Huhn vertilgt hatten, genehmigte sich jeder noch eine Flasche Bier und sie sangen: „Wir haben wieder die Nacht zum Tag gemacht, ... Alkohol ist dein Sanitäter in der Not, ... Alkohol ist dein Fallschirm in der Not und dein Rettungsboot ..." Dann stimmte Jonas von den Beatles das Lied an: „Let it be ..."

Simon, der aufhörte zu singen, da Englisch nicht seine Stärke war, fragte auf einmal: „Wo fühlst du dich zu Hause, Jonas?" „Nirgendwo." „Kein schlechter Ort, Jonas. Und wo ist dieses Nirgendwo?" „Da, wo keine Menschen sind", meinte Jonas. „Wenn es so weit ist, werde ich abhauen, so weit weg, dass mich keiner findet. Kanada oder so."

„Vielleicht sucht dich ja dann keiner, sonst hätten sie dich ja nicht weggeschickt."

„Du könntest eventuell schon recht haben, aber weißt du, Simon, eigentlich ist das mir vollkommen egal. Was ist eigentlich in der Nacht da in der Toilette geschehen?"

„Schwör mir, dass du es für dich behalten tust."

„Ich schwör", gab Jonas zurück.

„Ich musste zum Pissen", fing Simon an. „Als ich gerade aus der Toilette gehen wollte, zerrten mich die Maskierten wieder in die Toilette und hielten mir eine Messerklinge an den Hals. Eine Stimme flüsterte mir ins Ohr ,halt still und schrei nicht', dann packten sie mich an den Füßen und steckten meinen Kopf in die Toilettenschüssel und spülten." „Wieso hast du nicht geschrien?" „Bist du verrückt, die hätten mich alle gemacht. Ich weiß schon, wer das war", sagte Simon. „Die kriegen noch ihre Retourkutsche. Als sie merkten, dass ich sie nicht um Gnade bitten würde, fingen sie an, mich zu schlagen. Einer von ihnen pisste in die Toilette und dann tauchten sie mich abermals kopfüber rein, nur diesmal spülten sie nicht.

Weißt du, die Schläge sind nicht das Schlimme. Die Demütigung tut weh, und all das nur, weil ich bei ihren Tauschgeschäften nicht mitgemacht habe, bei denen sie die anderen übern Tisch ziehen."

„Vielleicht ist es Gottes Strafe, Simon, weil wir den Hahn geklaut haben." „Ach Blödsinn, hier geht es um Macht, um Einschüchterung, Jonas. Lass deinen Gott, wo er ist, der hat dich doch eh verlassen, sonst wärst du doch nicht hier, oder?" Jonas wurde stumm, er wusste nicht mehr, was er darauf sagen sollte.

In dieser Nacht hörte Jonas, wie Simon weinte. Und im Schlaf immer wieder rief „Nein, lasst mich los!"

Wolken zogen wie große weiße Segelschiffe vorbei, und Jonas stellte sich vor, auf einer der Wolken zu sitzen und mit ihr in die Ferne zu fliegen, weit weg, nach Kanada. Er träumte von der Landschaft und von der Weite des Landes, den Bergen, Tälern und Flüssen. Von Orten, an denen noch niemand vor ihm war. Orte, an denen er so sein konnte, wie er ist! Er sah sich an einer Bergkante stehen und in das Tal vor sich schauen, unberührt lagen dort saftige, grüne Wiesen, die hier und da mit einigen Birkenbaum-Gruppen durchsetzt waren, und rote, blutrote Blumen ragten gesprenkelt aus der Wiese. Die Blätter der kanadischen Birke raschelten im Wind ... „Jonas!", hörte er in der Ferne eine Stimme rufen. Er wurde mit einer Kopfnuss in die Realität zurückgeholt, er verlor die Wolken aus dem Blick und sah plötzlich die Schultafel vor sich. Der Herr Duhnmoore stand neben ihm und als Jonas nicht gleich seine Frage beantwortete, setzte es die zweite Kopfnuss nach, die um das Doppelte heftiger war. *Wie zu Hause*, dachte sich Jonas. Wutentbrannt stand er auf. Plötzlich starrten ihn zweiundzwanzig Mitschüler mit offenen Mündern an und verloren ihr Lachen. Jonas stand neben dem Herrn Duhnmoore, der gerade ausholte, um ihn zu züchtigen, aber Jonas duckte sich und rannte aus dem Zimmer, wobei er in der offenen Tür kurz stehen blieb, sich umdrehte und schrie: „Nicht auf meinen Kopf! Nicht auf meinen Kopf!" Dann fiel die Tür mit einem Krach zu und eine Stille breitete sich im Klassenzimmer aus. Jonas rannte zur Lichtung im Wald, in dem er und Simon sich ein kleines Lager gebaut hatten. Die Hühnerfüße hingen immer noch getrocknet mit einem Nagel in den Baum geschlagen.

Jonas setzte sich an die kalte Lagerfeuerstelle und steckte sich eine Zigarette an. Dann überwältigten ihn Kummer und Sehnsucht, er weinte fürchterlich. Immer wieder hörte er sich sagen: „Nicht auf meinen Kopf, Mutter, nicht!"… Er hielt schützend seine Hände über seinen Kopf, doch das Buch prasselte, in seinen Gedanken, weiter auf ihn ein. Erst als er nichts mehr spürte, als sich in ihm eine Gleichgültigkeit ausbreitete und er sagte: „Schlag mich doch tot, wenn es dir dann besser geht, Mam, aber selbst dann werd ich kein Abiturient." …Wie aus dem Nichts stand Simon vor ihm und reichte ihm den Flachmann. Jonas trank einige große Schlucke, die ihm leicht brennend die Kehle runterrannen, um dann in seinem Magen ein wohliges, warmes Gefühl ausbreiteten. Mit einem Grinsen im Gesicht sagte Jonas: „Selbstgebrannter", und lachte. „Selbstgebrannter von Großvater und selbst gestohlen von Simon." Beide krümmten sich vor Lachen.

„Der Herr Duhnmoore will deine Eltern anrufen, aber ich glaube, das hat er nur so gesagt, weil du ihn bloßgestellt hast. Weißt du, die ganze Klasse hat, nachdem du draußen warst, geklatscht."

Simon hatte recht behalten, es gab kein Nachspiel für Jonas. Aber selbst das wäre Jonas egal gewesen, so wie vieles in seinem Leben eine andere Bedeutung bekommen hatte. Jonas lernte in seinem ersten Internatsjahr, dass er in seinem Leben nichts geschenkt bekäme und die goldenen Jahre in seiner Kindheit vorüber waren. So wie er nun auf sich selbst gestellt war und den Kampf um die Liebe zu seinem Vater aufgeben musste. Genauso wie ihm bewusst wurde, dass er es akzeptieren musste, dass seine Mutter ihn verlassen hatte und seine Schwestern nicht mehr seine Schwestern waren wie früher. Dass er nur die Chance hatte, hier einigermaßen heil rauszukommen, indem er allem die Stirn bot, egal, um welchen Preis. Da Herr Duhnmoore das Gespräch bei seinen Eltern nicht suchte, empfand es Jonas als Bestätigung, und so baute er sich eine eigene Welt auf, tief in sich, im Herzen, begrub er seinen Schmerz.

Es war kurz vor Weihnachten, als Jonas seiner Schwester einen ersten Brief schrieb.

> *„Liebste Schwester, um das hier alles in Worte zu fassen, müsste ich erst neue Wörter erfinden, denn die Sehnsucht ist zu groß, um sie zu erklären.*
> *Es ist fast unfassbar, wie schnell die Einsamkeit einen hier in manchen Nächten ergreift und mit welcher Heftigkeit sie zuschlägt. Wir wechseln uns im Stillen mit dem Weinen ab, es wird nie darüber geredet, denn keiner will hier seine Schwächen zeigen, sonst, so musst du wissen, ist man hier verloren, nur der, der brutal, gemein ist und Stärke zeigt, zählt hier etwas. Wenn man nicht aufpasst, klauen sie einem das Essen, darum bleiben Simon und ich immer zusammen, wenn es geht. Du wirst hier nie einen Jungen alleine sehen. Ich habe sehr große Angst, dass noch etwas Schlimmes passiert. Du, mein Schwesterherz, sollst wissen, ich vermisse dich sehr, egal, was kommen mag. Dein kleiner Bruder Jonas.“*

Drei Monate bewahrte Jonas den Brief in seinem Schrank auf, versteckt hinter einem Bild an der Rückwand, damit ihn Herr Brogmann nicht finden würde, wenn er mal wieder in seinen Wutausbrüchen alles zu Boden schmiss. Eines Nachts verbrannte er ihn und schmiss den brennenden Brief aus dem Fenster. In dieser Nacht war sein Schmerz, den er im Herzen begraben hatte, so stark wie das Feuer, das sich ums Holz züngelte und alles verbrannte bis tief ins Innere und nur noch ein Häufchen Asche übrig ließ.

HEILIGABEND

Jeder Mensch hat sein Zuhause an dem Ort, an dem seine Liebe wachsen kann. Nur dem Reisenden, der ruhelos von einem Ort zum anderen wandert, in der Hoffnung, die Liebe zum Herzen zu finden, wird so lange das Zuhause fehlen, bis er sich für einen Ort entschieden hat.

Das erste halbe Jahr war vorüber und die Weihnachtsferien standen kurz bevor, Jonas' Zeugnis konnte sich sehen lassen. Er schaffte es, von sechs Fünfern bis auf einen alle auf Vierer runterzudrücken, nur der in Mathe blieb stehen. Jonas war stolz auf sich und freute sich das erste Mal wieder auf zu Hause, seine Familie zu sehen.

Der Bahnhof war menschenleer, als Jonas zu seinem Gleis ging. Aus dem Zug, der auf dem gegenüberliegenden Gleis gerade zum Stehen kam, stiegen Menschen aus, die Jonas beobachtete. *Wie unterschiedlich doch die Menschen sind*, dachte er sich, *und trotzdem aus dem Gleichen entstanden, alle waren einmal unbeholfene Säuglinge, die durch die Liebe der Mutter und des Vaters heranwuchsen. Wie unterschiedlich doch die Menschen sein mögen, im Grunde sind sie alle gleich.*

Der Schaffner, der als Erstes aus dem letzten Waggon sprang, als der Zug zum Stehen kam, kniff seine Augen zusammen und starrte zur Zugspitze, den Bahnsteig entlang, dann blies er kräftig in seine Pfeife und hob seine Kelle. Der Zug setzte sich in Bewegung, während ein kleiner Junge am Fenster Jonas zuwinkte. Jonas erkannte sich, als er anfangs immer noch seinen Eltern zuwinkte, wenn sie ihn zum Zug brachten, doch seit langer Zeit verschwand er immer gleich im Abteil. Als ihn seine Mutter mal darauf ansprach, wieso er nicht mehr am Fenster stünde, wusste er, so wie jetzt auch, keine passende Antwort.

Im Lautsprecher ertönte eine Stimme. „Auf Gleis zwei fährt in Kürze der verspätete Eilzug von Lüneburg nach Freiburg ein, bitte vorsichtig." Quietschend kam der Zug zum Stehen, Jonas schulterte seinen Rucksack und stieg in den dritten Waggon ein, kurz danach hörte er die Pfeife des Schaffners und der Zug fuhr in Richtung alte Heimat, für Jonas.

Die Landschaft glich einer einzigen weißen Decke. Der Schnee, der gar nicht mehr aufhörte, vom Himmel zu fallen, begrub alles unter sich. Auf den Dächern türmte sich meterhoch der Schnee und die Bäume litten unter der schweren Last, sodass sich die Äste tief nach unten bogen und darauf warteten, dass der Wind ihnen die Lasten abwarf. Jonas dachte sich, wie sehnsüchtig die Bäume auf den Frühling warten müssen, um all die Kraft, die sie die letzten Monate in sich gesammelt hatten, mit ihren Knospen und Blüten herausplatzen lassen zu dürfen. Er sehnte sich auch brennend nach dem Frühling. Im Internat war es zur Winterszeit immer eisig kalt, da nur wenige Räume beheizt wurden, um Kosten zu sparen. Seine Wasserflasche, die er für die Nacht am Fensterbrett meistens zu stehen hatte, war immer mit einer Frostschicht überzogen, auch wenn sie nie ganz zufror, da es durch die Fenster wie Hechtsuppe zog. Das Einzige, was sie am Gefrieren aufhielt, war der Selbstgebrannte und in manchen Nächten, wenn sie sich sicher waren, dass keiner mehr kam von den Erziehern, legten sie sich gemeinsam in ein Bett und beobachteten die Sterne. In diesen Nächten rauchten sie zu viel und tranken auch des Öfteren über ihren Durst. Aber sie hatten es warm, in jenen Nächten, und ein Hauch von Geborgenheit verspürte Jonas, denn Simon wurde nicht nur sein bester Freund, seitdem er im Internat war, es verband beide noch etwas Innigeres.

In einer dieser Nächte, erinnerte sich Jonas, als der Selbstgebrannte seine Wirkung zeigte, lagen sie gemeinsam in Simons Bett und spielten mit ihren Füßen Schattengesichter, die sich an der Wand widerspiegelten. Als plötzlich Simon sich zu ihm drehte. „Weißt du, Jonas, dass ich dich sehr gerne habe?" Es war das erste Mal, dass er seinen Namen so vollkommen, liebevoll ausgesprochen hörte. Sie schauten sich tief in die Augen, wussten, dass sie nicht viele Worte brauchten, um einander zu verstehen. Jonas konnte Simons Atem spüren, er klang wie Musik in seinen Ohren, warm und vertraut fühlte er sich an. Sie schauten sich eine Ewigkeit an, Jonas' Herz klopfte wie wild in seiner Brust, er hatte das Gefühl, es würde jeden Moment seinen Brustkorb sprengen. In Jonas schienen sich die Gefühle im Karussell zu drehen. Zum einen das Gefühl der Zuneigung, die er für Simon empfand, und der Gegensatz des Verbotenen, so wie er es aus der Bibel seiner Eltern kannte. Er hatte sich die Bibel, die nur offensichtlich auf dem Wohnzimmertisch lag, des Öfteren geholt, um darin zu lesen und Trost zu finden. In dem ganzen Durcheinander seiner Gefühle legte Simon seine Hand auf seine Schulter und fing behutsam an, seinen Hals und Nacken zu streicheln. Jonas schloss seine Augen und ließ es geschehen, dann berührten sich ihre Lippen, zart und achtsam küsste Simon ihn. Als er merkte, dass Jonas seinen Kuss nicht erwiderte, flüsterte er ihm zu: „Ich weiß, dass du nicht das Gleiche empfindest wie ich", und strich ihm eine seiner blonden Haarsträhne aus dem Gesicht. Eine Ewigkeit lagen sie wieder nebeneinander, ohne Worte, und schauten sich nur ganz tief in die Augen, dabei wechselten Simons Pupillen, als ob sie etwas sagen wollten. Jonas wusste, dass diese Augen von einer reinen Seele stammen mussten, denn so viel Zärtlichkeit, Liebe und Reinheit hatte Jonas noch in keinem Menschen gesehen oder gespürt. Noch nie hatte ein Mensch je zuvor so tief in sein Inneres schauen können. Ihn so tief berührt, auch wenn er aus Sicht seiner Gefühlswelt wusste, dass er niemals das, was Simon empfand, empfinden würde. Jedoch spürte er, wenn Simon ihn berührte, tief in seinem Inneren, seine Schreie nach Liebe. Simon hatte die Gabe,

Jonas seinen Schmerz zu stillen, und berührte seine Wunden auf eine Art, der er nicht widerstehen konnte. Zu sehr war die Sehnsucht nach Liebe und zu stark der Schmerz. Simons Art linderte beides und hatte für ihn eine fast heilende Wirkung.

Als es schon zu dämmern anfing und sich der Morgen durch das Vogelgezwitscher bemerkbar machte, zog Jonas vorsichtig seinen Arm unter Simons Kopf hervor, der inzwischen eingeschlafen war, und flüsterte ihm so leise er nur konnte ins Ohr: „Auch wenn wir nicht das Gleiche empfinden, wirst du immer ein guter Freund für mich sein, der einen Teil meines Herzens gewonnen hat." Jonas wurde klar, dass Simon schwul war. Verwundert über sich selber, dass es ihn auf keine Weise abstieß oder er ihn verurteilte, sondern ihn bewunderte, denn er riskierte hier in jenem Moment sehr viel. *Wenn das jemals ans Tageslicht im Internat käme, wäre Simon bei den anderen Jungs verloren*, schoss ihm durch den Kopf. Jonas bekam großen Respekt vor diesem Jungen, der neben ihm im Bett lag, und fühlte sich das erste Mal wirklich verstanden und geliebt. Behutsam legte er Simons Kopf auf das Kissen, das sie sich noch eben geteilt hatten und deckte ihn zu. Nachdem er noch eine Zigarette geraucht hatte, versteckte er die leeren Bierflaschen und kroch stumm in sein kaltes Bett zurück.

Die Schneelandschaft, die wie ein Film an Jonas vorbeihuschte, und das monotone, dumpfe Geräusch der Schienen, ließen ihn eindösen. Zurück blieben sein kaltes Bett und die Zärtlichkeit Simons.
Etwas rüttelte an seiner Schulter. „Die Fahrkarte, Junge, bitte", hörte er den Schaffner sagen. Noch ganz benebelt, zog er die Fahrkarte aus seiner Tasche und reichte sie dem Schaffner, der sie abknipste und ihm wiedergab. „Schöne Weihnachten." Dann wandte er sich schon an den nächsten Fahrgast.

Jonas, der wieder in seinen Gedanken versunken war und mit der Müdigkeit kämpfte, hätte um eine Haaresbreite seine Haltestation verpasst, wenn er nicht seine Mutter vor dem Fenster wie eine Verrückte winken gesehen hätte. Im letzten Moment sprang er aus dem Zug und stand seit drei Monaten wieder vor seiner Mutter. „Junge, hast du dich aber verändert." Schon schloss sie ihn in den Arm, küsste ihn auf seine Wange und strich ihm durch sein Haar. Er war erstaunt über sich, dass er dabei nichts empfand. Seine Mutter war ihm so fremd wie noch nie zuvor geworden. Jegliche Muttergefühle, die er einst hatte, waren wie ausgelöscht. Für ihn war es eine Person, die wohl seine Mutter war, aber mehr nicht. Nie hätte er sich das in seinen kühnsten Träumen vorstellen können. Seine Mutter, die er heiß und innigst liebte, jede Liebe Geste und Zuneigung, die er sich früher erhaschen konnte, als sie ihm stundenlang den Kopf kraulte. Jetzt, wenn sie ihn berührte, war nichts da, ja, fast ein Widerwillen, es stieß ihn regelrecht ab. *Ob das wohl etwas mit der Begegnung Simons zu tun hat,* dachte er sich. *Oder war es doch mehr seine Enttäuschung, dass sie ihn weggebracht hatte. Vielleicht war sie ja auch nur zum Schein so liebevoll, weil sie ein schlechtes Gewissen in sich trug.* All diese Gedanken spukten ihm durch den Kopf, als plötzlich seine Mutter sagte. „Junge, du sagst ja gar nichts. Freust du dich denn überhaupt nicht, nach Hause zu kommen?"

„Manchmal …", fing er an, dann unterbrach ihn seine Mutter, wie sie es schon immer gerne getan hatte: „Jetzt fahren wir erst mal heim." „Heim?", fragte sich Jonas. Er entzog ihr seine Hand und sie liefen zum Auto.

Das Haus war sowohl von außen als auch von innen wie jedes Jahr prachtvoll weihnachtlich geschmückt. Eines musste man seiner Mutter lassen, in dieser Sache war sie spitze, nicht zu kitschig und nicht zu prunkvoll. So spielte sich jedes Jahr das gleiche Ritual ab, seine Mutter wollte alles immer perfekt machen. Nur, je mehr sie es versuchte, desto mehr verlor alles seinen Boden.

Heiligabend war wie ein Schachspiel, in dem aber nur eine Person die Figuren bewegte, seine Mutter. Die Spielregeln dazu stellte sie meist auch selber auf, und meistens nach demselben Muster. Vor dem dekadenten, jedoch ausgezeichneten Essen kam die Bescherung, an der ein langjähriger Freund seiner Eltern nie teilnehmen durfte, denn dieser Moment war seiner Mutter heilig. *Warum eigentlich dieser Moment?,* dachte Jonas sich.

Alles musste immer perfekt sein, bis ins kleinste Detail durchdacht und geplant. Nichts wurde dem Zufall überlassen, jedes Geschenk hatte seinen Platz. Selbst die Reihenfolge, sowohl am Tisch als auch beim Vorsingen, wer welches Instrument spielen durfte, gab schon den ersten Streit zwischen seinen Schwestern. Zum Glück konnte er kein Instrument spielen.

Sein Vater, der diese Weihnachten Stiefel geschenkt bekam, die Jonas' Mutter wie alle anderen Geschenke mit viel Mühe ausgesucht hatte, verschwand wie immer kurz nach der Bescherung, um seine Geschenk zu testen. *Wie respektlos*, dachte sich Jonas. Diesmal stellte sein Vater die neuen Schuhe in die vollgefüllte Badewanne. Als seine Mutter ihn etwas geknickt darauf ansprach, entgegnete er ihr: „Ich muss doch sehen, ob sie wasserdicht sind, sonst kannst du sie gleich wieder umtauschen." *Wer von den beiden wohl nicht ganz dicht war?*, waren Jonas' Gedanken, als er sich in den Keller verdrückte, um ein Bier heimlich in schnellen Zügen zu trinken, um das ganze Geschehen lockerer zu ertragen.

Ständig musste er an Simon denken und an die unkomplizierten, natürlichen Nächte, die sie in den letzten Monaten im Internat verbrachten. Sollte er sich deswegen schämen oder Reue zeigen?

Es klingelte an der Haustür, der langjährige Freund seiner Eltern kam herein. Wie sollte es anders sein, mit der gleichen Pralinenschachtel wie jedes Jahr, auf die sich seine Schwestern wie besessen stürzten. „Aber erst nach dem Essen, Kinder", ermahnte seine Mutter, was aber eh sinnlos war.

Und schon entstand ein neuer Machtkampf zwischen seinen beiden Schwestern, die sich um die Pralinen stritten.

Die Unzufriedenheit seiner Mutter, nie das passende Geschenk von ihrem Mann zu bekommen, und die ständigen Konkurrenzkämpfe seiner Schwestern, wer nun mehr geliebt wird von den Eltern, ließen ihn schnell in sein Zimmer verschwinden, mit der Ausrede, er sei müde von der langen Zugfahrt.

Das Letzte, was er immer noch mitbekam, war die Diskussion, in der seine Mutter versuchte, Jonas' Vater und dessen Freund zu überreden, in die Andachtsmesse zu gehen. Dann fiel Jonas in einen tiefen Schlaf.

Die Weihnachtstage vergingen und er sehnte sich wieder nach der Abreise. Er schreckte vor dem, das einst mal sein Zuhause war, derart ab, dass ihm schon alleine bei dem Gedanken übel wurde, sodass er es nicht begreifen konnte, dass er noch vor gar nicht allzu langer Zeit Sehnsucht hierher hatte. Wie als ob jemand Jonas eine Augenbinde vom Kopf gezogen hätte, wurde ihm klar, dass in seiner Familie keine wirkliche Liebe oder kein Zusammenhalt herrschte. Es war eine Art Liebe, die nur dadurch bestehen konnte, dass eine Konstellation existierte zwischen ihnen. Eine Art Eltern-Kinder-Beziehung, in der die Eltern ihre Kinder mehr brauchten als die Kinder die Eltern. *Oder war es so, dass seine Geschwister und er nie die Möglichkeit hatten, Kind zu sein und als Kind angesehen zu werden, da seine Eltern immer Kinder geblieben waren?*, ging ihm durch seinen Kopf. Jeder wollte von ihnen im Mittelpunkt stehen. Jonas hatte noch nie seine Eltern zusammen ein längeres Gespräch führen sehen, über ein Problem diskutieren oder herzhaft lachen, geschweige denn Liebkosungen austauschen. Es war schon immer für Jonas mehr eine kalte, distanzierte Ehe, die seine Eltern führten. Abgesehen von den ständigen Streitereien, die an solchen Tagen wie Weihnachten oder Ostern von seiner Mutter unterdrückt wurden, so, als ob sie nur einmal im Jahr die harmonische Familie spielen wolle, um ihre schwere Last der Mutterrolle und Ehefrau abzulegen. Er verstand es nicht, weshalb jeder von ihnen nicht seinen eigenen Weg gehen konnte, da sie es ja von ihm auch verlangten, indem sie ihn wegschickten. Er fühlte sich nicht mehr dazugehörig und war auf einmal überaus glücklich, diese Familienthematik nur einige Tage im Jahr mitzubekommen. Nun war Jonas stolz auf sich, denn er hatte es geschafft, sich von diesem Desaster zu befreien.

Als er eines Morgens am Frühstückstisch versuchte, seine Gefühle zu erklären, dass er lieber wieder nach Hause wollte, sich bemühen wolle, dauerte es nicht lange und er wurde von seinem Vater unterbrochen: „Du Hirsch, glaubst wohl, du bist nicht mein Sohn?" „Aber Vater, ich wollte doch nur …", erwiderte Jonas. Fast wütend, mit einer so harten Stimme, als ob er ihn dafür hasste, fügte sein Vater, der schräg gegenüber von ihm saß, hinzu: „Hättest du dich zu Hause mehr angestrengt und würdest nicht immer das Gegenteil von dem tun, was du sollst, dann müssten wir nicht andere drum bezahlen, dass sie aus dir etwas Besseres machen." Darauf murmelte er noch in seinen Bart: „Nimm dir ein Beispiel an deinen Schwestern, die kurz vor dem Abitur stehen." Jonas, der seinen Kopf gesenkt hatte, um dem verärgerten Gesichtsausdruck seines Vaters und dem Grinsen seiner mittleren Schwester zu entrinnen, krampfte sich der Unterleib zusammen.

Sein Vater redete auf ihn ein, ohne zu merken, dass Jonas abgeschaltet hatte. Die Worte seines Vaters prasselten über ihn hinweg. Eine erdrückende Stille breitete sich in Jonas aus. Er musste an Simon denken, der ihn als Einziger verstand, wie er dachte. Er wollte es sich gar nicht erst vorstellen, wie seine Eltern wohl reagieren würden, wenn sie das erfahren hätten. Nun wusste er, dass jene Nacht im Zimmer mit Simon, so wie die Quälereien der Älteren an den Jüngeren, er nie erzählen könne, da seine Eltern es nicht interessierte. Zum einen wollten sie es nicht wahrhaben, jedoch das Schlimmere, was er empfand, war, dass wahrscheinlich letztendlich sie ihn dafür noch verantwortlich machen würden. Zum einen ließen sie ihn eh nie zu Wort kommen und wenn einmal doch, dann hörten sie nie richtig zu. Er blickte zu seiner Mutter, die in den letzten zehn Minuten kein Wort sagte, dabei erkannte er an ihrem Gesichtsausdruck, dass sie wohl total überfordert sei. Denn egal, was er auch tat, es war von vornherein so oder so zum Scheitern verurteilt, da er nie seinen Schwestern das Wasser reichen konnte.

Nachdem alle vom Tisch aufgestanden waren, flüsterte seine Schwester, die ihn gerade noch triumphierend angegrinst hatte, beim Vorbeigehen ins Ohr: „Gut, dass du morgen wieder verschwindest, ohne dich ist es zu Hause friedlicher." Jonas reagierte darauf nicht, denn er hatte seine Schwester durchschaut, er nahm es gelassen und war ihr nicht einmal böse.

Der Tag der Abreise war gekommen, sein Vater verabschiedete ihn auf dem Korridor. Er streckte seine Hand Jonas entgegen und zeigte wie immer keinerlei Regung seiner Gefühle. „Mache uns keine Schande, Junge", waren seine einzigen Worte, die er über seine Lippen brachte.

Gerade als er zur Haustür trat, da sie schon spät dran waren, wie meistens, und seine Mutter im Auto das dritte Mal hupte, kam seine ältere Schwester hinterhergerannt, nahm ihn in den Arm und sprach im ganz leisen Ton, damit es keiner hören konnte: „Ich hab dich ganz arg lieb." Jonas hatte ein paar Sekunden das Gefühl, dass sie Tränen in den Augen hatte, doch was ändere das schon, schwirrte in seinem Kopf, ich gehöre nicht hierher! Das ganze Haus bestand nur aus falscher Liebe, die nicht vom Herzen kam, sondern durch eine hohe Erwartungshaltung an ihn gestellt wurde. Seine Mutter war der oberste Kriegsherr in diesen Feldzügen der Machenschaft zwischen ihr und seinem Vater. Wie ein Marionettenspiel zog sie die Fäden so, das alles seine Form so bekommt, wie sie es gerne hätte. Selbst, wenn es einen hohen Preis kostete, versuchte sie wie immer, das Schicksal zu beeinflussen. *Liegt es vielleicht in der Natur der Frau?*, dachte sich Jonas. Nun sah er in sich einen Rebell im Haus, weshalb sie ihn woanders hinschickten. Jonas war erleichtert, als er im Zug saß, nachdem seine Mutter ihn zum Bahnhof gefahren hatte. Während der Autofahrt hatte sie nichts Besseres zu tun, ihm wieder und wieder ins Gewissen zu reden, dass er sich doch schulisch mehr zusammenreißen und sich ein Beispiel an seinen Geschwistern nehmen sollte, um seinen Vater stolz zu machen. Sie leierte es herunter, wie so mancher Pfarrer in der Kirche seine Gläubigen in der Sonntagspredigt ermahnte. So wurde Jonas klar, dass er sich selbst überlassen war und sich nur noch auf sich selbst verlassen konnte. Obwohl er es für eine bedrückende Last empfand, auf sich gestellt zu sein mit all den Geschehnissen im Internat, war er glücklicher, dem Zuhause entronnen zu sein, auch wenn er dafür die Lasst ertragen musste und sich bewusst war, dass Stunden später sein Gefühl der Einsamkeit wiederkommen würde. Offiziell war Weihnachten wieder für ein Jahr vorbei.

DER ABSCHIEDSBRIEF

Das Leben ist ein ständiger Wandel.

Er war einer der Ersten, die im Internat eintrafen. Unruhig und gespannt wartete er auf Simon, doch er kam nicht. Langsam füllten sich die Zimmer und der Geräuschpegel nahm zu. Je länger die Zeit verstrich, desto unbehaglicher fühlte Jonas sich. Angst breitete sich in ihm aus. Angst, als spüre er etwas Schlimmes. Als es für ihn unerträglich wurde, schob er Simons Schrank beiseite und öffnete ihr Geheimfach, den stillgelegten Kamin, um vom Selbstgebrannten einen Schluck zu nehmen. Da lag er, neben der Flasche Schnaps.

Ein Brief. Nun wusste Jonas, dass etwas Schlimmes kommen würde. Vorsichtig nahm er den Brief und die Schnapsflasche heraus.
    Auf dem Kuvert stand in Simons Handschrift geschrieben. „Für Jonas." Dann öffnete er den Brief, der an ihn gerichtet war, und fing mit zitternden Händen an zu lesen.

> *„Mein wahrer Freund, ich danke dir, für das, was du mir gegeben hast. Auch wenn es nur für einen kurzen Moment war, hast du mir ein kleines Stück Glück auf Erden gegeben. Ich danke dir, dass du mir gezeigt hast, wer ich bin. Ich weiß nun, dass es besser ist, eine kurze Zeit glücklich zu sein, auch wenn ich das Glück durch meine verzweifelte Tat verliere, als mein ganzes Leben lang, so wie die meisten Menschen, meinen Alltag versuche zu ertragen. Sei milde mit deinem Urteil über mich, denn durch unser Band der Liebe, des Zutrauens sind wir zu mehr als Freunden verknüpft, es schlagen unsere Herzen für unsere gemeinschaftlichen Seelen, die für uns sorgen, auch wenn ich nicht unter dir weile.*
> *Wenn du dieses lesen wirst, bin ich nicht mehr da. Ich konnte es nicht mehr ertragen, anders zu sein, als es von*

mir erwartet wurde. Auch du, das einzige Glück, das mir in meinem Leben widerfahren ist, konntest mich von diesem inneren Schmerz nicht befreien. Ich konnte diese Traurigkeit nicht mehr ertragen. Zu spät haben wir uns getroffen, zu wenig Zeit ist uns geblieben. Vergib mir, Jonas! Nur bitte ich dich darum, denn nur du berührtest mein Inneres, bete für meine Seele zu deinem Gott, an den ich nie glauben konnte. Möge er mir diesen Schritt verzeihen und meinen Großvater strafen, für die viele Prügel, die er über mich ergehen ließ. Hüte unser Geheimnis, so wirst du nie verwundbar sein, Jonas! Eines Tages werden wir uns wiedersehen. Jetzt, wo ich all mein Inneres vor dir ausgebreitet habe, möchte ich es doch wieder gerne zurücknehmen und alleine mich im Stillen davonschleichen, dir die Last nehmen, auch nur einen Ansatz darüber nachdenken zu müssen. Doch das kann ich nicht, denn dazu bist du mir zu wichtig, Jonas.
Dein dich liebender Freund Simon."

Jonas fing zu zittern an und schluchzte, als die Tür sich öffnete und Herr Brogman in der Tür stand. Schnell schob Jonas die Schnapsflasche unter seine Zudecke und ließ den Brief zerknüllt unter seinem Bett verschwinden. Mit gedrückter Stimme sagte der Erzieher. „Jonas, ich muss dir etwas Schlimmes sagen." Dann setzte er sich neben ihm auf seine Bettkante.

Er erkannte Herrn Brogmann nicht wieder. Jonas konnte beobachten, wie schwer es dem Erzieher fiel, die richtigen Worte zu finden.

Er begann mit den Worten „Weißt du, Simon …" Dann stockte er mitten im Satz und räusperte sich, so als würden ihm die Worte in der Kehle steckenbleiben. Dann fing er von Neuem an und sprach in einer fast weinerlichen Stimme: „Simon kommt in nächster Zeit nicht wieder. Er liegt im Krankenhaus, Jonas, versuchte, sich das Leben zu nehmen, musst du wissen." Während er mit seinem einen Fuß vor Nervosität hin und her wackelte, zog er sich eine Zigarettenschachtel aus der Jackentasche und zündete sich eine an. Nachdem er einen kräftigen Zug genommen hatte und mit dem Bein endlich das Wackeln aufhörte, hielt er Jonas, der immer noch weinte, die Schachtel hin. „Nimm dir ruhig eine, ich weiß doch, dass ihr Jungs raucht." Und er fügte hinzu: „Ist eine Ausnahme, o. k.? Bleibt unter uns, Jonas." Jonas, der die Gemeinheiten von Herrn Brogmann nie vergessen würde, zog sich seine eigenen Zigaretten aus der Hosentasche und meinte: „Danke, ich habe meine eigenen, dann haben Sie sicher nichts dagegen, wenn ich mir eine drehe." „Morgen", fing Herr Brogmann an, „kommen Simons Großeltern, sie würden mit dir gerne reden, wenn das für dich in Ordnung wäre?" Die Asche von Herrn Brogmanns Zigarette fiel zu Boden. Nachdem Jonas sich seine selbst gedrehte Zigarette angezündet hatte, holte er unter seiner Matratze einen kleinen Deckel hervor, der als Aschenbecher diente, und reichte sie seinem Erzieher. Die Tür ging abermals auf und der zweite Erzieher, Herr Goldmann, trat ins Zimmer. Jonas, der beide aus seinen Augenwinkeln beobachtete, während er den Rauch in die Luft blies, bemerkte, dass sich beide zunickten, dann setzte sich Herr Goldmann gegenüber auf Simons Bett. „Willst du uns irgendetwas sagen, Jonas?", fragte er Jonas, der ein beklemmendes Gefühl hatte und sich fast wie in einem Verhör vorkam. Er antwortete: „Was wollen Sie denn von mir wissen, glauben Sie, ich habe davon etwas gewusst?" „Nein, aber vielleicht kannst du uns erzählen, was letztens in der Toilette passiert ist!"

Jonas spürte, dass er jetzt vorsichtig sein musste, und fügte auf einmal ganz gefasst hinzu: „Ich bin damals kurz vor Ihnen in die Toilette gekommen und fand Simon weinend in der Ecke, den Rest kennen Sie ja selber, Herr Brogmann." Im Stillen dachte sich Jonas *ich bin doch nicht verrückt, wenn die anderen Jungs erfahren, dass ich etwas verraten habe, bin ich der Nächste.* Außerdem lag der wahre Grund für Simons Versuch, sich das Leben zu nehmen, ganz woanders. Plötzlich musste Jonas an den Brief denken, der unter seinem Bett lag. Er malte sich aus, wie er ihn zerknüllen und schnell in den Mund stecken würde, wenn ihn jetzt jemand entdeckte. Doch dazu kam es zum Glück nicht. Eine unangenehme Stille breitete sich aus, so als ob die Luft zu knistern anfing. Jonas war erleichtert, als draußen ein Junge den Herrn Brogmann rief. Er drückte seinen Zigarettenstummel aus und ging zur Tür, während er die Tür öffnete, fragte er in einem strengen, lauten Ton. „Was ist denn schon wieder?" Nun erkannte Jonas den Jungen an der Stimme. Er konnte ihn nicht ausstehen, denn er versuchte immer, lieb Kind zu sein bei den Erziehern, und hatte schon so manches in der Vergangenheit verraten.

„Ihr Telefon klingelt ständig", erwiderte der Junge, während er durch die angelehnte Tür schaute. *Du hinterhältiger Kerl*, dachte sich Jonas, während sich Herr Brogmannzu ihm umdrehte und sagte: „Ich komme später noch einmal, mache dich jetzt mal langsam fürs Bett fertig." Dann gingen beide Erzieher aus seinem Zimmer und machten die Tür zu.

Die Stimmen im Gebäude fingen an, immer weiter weg zu klingen, so als würde jemand aus einem Boot fallen und ziellos umherschwimmen, während sich das Schiff immer weiter entfernte. Er hob Simons Brief auf und zündete ihn an, dann schmiss er ihn aus dem Fenster, welches zum Hinterhof ging. Die kurz aufflackernde Flamme verschwand in der Dunkelheit.

Er schaute zum Mond, der wie jeden Abend, wenn der Himmel nicht bedeckt war, seine Bahn zog, als er plötzlich eine vertraute Stimme hörte. Er drehte sich um, doch weder im Zimmer, noch an der Türschwelle stand jemand! Jonas war gerade im Begriff, sich wieder dem Mond zuzuwenden, um seinen Gedanken freien Lauf zu lassen, als zum zweiten Mal die Stimme zu ihm sprach. „Jonas!"

In der Verwirrung verbrannte er sich den einen Finger an seiner Zigarette. Jonas flüsterte, obwohl er niemanden außer sich im Zimmer sah. „Wer bist du?" Ein Schweigen füllte den Raum aus.

Auf einmal verspürte er Angst und wollte aus dem Zimmer rennen, als er noch mal die Stimme hörte. „Jonas, du musst dich vor mir nicht fürchten." Seine Haut fing an zu prickeln, als berühre ihn jemand. Nun wurde er ganz ruhig und lehnte sich ans Fensterbrett. *Jetzt werde ich verrückt*, dachte er sich. „Nein, Jonas", sagte die Stimme und fuhr fort, „nicht alles ist so, wie die Menschen es sehen. Jonas, versuche den tieferen Sinn darin zu erkennen, in deinem Leben, in dem, was dir widerfährt." Jonas, der verärgert war, antwortete zornig: „Wo soll denn der tiefere Sinn darin stecken, dass du es zuerst zuließest, dass meine Eltern mich wegschickten, und jetzt nimmst du mir noch den Menschen, der mir neue Hoffnung gab." „Ich habe dir den Menschen nicht genommen. Du hast doch das Glück, die Freude und das Gefühl der Zuneigung sowie der Liebe spüren zu dürfen. Nur musst du eines wissen, Jonas, nichts ist für die Ewigkeit. Drum halte nie etwas fest, sonst gehst du mit unter, wenn dem anderen ein anderer Weg bestimmt ist. Simon hat dir eine gewisse Zeit geholfen, dich in der Anfangszeit hier zurechtzufinden. Er hat dir das Gefühl gegeben, dass du etwas Besonders bist, und dir auf seine Weise gezeigt, dass es doch noch Liebe gibt, auch wenn du sie nicht bei ihm erwidern konntest, weil du anders empfindest als er. Dir werden noch viele Menschen im Leben begegnen, Jonas, die dir für deinen Weg Neues zeigen, so wie du anderen Menschen Neues zeigen wirst. Denke immer daran, nichts ist für die Ewigkeit, selbst der Schmerz hört eines Tages auf. Ob Simons Entscheidung, den Weg so zu gehen, richtig oder falsch war, kann ich dir nicht sagen. Aber glaube mir, er wusste es, sonst hätte er nie die Erfahrung gemacht, und die war für seinen Weg wichtig, so traurig und unverständlich es auch für uns sein mag. Wie gesagt, jeder muss seinen eigenen Weg gehen."

Jonas versuchte, all das zu begreifen, konnte aber dem Ganzen nicht so recht folgen. Er muss eine Ewigkeit am Fenster gestanden haben. Er hörte von den anderen ankommenden Jungen keine Stimmen mehr oder zufallende Türen. Er lauschte, aber selbst die Dielen knarrten nicht. Hatte er den Gongschlag überhört?! Jonas, der keinen mehr sehen wollte, schon gar nicht den Herrn Brogmann, zog sich schnell seinen Schlafanzug an, legte seine Kleidungsstücke ordentlich auf dem Stuhl ab und legte sich ins Bett. Als er seine Bettdecke halb über seinen Kopf zog und sich zur Wand gedreht hatte, öffnete sich die Zimmertür und Herr Brogmann kam ins Zimmer. Während er mit seiner Taschenlampe in Richtung seines Bettes leuchtete, hörte Jonas ihn zu dem anderen Erzieher flüstern: „Na zum Glück, der Junge schläft schon, wird eh morgen ein harter Tag für Jonas, wenn Simons Großeltern ihn sprechen wollen."

Jonas, der von den letzten Geschehnissen recht erschöpft war, schlief kurz darauf ein. Er schlief sehr unruhig, drehte sich von einer Seite auf die andere.

Er wachte durch die Morgenklingel auf, die wie jeden Früh schrill und unüberhörbar durch den Gang klang. Zerschlagen, als hätte er die ganze Nacht durchgemacht, quälte er sich aus seinem Bett. Völlig ziellos, ja fast schon apathisch, zog er sich seine Hose und Schuhe an, dann ging er zu den Waschbecken. Der Junge mit der Glatze, der ihn anfangs hinterrücks in die Rippen schlug, wich zur Seite, als Jonas an sein Waschbecken im Gang ging. Keiner redete etwas, so als ob man denken könnte, es würde alle Jungs berühren, was mit Simon geschehen ist. Doch wusste Jonas zu gut, dass nur einige Jungs so ziemlich die Hosen voll hatten, unter anderen der Glatzköpfige, der sicherlich damals mit in der Toilette war, als sie Simon verdroschen und kopfüber in die Toilettenschüssel steckten.

„Jonas, kommst du dann bitte in mein Zimmer, wenn du fertig bist?", sagte Herr Brogmann, der wie aus dem Nichts hinter ihm stand. „Wenn du mit dem Frühstücken fertig bist", fügte er hinzu. Jonas nickte nur und spuckte die Zahnpaste aus seinem Mund ins Waschbecken.

Während die anderen Jungen sich auf den Schulweg machten, ging Jonas den Gang vor dem Erzieherzimmer auf und ab. Er wartete darauf, dass Herr Brogmann ihn hereinbat. Nach einer Ewigkeit ging die Tür auf und Herr Brogmann, der nervös an seinem Bart zupfte, rief Jonas, der am anderen Ende vom Gang stand und aus dem Fenster starrte, zu sich. Als Jonas neben ihm stand, legte Herr Brogman ihm den Arm um seine Schulter und sagte leise: „Brauchst keine Angst zu haben, Junge, die Großeltern wollen nur wissen, ob du Simon heute mit besuchen willst." Jonas' Herzschlag überschlug sich fast. Simon besuchen, *oh Gott*, dachte er sich, *am Ende wissen sie doch mehr, als ich vermute.*

EINE LANGE FAHRT

Jeder Mensch trägt ein Geheimnis in sich, das erst preisgegeben werden kann, wenn man nichts mehr zu verlieren hat.

Verängstigt ging Jonas in das Erzieherzimmer. Genauso hatte er sich Simons Großvater vorgestellt, mit einer Bundfaltenhose und Schlips. Die grau-melierten Haare, die mit einem Seitenscheitel nach hinten gekämmt waren, wurden durch eine ordentliche Portion Haarwachs gehalten. Seine Hände hatte er hinter dem Rücken verschränkt, während sich auf seiner Stirn Falten bildeten. Seine Großmutter saß auf einem Stuhl, die Hände im Schoß gefaltet. Ein Lächeln ging über ihre Lippen, als sie Jonas hereintraten sah. „Du bist also Jonas, Simon hat uns schon sehr viel Gutes von dir erzählt." „So, hat er das", erwiderte Jonas, etwas schüchtern. Zögerlich reichte er erst der Großmutter die Hand, dann dem Großvater, der ihn genau in Augenschein nahm. „Jonas", fing er an, „wie du weißt, ist Simon im Krankenhaus und du weißt ja, was er dummerweise getan hat." Dann stockte seine Stimme. Mit Tränen in den Augen fragte die Großmutter: „Willst du mit uns kommen, um Simon zu besuchen? Er würde sich sicherlich freuen, er hat schon nach dir gefragt." Jonas bekam gerade noch mit gedrückter Stimme ein Ja heraus, als Herr Brogmann hinzufügte: „Von der Schulleitung geht das in Ordnung und mit deinen Eltern haben wir auch telefoniert, Jonas. Also, wenn du willst, Junge!" „Ich würde gerne Simon besuchen", gab Jonas zur Antwort.

„Wir werden ihn nicht zu spät zurückbringen, Herr Brog-mann", sagte der Großvater, während er seiner Frau in den Mantel half. Dann verließen sie das Zimmer und gingen stillschweigend den leeren Korridor zum Haupteingang. Simons Großeltern verabschiedeten sich von Herrn Brogmann und bedankten sich für die Hilfsbereitschaft, dann stiegen sie und Jonas ins Auto.

Dicke Schneeflocken fielen vom Himmel, als das Auto vor einem großen gusseisernen Tor zum Stehen kam. Ein Mann, der eine Uniform trug, kam aus einem Häuschen, das neben dem Tor stand, heraus und ging auf die Autoseite, in der Simons Großvater saß. Nachdem er mit ihm einige Worte gewechselt hatte, öffnete er das Tor und das Auto fuhr auf den Innenhof. Jonas drehte sich um und begutachtete das riesige Tor, das aus geschwungenen Bögen und Windungen bestand. In der Mitte des einen Torflügels war ein goldenes Schild angebracht mit der Aufschrift „Heilanstalt für Psychiatrie."

Wie im Internat, dachte sich Jonas, als sich ein langer Korridor zeigte, nachdem sie durch die Eingangstür gingen. Der scheinbar unendlich lange Fußboden wurde durch einen genauso langen Läufer verdeckt, der ihre Schritte verschluckte. Jonas zuckte zusammen, als er Schreie hörte. „Lasst mich rauuus, raus, raus, raus, aus dem Irrenhaus!", die in dem endlosen Gemäuer fast wie ein Echo klangen. Kurz darauf lachte derjenige, eine Ewigkeit, das in ein Weinen schließlich überging. „Hab keine Angst, Jonas", sprach Simons Großmutter und nahm seine Hand. „Das sind nur Patienten, die etwas verwirrt sind, du musst wissen, dies hier ist kein normales Krankenhaus. Hier sind Menschen untergebracht, die verrückt sind." Etwas verwundert und zugleich vorsichtig entgegnete Jonas. „Simon ist doch nicht verrückt."

Nachdem sie zwei Stockwerke hinter sich gelassen hatten, standen sie vor einer dicken Glastür. Der Großvater drückte die neben der Tür befindliche Glocke. Kurz danach waren hinter der Tür zwei Männer und eine Frau, deren Haare etwas zerzaust aussahen. Dem einem hing die Hose bis unter der Hüfte, während die Frau barfuß, mit dem Daumen im Mund, dastand, als ob sie ein kleines Kind wäre. Auf einmal fing der dritte Mann an, die Scheibe von innen abzulecken, nachdem er sie zuvor angespuckt hatte, und verzerrte derart sein Gesicht dabei, dass Jonas fast schlecht wurde. Jonas, der stocksteif dastand und seinen Kopf zur Seite gedreht hatte, um diesem ekeligen Schauspiel zu entfliehen, war sich einen kurzen Moment nicht sicher, ob er träumte. Als er wieder vorsichtig zur Glasscheibe schaute, war gerade ein in Weiß gekleideter Mann dabei, die ekeligen Gestalten, so dachte sich Jonas, wegzuschicken, während ein anderer Mann, der sein Kollege zu sein schien, die Glastür aufsperrte.

Jonas, dem die abgestandene Luft, die aus einer Mischung von Schweiß und Urin in die Nase stieg, schaute mit Entsetzen die sogenannten verwirrten Patienten an, als er durch die Stationstür ging. Mit entsetzten Augen betrachtete er die teilweise ungepflegten Gestalten, die auf eine ganz unnatürliche Weise schauten und Grimassen zogen. Die einen schauten Löcher in die Luft, als ob sie in einer anderen Welt lebten, während andere unnatürlich lachten oder weinten. Von einem konnte Jonas seinen Blick gar nicht mehr wenden. Er lief den Gang in schnellen Schritten auf und ab, wobei er an dem einem Ende kurz stehen blieb, sich vor das dort an der Wand hängende Bild stellte, um dann in einem rasenden Tempo seine Zähne aufeinander zu schlagen. Bei jedem Zusammenknall der Zähne, was einen hohlen Knall gab, hatte Jonas das Gefühl, der Person würden jeden Moment die einzelnen Zähne herausfallen.

Kurz darauf schrie er das Bild an: „Arschloch, Arschloooch, lass mich wieder raus!" Dann wiederholte er die Szene, akkurat und monoton zugleich!

Jonas, dem es unheimlich war, lief ganz dicht neben Simons Großmutter. Während der Pfleger den Gang, gefolgt von Jonas und den Großeltern, auf das Zimmer von Simon zusteuerte, lief kichernd Jonas eine Schar Patienten hinterher. Plötzlich zupfte einer Jonas am Arm. Kichernd zeigte er Jonas die Zunge, als der sich umdrehte. Angekommen an dem Zimmer, in dem Simon lag, blieb der Pfleger stehen und blickte gereizt zu der Meute von Patienten, die ihnen gefolgt waren. Durch seinen strengen Blick suchten sie, für kurze Dauer, das Weite.

Simon hatte ein Einzelzimmer. An seinem Bett waren an den Längsseiten Gitterstäbe angebracht, so als hätte jemand Bedenken, dass er herausfallen könnte.

Jonas schaute erschrocken zu Simon, aus dessen Füße Metallstäbe herausschauten.

„Schau mal, Simon, wen wir mitgebracht haben", hörte er die Großmutter sagen, nachdem sie ihm einen Kuss auf die Stirn gegeben hatte.

Jonas, der das Gefühl hatte, seine Kehle schnüre sich immer mehr zu, ging zögerlich an Simons Bettkante. Seine Großmutter, die zuvor den Pfleger gebeten hatte, das Gitter an der Seite des Bettes zu entfernen, bat Jonas sich zu Simon auf die Bettkante zu setzen. Simon, den Jonas nicht mehr erkannte, starrte unentwegt an die Decke, als würde er gar nicht registrieren, dass er Besuch hatte. „Junge, nun sag doch schon was", flehte sein Großvater, der auf einem der Stühle Platz genommen hatte, Simon an, während er nervös sein Kinn kratzte. „Wir haben ihm eine Beruhigungstablette vor einer Stunde gegeben", gab der Pfleger gelangweilt von sich. „Er hat die ganze Nacht nicht geschlafen und ständig geweint." Nachdem der Pfleger den besorgten Gesichtsausdruck der Großmutter sah, änderte er seinen Blick und fügte etwas freundlicher hinzu: „Damit er etwas zur Ruhe kommt."

Plötzlich sah Jonas einen Beutel an der Bettkante hängen, von der ein Schlauch unter Simons Bettdecke ging. Während im Beutel schon gelbe Flüssigkeit, versetzt mit Blut, war, kam schubweise immer neue Flüssigkeit vom Schlauch nach. Jonas erinnerte sich an seinen Großvater, der damals, als er im Krankenhaus war, das Gleiche hatte. Damals erklärte seine Mutter ihm, dass Großvater nicht mehr auf die Toilette gehen könne, darum hätte er diesen Beutel. Dann wurde Jonas klar, dass Simon in diesem Zustand mit all den stählernen Stangen in seinen Beinen, Becken und Hüfte sicherlich auch nicht auf die Toilette gehen konnte.

Aus dem rechten Unterschenkel ragten die Titanstäbe heraus, die seine zerbrochenen Knochenteile zusammenhalten sollten, damit sie wieder zusammenwachsen konnten. Der Verband, der die Löcher der Stäbe verdeckte, war mit Blut durchtränkt, man konnte erkennen, dass die Wunde nach den vielen Operationen immer noch stark nachblutete. Deshalb bekam Simon auch über seine Vene im rechten Arm Blutkonserven zusätzlich, da er zu viel Blut beim Sturz von der Brücke verloren hatte.

DIE BEICHTE

Dem Sterbenden ist es gleich, wem er die Beichte abgibt, damit er seinen Frieden findet.

Wie furchtbar schmerzlich es sich anfühlt, dachte sich Jonas, als auf einmal Simon nach seiner Hand griff. Dicke Tränen rannen ihm die Backen herunter, dann flüsterten seine Lippen unverständliche Worte. Jonas, der erst dachte, Simon wäre in einer anderen Realität, fragte ihn verständnislos: „Was hast du gesagt?" Simon holte schwerfällig tief Luft und redete in einer Art der Erleichterung, als würden ihm die Worte helfen. „Das nächste Mal schaffe ich es. Du wirst ohne mich auf dieser Welt leben müssen."

Jonas, der gerade etwas entgegnen wollte, verschluckte seine Worte, als die Tür sich öffnete und eine Krankenschwester hereinkam und Simons Großeltern fragte: „Wollen Sie noch den Arzt sprechen, er hätte jetzt Zeit für Sie?" „Ja, das wäre sehr nett." „Dann kommen Sie doch bitte mit." „Du kannst bei Simon bleiben, Jonas, wir kommen gleich wieder", sagte die Schwester, als sie schon fast zur Tür draußen war. *Woher weiß sie meinen Namen?*, überlegte Jonas und schaute fragend Simon an, der seine Gedanken wohl lesen konnte, aber nur mit den Schultern zuckte. Dann ging die Tür zu und beide waren alleine. Die beklemmende und drückende Stimmung löste sich schlagartig auf, als sie alleine waren, beugte sich Jonas zu Simon in sein Bett und fiel ihm in den Arm „Wieso?", schluchzte Jonas ihm ins Ohr, „habe ich etwas falsch gemacht oder dich in der letzten Nacht vor den Weihnachtsferien

verletzt?" Dann schauten sie sich genauso wie damals tief in die Augen. Jonas, der von Simons kastanienbraunen Augen fasziniert war, wusste nicht, wie er ihm erklären soll, was er für ihn empfand. Wie eine ausgelöste Lawine brachen die Worte aus Simon heraus, als hätten sie seit Jahren darauf gewartet, endlich ausgesprochen zu werden. „Nein, das hat mit dir nichts zu tun, Jonas, ich weiß, dass du für mich viel empfindest, auch wenn es nicht das Gleiche ist wie ich für dich. Jetzt spielt es eh keine Rolle mehr, ich …", Simon stockte, brach den Satz ab und rang nach Luft, ehe er weitersprechen konnte.

Es verging eine Ewigkeit, in der wieder diese drückende Stille herrschte, bevor er fortfuhr: „Ich fühle mich nicht zu Mädchen hingezogen, Jonas, verstehst du, darum empfinde ich anders als du und darum schlagen mich die anderen Jungs manchmal nachts auf der Toilette. Kannst du dich noch daran erinnern, als ich dich vor dem Herrn Brogmann warnte, Jonas?" Mit verwirrter Stimme antwortete Jonas: „Ja, warum?" „Er hatte mich mal ertappt, ein Jahr, bevor du ins Internat kamst, als ich so einen Homosexuellen-Playboy anschaute auf der Toilette. Erst tat er ganz verständnisvoll und dann fing er immer mehr an, mich zu begrapschen. Eines Nachts kam er in mein Zimmer, als Joschka krank war, und bedrängte mich." „Joschka? Wer ist Joschka?" „Joschka", fing Simon an, „war der, der vor dir dein Bett hatte, ist kurz, bevor du gekommen bist, gegangen. Hat es nicht mehr ausgehalten, nachdem er sich auf gute zwanzig Kilo abgehungert hatte und ständig auf dem Friedhof saß, haben ihn seine Eltern auf eine andere Schule gebracht. Deswegen nenne ich Herrn Brogmann auch den Schwulanten. Doch zu der Zeit wusste ich noch nicht so recht, was ich empfinden sollte, heute bin ich mir im Klaren, dass ich für Mädchen nichts empfinde. Trotz allem ich hätte nie etwas mit Herrn Brogmann anfangen können, der ist mir viel zu schleimig. Na ja, irgendwann hat er dann angefangen, paar blöde Bemerkungen vor den anderen Jungs über mich zu sagen, und ich bin mir sicher, dass er den Großen was gesteckt hat." „Aber warum, Simon, lass es mich bitte verstehen, den Grund für deinen Entschluss." Jonas zeigte mit dem Finger auf all die Titanstangen und Schrauben in seinem Körper.

„Du musst verstehen, Jonas, ich kann die Schikanen und Schläge nachts nicht mehr ertragen." „Aber wieso erzählst du es nicht deinen Eltern?" Simon lachte spöttisch.

„Mein Vater hatte hohe Schulden. Das Geschäft in der Schifffahrtsbranche lief schlecht, dann hat er sich einfach aus dem Staub gemacht. Hat sich eine Kugel in den Kopf gejagt, verstehst du? Meine Mutter ist in der Hupfla, die ist verrückt geworden, nachdem mein Vater sich erschossen hatte. Und meine Großeltern …" Dann schwieg Simon eine Zeitlang. Lachend fügte er hinzu: „Glaube mir, mein Großvater, der immer so scheinheilig besorgt um mich tut, würde mich am liebsten totschlagen. Er gibt mir die ganze Schuld, da er denkt, mein Vater hätte sich so verschuldet, um meine Internatszeit zu finanzieren. Doch nie hat sich einer mal gefragt, warum ich so rebelliere.

Nur weil ich bei den Menschen sein wollte, die ich liebte, meinen Eltern. Außerdem, wie soll ein sechsjähriges Kind denn verstehen, warum es von seinen Eltern wegmuss. Ich habe kein Mitleid mit meinen Eltern, sie hatten sich selber in den Wahnsinn getrieben. Aber ich hasse meinen Vater, dass er so egoistisch war und mich nicht mit in den Tod genommen hat. So haben beide, nur weil sie nicht fähig waren, ihr Leben in den Griff zu bekommen, mich im Stich gelassen. Außerdem, warum erzählst du nichts zu Hause?"

Jonas wurde rot und zögerte. „Na ja, vielleicht magst du recht haben." Simon fing erneut an zu weinen. „Meine Sterne standen wohl nicht gut, als ich auf die Welt kam, und dein Herr Gott mag mich wohl auch nicht besonders. Wahrscheinlich, weil ich schwul bin." Verärgert antwortete Jonas darauf: „Gott liebt alle Menschen, auch wenn du es nicht wahrhaben willst. Aber du musst auch an ihn glauben. Weißt du auch, wenn ich nicht so bin wie du, habe ich es genossen, in deiner Nähe zu sein, und außerdem brauche ich dich. Du hättest mich nicht verführen können. Wir sind doch ein gutes Team und was ist eigentlich mit Kanada, unser Deal war, dass wir eines Tages dort gemeinsam hingehen, schon vergessen?"

Simon wollte gerade anfangen, etwas zu sagen, da ging die Tür auf.

„Hat etwas länger gebraucht, aber ich denke, ihr hattet euch eh genug zu erzählen, oder?", fragte Simons Großmutter. Simon schwieg. Jonas, der die Situation retten wollte, sagte kurz angebunden nur: „Ja, sehr viel."

Mittlerweile wurde es draußen dunkel, die Sonne zeigte ihre letzten Strahlen, bevor sie dann am Horizont verschwand. *Wenn man genau hingehört hätte, hätte man sie zischen hören können,* dachte sich Jonas.

„Simon, wir müssen Jonas zurück ins Internat bringen, aber wir kommen morgen wieder."

Nachdem sie sich verabschiedet hatten und gerade aus dem Zimmer gingen, rief Simon Jonas zurück. Sie blickten sich in die Augen, und Jonas überkam ein Kälteschauer, der ihm durchs Knochenmark fuhr. Als er Simon mit einem leichten Schmunzeln sah, war ihm klar, dass er ihn nie wiedersehen würde auf dieser Welt. Dann beugte er sich über ihn, küsste ihn ein letztes Mal, drehte sich ohne Worte um und ging.

Nun war sich Jonas im Klaren, dass das, was er bei Simon suchte, die Erinnerung nach der verlorenen Geborgenheit war. Jetzt verstand er ihn, sie empfanden wirklich unterschiedlich und er sah das, was sie taten, als falsch an. Sie waren zu weit gegangen. Er empfand fast einen Abgrund dafür, trotzdem er Simon vermisste. Er wusste, Simon war verloren, denn er hatte sich aufgegeben und sich nie die Mühe gemacht, seinen Gott ins Herz zu lassen. Mit einem wehmütigen Gedanken, Simon nicht helfen zu können, nicht seinen Hass in Liebe zu verwandeln, stieg Jonas in das Auto. Auf der Autofahrt zurück ins Internat schwiegen sie alle drei, nicht einmal Simons Großmutter fing ein Gespräch an. Vielleicht wussten sie, dass Jonas nicht mehr der werden würde, der er einmal unter seinem verdeckten Mantel war.

Nachdem Simons Großeltern Jonas wieder zum Internat gebracht hatten und sich verabschiedeten, sah er in den Großeltern einen düsteren, ja fast starren Blick. *Es muss wohl so sein*, spukte in Jonas' Kopf, *dass der Arzt ihnen eine schlechte Nachricht über Simons Zustand gesagt haben musste.*

In der kommenden Nacht kniete er vor seinem Bett und betete zu Gott. Aber er konnte nicht die Worte finden, die Worte, um all das zu bitten und zu verzeihen, was er nicht verstand. Er hoffte, die vertraute, unsichtbare Stimme wieder zu hören, mit der er sich immer unterhielt, wenn er verzweifelt war. Doch jetzt spürte er nur auf einmal die Erschöpfung, die über ihn hereinbrach.

Nun würde sein Körper sich das zurückholen, was er ihm geraubt hatte, in den letzten Stunden seiner Verzweiflung, hörte er sich selber reden.

Der Raubbau an seinem Körper kostete seinen Tribut. Jonas wollte weinen, aber so sehr er es sich auch gewünscht hatte, es rann keine Träne über seine Wangen. Enttäuschungen und Verbitterung, mit einem Gemisch aus tiefem Hass und Wut auf alles, hinderten ihn daran.

In jener Nacht hatte er einen seiner schlimmsten Träume, die er je hatte.

Er war auf der Flucht, doch wusste er nicht, vor wem oder was. Immer, wenn er sich umdrehte, verschwand die Gestalt. Einmal im Nebel, das andere Mal in der Dunkelheit, doch auch wenn er es nicht sehen konnte, hörte er immer dessen Atem, hastig und schwer, wie von einem Tier, das seine Beute jagte. Für einen kurzen Moment sah er von der Gestalt ihre roten, funkelnden Augen, aufblitzend in der Dunkelheit. Panisch rannte er weiter, rannte in einen Wald, in dem die Bäume zu Menschen wurden, die er wiederum als die Menschen erkannte, die ihm alle in seinem Leben begegnet waren. Dort waren seine Eltern und Schwestern, die ihm zuriefen: „Lauf, lauf doch so schnell du kannst!" Dann rannte er an Simon vorbei, der ihm nur zuwinkte und zugrinste, als wollte er ihm sagen, gib auf, es hat eh keinen Sinn, davonzulaufen. Plötzlich stand er vor einem großen schwarzen Loch, das er nie umgehen konnte, da wurde ihm bewusst, dass er immer um das Loch rannte. Plötzlich stolperte er über eine Wurzel und die Gestalt kam näher. Jonas merkte, dass er den Boden unter den Füßen verloren hatte und sich mit den Händen an dem Rand vom schwarzen Loch festhielt. Dann stand die Gestalt vor ihm. Der Nebel fing langsam an, sich aufzulösen, und der Mond brachte Licht in die Dunkelheit, da erkannte er, dass aus der Gestalt, die ihn gejagt hatte, seine Familie herauskam. Sie riefen ihm zu: „Du musst weiterrennen, Jonas, sonst bist du verloren!" Er hatte Angst vor der Dunkelheit, der Ungewissheit des schwarzen Loches, und zugleich vor der Gestalt mit den vielen Gesichtern seiner Familie, die ihn immer weiterhetzen wollte. Seine Kraft ließ Stück für Stück nach in seinen Armen und er konnte nicht mehr klar denken. Alles fing an zu verschwimmen, es drehte ihn wie im Karussell. Ihm wurde übel und er hatte das Gefühl, sein Magen käme ihm hoch. Plötzlich erwachte er und musste sich übergeben. Für einen kurzen Moment wusste er nicht, wo er war, dann sah er die Poster an der Wand und ihm wurde bewusst, dass er geträumt hatte. Erst dachte er, er hätte ins Bett genässt, doch dann stellte er fest, dass er im Angstschweiß badete. Zum Glück hatte er das meiste nicht ins Bett erbrochen, sondern aus dem Bett raus. Das Erbrochene lag auf dem Boden vor seinem Bett. Mit einem bitteren Geschmack im Mund setzte er sich an die Bettkante und wischte sich seine Spucke vom Erbrochenen vom Mund und der Nase. Er zitterte am ganzen Körper und wünschte sich, dass er nicht alleine wäre. Langsam, ganz langsam ließ auch der Schwindel nach. Wenn Simon nur da wäre, redete er im Stillen zu sich, auch wenn er im selben Moment wusste, dass er nicht wiederkam, half es ihm, die Stille zu ertragen. Auf sich gestellt, wischte er das sauer riechende Erbrochene von dem Fußboden auf und zündete sich eine Zigarette an. Immer wieder, so als ob er sich seinen schrecklichen Traum von sich streifen wollte, fuhr sich Jonas durch sein nass geschwitztes Haar.

Wie ein Geistesblitz kam ihm der verbrannte Abschiedsbrief von Simon wieder in den Sinn. „Du, mein Freund, ich danke dir …!" Jonas erschien es so, als ob Simon sich darin für alles in der Welt entschuldigen wollte. Doch am meisten ärgerte sich Jonas, dass Simon sich dafür entschuldigte, der zu sein, der er war. Jonas war klar, dass sein Freund nicht wiederkommen würde, denn bei der nächsten Gelegenheit würde er wieder versuchen, seinen Kummer und inneren Schmerz mit sich auszulöschen. Jonas hatte es in seinen Augen lesen können, als er ihn im Krankenhaus zu sich zurück an sein Bett rief.

Die ersten Schneeglöckchen fingen gerade an, aus dem Boden zu sprießen. Die Sonne nahm immer mehr an Kraft zu, sodass Tag und Nacht der tauende Schnee von den Dächern tropfte. An manchen Tagen war es schon so warm, dass die Sonnenstrahlen im Gesicht wohltuend brannten. Die Luft roch süßlich, nach dem bevorstehenden Frühling. Es war Mitte März, Jonas' zweites Jahr im Internat ging dem Ende zu.

Simon war nun schon fast zwei Monate im Krankenhaus. Jonas hatte ihn noch einige Male mit dessen Großeltern besucht, aber Simon war nicht mehr der, der er einmal war. Er wurde immer abwesender und seine inneren, als auch äußeren Wunden heilten sehr schlecht. Eigentlich war dies gar nicht mehr Simon, der dort lag, fahl, weiß und eingefallen im Gesicht, mit diesem ständigen starren Blick, abwesend, so als würde er in einer anderen Welt nun leben. Mittlerweile waren weitere Schläuche an seinem Körper, der eine ging in seine Nase, ein weiterer in sein Handgelenk, sodass er nur noch aus lauter Kabeln bestand, und jedes Mal, wenn Jonas in besuchte, war ein weiterer Schlauch oder ein Kabel an ihm. Jedes Mal hörte er den Satz, die Medikamente würden nicht anschlagen. An manchen Tagen war er gar nicht ansprechbar. „War er wohl wieder die Nacht recht unruhig?", fragte dann die Großmutter den Pfleger. „Ja, wir haben die Dosis der Medikamente etwas erhöhen müssen, zumal das letzte Medikament nicht so recht anschlagen wollte", erwiderte er. Jonas sprach den Satz schon immer mit, wenn der Pfleger im Begriff war, ihn auszusprechen.

Eines Nachmittags fing Herr Brogman Jonas an der Schule ab, da wusste er, was geschehen war. Sie gingen ein Stück spazieren. Der Erzieher, der ganz nervös auf seiner Pfeife herumkaute, indem er sie zwischen seinen gelben Zähnen hin und her schob, fragte Jonas, ob sie sich nicht auf eine Bank im Park setzen wollten. *Er hat wohl keine Ahnung, wie erbärmlich seine Zähne aussehen,* dachte sich Jonas. Als der Erzieher Jonas mit einem bedrückten Gesichtsausdruck und mit Tränen besetzten Augen mitteilte, dass Simon gestern Nacht an Nierenversagen verstorben sei, hatte er das Gefühl, dass er den Erzieher eher trösten müsste als er ihn. Jonas hatte für einen kurzen Moment den Gedanken, dass Herr Brogmann doch ein Herz haben müsse. Oder war da doch mehr, als er wusste, zwischen Simon und ihm?

Erst glaubte er, Simon mit jeder Faser seines Seins im Stich gelassen zu haben. Nicht bewusst. Doch dann wurde ihm klar, dass jeder die Verantwortung für sich selber tragen müsse. Und wenn sich jemand entschieden hat, von dieser Welt zu gehen, so wird ihn niemand aufhalten können.

Der Erzieher schaute Jonas fragend an. Woraufhin Jonas ihm eine Antwort gab. „Wissen Sie, alle, die vor uns hier waren, sind tot. So wie jetzt Simon. Nur wir sind die, die übrig geblieben sind. Jetzt muss ich mit Simon getrennte Wege gehen. Ich bin zwar traurig, aber ich weiß, wir werden uns alle wiedersehen und eines Tages gemeinsam an einer langen Tafel sitzen und sowohl lachen als auch weinen. Alles in Ordnung bei mir, Herr Brogmann. Können wir jetzt gehen, ich habe um vierzehn Uhr Nachhilfeunterricht bei Frau Bieder, da möchte ich nicht zu spät kommen. Sie wissen ja, das kann sie nicht ausstehen", log er. Die Wahrheit war, dass er sich selber irgendwie zu dieser Frau hingezogen fühlte und jede Minute mit ihr genoss. Selbst wenn es pauken für ihn hieß. Der süßliche Duft ihres

Parfüms, mit ihren schulterlangen schwarzen Haaren, war jedes Mal wieder für Jonas ein wohltuendes Gefühl. Herr Brogmann klopfte seine Pfeife an der Parkbank aus und sie gingen Richtung Internat zurück. „Tut dir das nicht weh, Jonas? Ich dachte immer, es war dein bester Freund!" „Doch, Herr Brogmann, aber wissen Sie, durch die Besuche im Krankenhaus meines Großvaters habe ich gelernt, dass der Tod genauso zum Leben gehört wie die Geburt und dass man einen Menschen, der nicht mehr leben will, so wie Simon, nicht aufhalten kann. So viel man ihn auch mit Medikamenten vollpumpt, ist das immer eine Sache zwischen dem Herr Gott und demjenigen selber. Damit will ich nicht sagen, dass es richtig ist oder falsch, jedoch haben wir das nicht zu entscheiden und können, wie gesagt, es nicht verhindern oder aufhalten, wenn letztendlich das jemand vorhat. Verstehen Sie?"

„Wenn man es so betrachtet, magst du recht haben, Jonas." Dann kratzte er sich wieder verlegen an seinem spitzigen Kinn. Jonas hätte die Gunst der Stunde ausgenützt, dachte er sich. Indem er den schwachen Moment von Herrn Brogmann wahrnahm und von seiner Seite her Stärke zeigte, so als würde er über der Sache mit Simon stehen, auch wenn es in ihm anders ausschaute, so hatte er wenigstens die Gewissheit, seine Ruhe vor ihm zu haben. Wenigstens diesbezüglich. Jonas hatte immer wieder seinen Traum. Schweißgebadet wachte er immer wieder an der gleichen Stelle auf, bis er eines Abends, bevor er sich schlafen legte, zu sich sagte, das nächste Mal springe ich, bevor ich stolpere im Traum. In der kommenden Nacht hatte er jenen Traum, doch sein Unterbewusstsein sagte ihm ‚spring' und so öffnete er seine Arme weit und sprang. Dabei sah er sein Gesicht, das vor lauter Erlösung strahlte, während er immer tiefer in das pechschwarze Loch flog, verlor er die Angst und er schlief tief und fest ein. Seit dieser Nacht träumte er nie mehr diesen Traum. Doch wusste er nun auch, dass das Band zwischen seiner Familie und ihm vollständig durchtrennt war, so als wenn die Hebamme die pulsierende Verbindung zwischen dem Säugling und dessen Mutter mit der Nabelschnurdurchtrennung beendete. *Beides ist wohl der Lauf der Dinge*, waren seine Gedanken. Jonas spürte, dass eine große Last von ihm abgefallen war, als würde ein neuer Lebensabschnitt für ihn beginnen.

An einem der darauffolgenden Tage ging Jonas noch einmal an Simons und seine Lagerstelle im Wald. Alles schien nicht mehr dasselbe zu sein – als hätten die Umstände das Gegenwärtige verhext, ja sogar die Schönheit der Bäume, die sie immer bewundert hatten, war erloschen. Jonas, der sich auf den Rückweg machte, schwor sich, nie mehr diesen Ort aufzusuchen.

Fast jeden Nachmittag verbrachte er in dem großen Studiersaal im Internat, teils paukte er, teils las er Bücher über altertümliche Geschichte. Doch am meisten interessierten ihn die Bücher über Kanada, die er wissbegierig verschlang. Ob Romane, geschichtliche oder über die Pflanzenkunde bis hin zu den verschiedensten Tierbüchern, alles, was er bekam, war ihm recht. Doch das faszinierendste Buch für ihn war Jack Londons Wildnis. Immer mehr distanzierte er sich von seinen Mitschülern und vergrub sich in seine Bücherwelt. Da er viel Zeit im Studiersaal verbrachte, wurde er von den Erziehern gerne gesehen und so auch von den Großen, wie dem Glatzköpfigen, in Ruhe gelassen. Seine Nachhilfelehrerin war sehr begeistert und alles hatte den Anschein, zum Besten zu werden.

Seit Langem hörte er nachts wieder dieses Wimmern, das er schon einmal hörte, nur Simon war nicht mehr da. Jonas, der mit all den Intrigen des Internats nichts zu tun haben wollte, versuchte, es zu ignorieren, wenn er bis spät im Bett lag und las. Auch wenn er wusste, dass die Großen wieder ihre brutalen Machtspiele ausübten. Auf einmal hörte er eine vertraute Stimme, die aber nicht die Gleiche war, mit der er sich früher immer unterhielt. Nun erkannte er sie. Als könnte er ihn sehen, stand Simon, wie ein Gespenst, am anderen Ende des Zimmers und sprach: „Jonas, mach dem da draußen ein Ende. Tu es für mich!"

Wie in Trance schloss er sein Buch, ging zu seinem Schrank und legte seine Kleider, die auf einem Bügel an der Stange hingen aufs Bett und nahm die Eisenstange aus ihrer Verankerung heraus. Mit der einen Meter langen Eisenstange schlich er aus seinem Zimmer in Richtung Toilette, aus der das Wimmern kam.

Dann stieß er die Tür auf. Der Junge, der Schmiere stehen sollte, wich vor Schreck einen Schritt zurück, während die anderen den kleinen Micha, der gekrümmt auf dem Boden lag, verprügelten, indem sie ihm mit ihren Füßen immer wieder in die Magengrube schlugen. Jonas fackelte nicht lange. Er holte mit der Eisenstange aus und schlug dem Jungen, der nicht weiter ausweichen konnte, die Stange in den Magen. Stöhnend fiel er vor Jonas auf die Knie und japste nach Luft. Der Glatzköpfige und der andere Junge, die über dem kleinen Micha standen, erstarrten vor dem, mit dem sie nie gerechnet hätten. So schnell konnten sie gar nicht reagieren, da stand Jonas schon dem Glatzköpfigen gegenüber. Mit voller Wucht traf die leicht verbogene Stange seinen Oberarm. „Das ist für Simon, du Dreckskerl!", schrie Jonas. Dann hörte man es krachen. *Wie damals beim Huhn,* dachte sich Jonas, der schon wieder beim Ausholen war. Die anderen zwei Jungs waren stiften gegangen. Nur der Glatzköpfige konnte Jonas nicht entkommen. Er hielt sich fluchend den rechten Oberarm und brüllte: „Das zahle ich dir heim!" Selbstvergessen und wie im Fieber holte Jonas abermals mit der Eisenstange aus. Diesmal traf er ihn an der rechten Schläfe und streifte das Ohr, dann knallte die Stange mit voller Wucht auf seine Schulter, worauf er zu Boden sackte und regungslos liegen blieb. Micha schrie: „Hör auf, du schlägst ihn ja tot!" Jonas, der wieder am Ausholen war, kam zur Besinnung und ließ die Stange zu Boden sinken. Er stellte sich vor den am Boden liegenden Glatzköpfigen und drückte ihm die Stange aufs Brustbein, dann sagte er hasserfüllt. „Versuche es, mir heimzuzahlen, das nächste Mal bring ich dich um." Woraufhin er sich zum Micha drehte und ganz gefasst sagte: „Schleich dich, bevor der Herr Brogmann kommt." Jonas ging, ohne sich noch einmal umzudrehen, zurück in sein Zimmer.

Von nun an wusste Jonas, dass er auf der Hut sein musste, denn er hatte dem Ranghöchsten die Stirn geboten. Weiß der Himmel, welcher Teufel ihn dabei geritten hatte, das zu tun, doch Jonas empfand innerlich eine Genugtuung. Obwohl er es gar nicht wollte, als hätte ihn etwas dazu getrieben, diesem Terror ein Ende zu bereiten. Komischerweise hatte er nicht die geringste Angst vor dem Glatzköpfigen und seiner Bande, die immer wieder jede Gelegenheit nutzten, die kleineren Jungs oder Schwächeren zu tyrannisieren. Jonas war stolz auf sich. Nun hatte er Simon gerächt. Auch wenn er nicht besser war als die anderen, dachte er sich einen kurzen Moment.

In dieser Nacht schlief er mit der Eisenstange unter der Bettdecke. Fest umklammert, jeder Zeit bereit, den heimtückischen Attacken entgegenzutreten, fielen ihm erst spät am Morgen die Augen zu. Im Gang und in den Toiletten war es still geworden in dieser Nacht.

Jonas spürte, dass er wieder ein Stück seiner Kindheit verloren hatte nach dieser Nacht. Es war jetzt nicht nur das Band zwischen seiner Familie zerrissen, sondern seine ganzen Gefühle, die er für seine Familie empfand, fingen an, sich zu wandeln. Er hatte das Gefühl, sie rückten immer mehr in den Hintergrund, so als würden sie sich immer mehr voneinander distanzieren. Das machte ihn etwas unsicher, mit einem leichten Gefühl der Angst, denn er empfand teilweise nichts mehr, wenn er an seine Familie dachte. In diesen Momenten breitete sich Schwermut in ihm aus. In diesen nachsinnlichen Momenten stellte er sich auch immer die Frage, ob er wohl wirklich dafür verantwortlich ist, hier zu sein. So wie es seine Mutter ihm damals am Frühstückstisch klar gesagt hatte, als er eigentlich von jener Nacht in der Toilette mit Simon erzählen wollte, dass er dafür die volle Verantwortung trage und daran schuld sei, dass sie Magengeschwüre hatte. Doch sie ließen ihn ja nie zu Wort kommen. Immer mehr wurde ihm klar, dass seine Eltern schon immer etwas aus ihm machen wollten, aus ihrer Angst heraus, aber sich kaum den Gedanken machten, was er eigentlich wollte.

Der morgendliche Gong-Ton ertönte, gerade als Jonas am einschlafen war. Zerschlagen von der durchnächtigten Nacht, stand Jonas auf und hängte die Eisenstange wieder in die Halterungen im Schrank, nahm seinen Waschbeutel und ging zu den Waschbecken im Flur. Der kleine Micha stand mit gesenktem Kopf an seinem Waschbecken und wusch sein Gesicht, als Jonas an ihm vorbeiging, um am anderen Ende seinen Waschbeutel auf der Konsole seines Beckens abzustellen. Jonas war spät dran und so standen schon die meisten Jungs an ihren Waschbecken. Während er an dem Glatzköpfigen mit dessen Kumpels vorbeiging, musste er innerlich schmunzeln, denn an dessen Schläfe machte sich ein dickes Horn breit, das anfing, immer blauer und violett zu werden. Die Platzwunde oberhalb der Schläfe nässte noch nach, sodass er immer wieder mit einem Taschentuch das herunterlaufende Blut abtupfen musste. Seine Hand hatte er vorne in den Hosenbund gesteckt, so war es wahrscheinlich für ihn die schonendste Haltung. *Bei dem Schlag*, dachte sich Jonas, *kein Wunder. Hat er davon, kann froh sein, dass Micha ihn gebremst hatte.*

Jonas wusste, dass er nichts mehr zu befürchten hatte, da der Glatzkopf und seine beiden Kumpels wie ein räudiges Rudel Hunde dastanden, das ihren Schwanz vor Angst zwischen die Beine klemmte. Trotzdem sagte er zu sich, lieber Vorsicht als Nachsicht, auch wenn es den Anschein hatte, dass sich das Blatt gewendet hätte. Vermutlich wussten nun alle Bescheid. Egal, wo Jonas hinging, ob in den Essenssaal zum Frühstücken oder in den Studiersaal, in dem Moment, wenn er den Saal betrat, breitete sich das Getuschel wie eine Welle aus. So selbstsicher er sich nun auch fühlte, wusste er, dass er sich und Micha in große Gefahr damit gebracht hatte.

KAPITEL 4

EINE LIEBE

Nachdem Simon nicht mehr wiederkam, zog Jonas in ein Einzelzimmer um. Es war am anderen Ende des Korridors, an dem auch einer der Erzieher sein Zimmer hatte. So als würden sie auf Jonas Rücksicht nehmen wollen, damit er erst einmal zur Ruhe käme. Die Nähe des Erzieher-Zimmers störte ihn ganz und gar nicht. Im Gegenteil war er sehr froh darüber, so wusste er wenigstens, dass er nachts nichts zu befürchten hatte von Übergriffen.

Der Blick aus seinem Fenster wurde zum Teil von einer großen Linde verdeckt, die nachts, wenn er an seinem Schreibtisch, der unter dem Fenster stand, saß, im Wind ihre Blätter rascheln ließ. Wenn er seine Augen schloss, während er in seinen Büchern las, hatte er immer das Gefühl, der Baum wolle ihm eine Melodie singen. Er musste zwar in Kauf nehmen, dass er von nun an nicht mehr den Mond sehen konnte, dafür hatte er aber die wunderschöne Linde, die sicher schon über hundert Jahre alt war. Jonas sagte sich, die Zeit mit Simon ist vorüber, deswegen verschwand auch der Mond. Doch jetzt hat ein neuer Lebensabschnitt begonnen, dafür hatte er einen wunderbaren Gefährten, den Baum. Seine Äste ragten bis kurz ans Fenster, sodass, wenn eine leichte Brise vom See her wehte, die Spitzen von den Ästen manchmal ganz sanft ans Fensterglas strichen. Im Frühling öffnete er in der Nacht immer das Fenster und wurde dann mit dem Duft der Lindenblüten belohnt, die ihm süßlich zu Kopfe stiegen. Im Spätfrühling, wenn die Nächte immer wärmer wurden, saß er am Fensterbrett und beobachtete, wie der Baum seine Samen abwarf, die wie kleine Propeller zu Boden sanken. Manche trug der Wind weit, weit weg. In seinem neuen Zimmer gab es kein

Versteck mehr, wie jenen stillgelegten Kamin, der nun die vergangenen Geschichten im Stillen in sich trug.

Die Tage wurden wieder länger und die kühlen Nächte waren endgültig vorbei. Die Kirschbäume, die hinter dem Dorf auf einem Hügel standen, hingen in voller Blütenpracht. Ihre Blüten versüßten den Duft in der Umgebung und zogen somit zahlreiche Bienen an, die sich den Nektar aus den Blüten holten. Bei jedem schönen Wetter und in jeder freien Minute ging er zu den Kirschgärten, legte sich unter seinen Lieblingsbaum und träumte vor sich hin. Er schloss seine Augen und lauschte dem warmen Wind, der mit dem hohen Gras sein Spiel trieb. Als würde der Wind mit dem Gras und den Tausenden von Bienen, die von einer Kirschblüte zur anderen summten, ein Konzert halten. Der Wind der Dirigent, das Gras das Streichorchester und die Bienen bildeten die Trompeten und Posaunen. Der Specht, der auf einer alten verkorksten Eiche aus der Entfernung zu hören war, spielte dabei den Trommler.

Jonas musste eingeschlafen sein, als er durch eine sanfte Hand, die ihm seine blonden Haare aus dem Gesicht strich, aufwachte. Sein Konzert noch in Gedanken, öffnete er seine Augen leicht verwirrt. Neben ihm kniete seine Nachhilfelehrerin.

Verwundert fing Jonas an. „Woher wissen Sie …"

Seine Nachhilfelehrerin brachte ihn zum Schweigen, indem sie ihm ihren langen, schlanken Zeigefinger behutsam auf seinen Mund legte. Dann sprach sie leise, als ob sie keiner hören sollte, wobei sie weit und breit alleine waren. „Du bist nicht zu deiner Nachhilfestunde gekommen. Und da du sonst immer pünktlich bist, habe ich mir Sorgen gemacht, Jonas. Weder im Studiersaal noch in deinem Zimmer warst du anzutreffen. Keiner der Jungs oder Erzieher wusste, wo du steckst." Immer noch etwas verwirrt, auf seine Ellenbogen gestützt, entschuldigte er sich und fragte sie: „Aber woher kennen Sie meinen Kirschbaum?"

Mit einem Lächeln im Gesicht erwiderte sie ihm: „Ich habe dich die letzten Wochen vom Fenster des Studiersaals gesehen, wie du in dem Kirschgarten verschwandst. Keine Angst, deinen

Baum kann man von dort aus nicht sehen. Du hast dir eine gute Stelle ausgesucht, um für dich zu sein."

Hinter ihnen und seitlich des Kirschgartens fing unmittelbar der Wald an. Nach vorne konnte man gerade noch die Kirchturmspitze sehen, wenn man sich hingestellt hätte. So sah man wohl jemanden in den riesigen Kirschgarten, der sich auf einem Hügel vor dem Dorf befand, hineingehen, jedoch verschwand dann die Person kurz danach hinter der Kuppe im hohen Gras. Jonas, der auf einmal seine Situation realisierte, merkte, wie sein Herz zu rasen anfing, so wie damals bei Simon. Nur mit dem Unterschied, dass diesmal in seiner Hose sein Penis steif wurde und sich ein Schaudern durch seinen Körper zog. Das war der Beweis für ihn. Wie auf einen Schlag war er sich nun endgültig sicher, dass er anders als Simon empfand und so nicht auf das männliche Geschlecht stand, sondern sich zu dem weiblichen hingezogen fühlte. Jonas fiel ein Stein vom Herzen. Das, was zwischen ihm und Simon geschehen war, war in dem Augenblick für sie beide schön, aber es würde keine fraglichen Spuren nunmehr in seinem Leben hinterlassen. Als ihm ihr süßes, nach Veilchen riechendes Parfüm in die Nase stieg, fing er an, rot zu werden. Abrupt, um seine peinliche Lage zu überspielen, setzte er sich auf und zündete sich eine Zigarette an, ohne den Gedanken zuhaben, dass seine Nachhilfelehrerin darüber empört wäre. Auf einmal spürte Jonas, wie ihre Hände zärtlich seinen Nacken streichelten. Immer wenn sie ihm den Nacken hinunterstrich, spürte er ihre langen Fingernägel über seine Haut gleiten. Seine ganze Haut fing an zu prickeln. Eine Gänsehaut fuhr ihm den Rücken hinunter bis in die Fingerspitzen.

„Jonas, was träumst du eigentlich immer, wenn du unter deinem Kirschbaum liegst?" *Das erste Mal, dass sich je ein Mensch für meine Gedanken interessiert*, dachte er sich. Vorsichtig, um sich zu schützen, fragte er sie. „Sind Sie wirklich daran interessiert? Oder…", wollte er fortfahren. Seine Nachhilfelehrerin, die seinen Kopf in ihre Hände nahm und ihn zu sich drehte, um ihm in die Augen schauen zu können, hieß ihm, zu schweigen, indem sie ihn unterbrach und entgegnete: „Sonst würde ich doch nicht hier sitzen, Jonas. Spürst du das nicht auch zwischen uns?" Wortlos nahm sie seine Hand und legte sie sich auf ihr Herz. Er wollte sie wegziehen, weil er Angst hatte, aber sie nahm sie fester in den Griff, bis er sie ihr willig überließ und Wohlgefallen daran fand. Im Gegenzug legte sie ihre auf seins. Jonas spürte, wie ihre Brustwarzen unter ihrer Seidenbluse anschwollen. Erst wurde ihr Vorhof ganz hart und dann merkte er, wie sich ihre Brustwarzen versuchten, durch ihre Bluse zu bohren.

Jonas, der das Gefühl hatte, sein Unterleib würde jeden Moment explodieren, konnte ihrem Blick nicht mehr ausweichen. Nur wenige Zentimeter waren ihre Gesichter voneinander entfernt. Zu sehr hatte er die vergangenen Nachhilfestunden genossen, sich an ihr ergötzt und seiner Fantasie nachts freien Lauf gelassen. Jetzt erst wurde er allmählich ruhig. Er versuchte, etwas zu sagen, als sie anfing, ihn auf die Stirn zu küssen. Immer wieder küsste sie seine Stirn, die Augen, bis sie schließlich seinen Mund berührte mit ihren zärtlichen Lippen. Sie musste sich nicht lange bemühen, bis Jonas ihre Küsse erwiderte. Wie zwei Schlangen, die sich paarten, pressten sie immer wilder ihre Lippen aufeinander. Er strich ihr sachte mit einem Finger eine Haarsträhne aus ihrem Gesicht. Es war das reinste Glücksgefühl für Jonas, mit ihr hier an seinem Ort allein zu sein. Als wolle sie ihn auffressen, biss sie zärtlich an seiner Lippe, um gleich danach behutsam die Stelle wieder zu küssen. Während sie sich küssten, ließen sie sich ins hohe Gras nach hinten fallen. Ihr schulterlanges Haar lag, glänzend wie Seide, im Gras. Zwischen ihrem Haar ragten Gänseblümchen und Wiesenglockenblumen durch. „Was denkst du im Moment, Jonas?" Jonas, dem fast seine Stimme versagte, erwiderte. „Wissen Sie ..."

Sie unterbrach ihn und bat ihn: „Sag doch nicht immer Sie, Jonas. Wichtig ist es, dass wir es in der Schule beibehalten."

„Du schaust aus wie der Engel, von dem ich immer hier träume." „Ach ja?", lächelte sie Jonas an. „Also dann vertraust du mir doch und willst mir deine Träume von hier oben erzählen?" Jonas schnaufte tief und ließ einen Moment verstreichen, in dem die Lehrerin noch mal versuchte, sein ganzes Vertrauen zu gewinnen. „Du kannst mir wirklich vertrauen." Dann küsste sie ihn leidenschaftsvoll, während sie mit ihrem Zeigefinger mit seinem Ohr spielte.

Vom Dorf her hörte man die Kirchturmuhr sieben Uhr schlagen. „Die werden mich beim Abendessen vermissen", flüsterte Jonas, der über sich selber verwundert war, da er noch nie zu jemand anderem außer zu seiner Mutter gesagt hatte ‚ich liebe dich'. Er offenbarte der Frau, die dort neben ihm im Gras lag, seine Gefühle, indem er zu ihr sagte: „Ich vertraue dir auch. Obwohl ich mir nicht sicher bin, ob es so gut ist, dass ich für dich wie ein offenes Buch bin. Aber nun muss ich los." Dann stemmte er sich hoch, stand auf und schüttelte sich die Grashalme von der Hose. Seine Nachhilfelehrerin, die mittlerweile ihre Haare wieder zu einem Dutt zurechtgemacht hatte, drehte sich lächelnd zu ihm um und meinte dann: „Morgen kommst du aber pünktlich zur Nachhilfe." Dann gab sie ihm noch einen liebevollen Kuss.

Sie hat recht gehabt, dachte sich Jonas. Kurz bevor er um die erste Ecke in einer Gasse im Dorf verschwand und sich noch mal umgedreht hatte, konnte er erkennen, dass man, wenn man auf den Hügel schaute, außer den Spitzen der Kirschbäume mit ihrer Blütenpracht nichts erkennen konnte.

Jonas schlenderte pfeifend über den Internatshof und schupste die vor ihm liegenden Steine mit seinem Fuß vor sich her. Er war einer von den Letzten, die zum Essen kamen, jedoch noch rechtzeitig, um einen Zusammenschiss zu vermeiden. Und wenn, wäre es ihm dieses Mal auch relativ gleichgültig gewesen. Er trank einige Schlucke von dem kalten Pfefferminztee und schlang zwei Brote hinunter. Immer noch hatte er ihren Geschmack im Mund, was für ein schönes, wohltuendes Gefühl. Könnte er nur immer anhalten, der nach Veilchen duftende Geschmack. Gerade als er seinen letzten Bissen runterschlang, tippte ihn jemand auf die Schulter. Noch in seinen Gedanken ganz versunken, schaute er sich um. Fast hätte er sich verschluckt, als er den Direktor vom Internat und Mann seiner Nachhilfelehrerin hinter sich erblickte. Alle Blicke waren auf ihn gerichtet, als der Direktor ihn zur Rede stellte. „Wo warst du heute Nachmittag um vierzehn Uhr? Du bist nicht zu deiner Nachhilfestunde erschienen." Bevor Jonas antworten konnte, redete der Direktor auf ihn weiter ein. „Meine Frau hat dich weder auf deinem Zimmer angetroffen noch im Studiersaal." „Tut mir leid, aber ich bin über meinem Buch in der Bibliothek eingeschlafen", antwortete Jonas. Ein Gelächter breitete sich aus im Essenssaal. Aus einer Ecke hörte Jonas, wie einer der Schüler ein Schnarchen imitierte. Wieder ging ein Gelächter los. Dann bekam Jonas eine Kopfnuss vom Direktor, woraufhin alle „Buh" riefen. Jonas stand wutentbrannt auf und stellte sich vor seinen Direktor, zu allem bereit. Im selben Moment sah er seine Nachhilfelehrerin in der Tür stehen. „Dirk!", rief sie ihren Mann zu sich, der sich im gleichen Moment umdrehte und Jonas stehen ließ.

Wenn er das wüsste, der kleine Widerling, schmunzelte Jonas und holte tief Luft. Sie flüsterte ihm etwas ins Ohr und dann gingen sie raus. Jonas setzte sich wieder auf seinen Stuhl.

Was hat sie ihm wohl ins Ohr geflüstert?, waren Jonas' Gedanken. *Egal, sie hat auf alle Fälle gelogen, um ihm zu helfen. Aber das wird sie ihm sicherlich morgen erzählen.*

Mit offenem Fenster lag Jonas in seinem Bett und lauschte den Blättern der Linde. Die Luft war, nach einem Wärmegewitter, stickig und feucht. Da Jonas schwitzte, legte er sich nackt in sein Bett. Dann überließ er sich seinen Gedanken und da kamen ihm wieder die Bilder von dem heutigen Tag unter seinem Kirschbaum zurück, klar und deutlich erlebte er jede Sekunde nochmals. Immer noch konnte er sie riechen, sah ihre Brüste vor sich und schmeckte ihre Küsse.

„Wer um alles in der Welt hätte das ahnen können", sagte Jonas laut und starrte fragend in die Sommernacht. Dann schlief er ein. Ohne es wahrhaftig zu realisieren, gingen der folgende Morgen und die Unterrichtsstunden an ihm vorbei. Ohne jegliche Regung, als wäre er ein Phantom. Sein einziger Gedanken war, sie wieder vor sich zu haben, dort fortzufahren, wo sie gestern aufgehört hatten. Alles andere war für ihn unwichtig, spielte keine Rolle, als gäbe es nur dieses eine. Diese unendliche Geborgenheit und Zärtlichkeit zu spüren, die ihn alles andere vergessen ließ.

Endlich war es so weit, als er an der Tür klopfte und in das Studierzimmer, in dem er seine Nachhilfestunden immer absolvierte, eintrat. Sie stand mit dem Rücken zu ihm gewandt und schrieb gerade die letzte Aufgabe an die Tafel, so als wäre es eine ganz gewöhnliche Unterrichtsstunde. Sie musste wohl sowohl sein Klopfen, als auch sein Eintreten nicht bemerkt haben, denn sie drehte sich nicht zur Tür um. Jonas stand einige Minuten in der Tür und beobachtete sie. Ihr schwarzes Haar, das zu einen Zopf gebunden war, endete über ihrer champagnerfarbigen Bluse, kurz bevor es ihren Büstenhalter verdeckt hätte, der unter ihrer Bluse durchschimmerte, ihre schmale Taille und ihr runder Po wurden durch einen kniekurzen schwarz-weiß-gestreiften Satin-Rock bedeckt.

Jonas machte sich bemerkbar, indem er sich räusperte. „Du bist schon da?", lächelte sie ihn etwas verwundert und zugleich erfreut an, während sie sich von der Tafel abwandte. Obwohl beide wussten, was sie empfanden, lag in der Luft eine Stimmung der Befangenheit und Unsicherheit zugleich. Jonas ging auf die Schulbank in der ersten Reihe zu, auf der er immer saß, und legte seinen Ordner auf der Tischbank ab. Er konnte seine Situation schlecht einschätzten. Als er sich setzen wollte, ergriff sie sein Handgelenk und zog ihn zu sich. Während sie seine Stirn küsste, flüsterte sie. „Wir müssen vorsichtig sein, Jonas." Seine Hände umfassten ihre Taille und fanden diesmal alleine den Weg zu ihren Brüsten, an denen Jonas zärtlich mit den Brustwarzen zu spielen anfing. Als würden sie sich schon immer lieben, küssten sie sich und Jonas verspürte keinerlei Unsicherheit mehr. Als hätte er es schon hundert Male gemacht, öffnete er ihre Haare, die zu einem Zopf nach hinten gebunden waren, und vergrub darin seine Hände. „Jonas", flüsterte sie immer wieder. „Wir müssen wirklich verdammt vorsichtig sein." Jedoch auch sie konnte sich dem Verlangen nach ihm nicht entziehen und erwiderte seine Küsse noch leidenschaftlicher. Jonas drückte sie noch mehr an das Lehrerpult, an dem sie sich mit ihrem Becken abstützte, während er sein steifes Glied, das durch seine Jeans zu spürten war, in ihr Becken presste., woraufhin sie ein leises Stöhnen von sich gab. „Jonas, nicht ... nicht hier, das ist zu gefährlich." Sie entriss sich ihm, indem sie ihren Kopf von ihm abwandte und einen Schritt nach hinten ging.

Jonas fühlte sich von ihr zurückgestoßen und veränderte seine ihr zugeneigte Haltung in ein distanziertes Verhalten, welches sie sehr schnell bemerkt hatte. Sie streichelte seine Wange mit ihren langen weichen Händen und hauchte, ganz leise, hinzu: „Du darfst dich nicht meinem Mann gegenüber widersetzen. Das war gestern haarscharf." Jonas erwiderte: „Soll ich zuschauen, wie er mir eine Kopfnuss nach der anderen verpasst, oder die Schläge von den Erziehern über mich ergehen lassen, nur weil ..." Während sie versuchte, ihn zu beruhigen, indem sie ihm ins Ohr flüsterte: „Nein, das sollst du natürlich nicht. Du solltest ihn doch nur nicht provozieren." Jonas fiel es schwer, sich im Zaum zu halten. Mit gereizter Stimme, fast schreiend, gab er ihr zur Antwort: „Ich habe es satt, ständig meinen Kopf hinzuhalten, wenn die Erzieher oder dein Mann, auch wenn er der Direktor ist, ihre Aggressionen an uns auslassen. Immer heißt es, ich würde die anderen provozieren. Die Zeiten sind für ein und allemal vorbei, dass auch nur irgendjemand an mir Hand anlegt!"

Auf einmal waren Schritte vor der Tür zu hören, die immer schneller näher kamen. Jonas, der sich schnell auf seinen Platz setzte, sah, wie sie sich in Windeseile ihr Haar und den Büstenhalter unter ihrer Bluse zurechtrückte. Dann klopfte es auch schon an der Tür und ein Mitschüler kam herein. „Entschuldigen Sie, Frau Bieder", hörte Jonas den Jungen sagen, außer Atem und etwas schüchtern. „Ich wollte Ihnen nur die Zensur zurückgeben, die ich noch einmal nachbessern sollte." Jonas' Nachhilfelehrerin, die einen kurzen Blick auf die Nachschrift des Jungen machte, sprach zu ihm, nachdem sie seine Nachschrift in ihrer Tasche verstaut hatte: „Ist in Ordnung, Felix, lass uns morgen nach der Schulstunde darüber sprechen. Ich gehe sie heute Abend zu Hause durch." Felix grinste Jonas an und ging, dann waren sie beide wieder alleine. Jonas hatte das Gefühl, dass sie sich eine Ewigkeit anschauten, ohne irgendetwas zu sagen, als er die Stille durchbrach und sie fragte: „Und, wie soll das dann weitergehen mit uns? Vielleicht war das alles ein Fehler. Ist vielleicht besser, wenn wir es lassen, bevor du noch in Schwierigkeiten gerätst." „Wieso nur ich? Jonas! Hier geht es auch um dich", ließ sie ihn entsetzt wissen, und fügte etwas besorgt hinzu: „Lass uns doch das, was wir gerade gemeinsam zugelassen haben, nicht zerstören. Jonas, nun überleg doch mal, ich bin deine Lehrerin. Was glaubst du wohl, wenn das jemand herausbekommt zwischen uns. Ich will nicht, dass das, was gerade begonnen hat, jetzt schon zu Ende ist, aber wir müssen den Tatsachen ins Auge schauen, ich bin siebenundzwanzig und du bist zehn Jahre jünger, das heißt, ich habe mit einem Minderjährigen ein Verhältnis. Außerdem stehst du ein Jahr vor deinem Schulabschluss, Jonas. Mensch denk doch mal nach." Dann nahm sie seine Hände in ihre und schaute ihn mit ihren blauen Augen an. „Bitte, Jonas! Hier geht es nicht darum, dass du dich nicht gegen die Intrigen der anderen wehren sollst. Ich weiß, dass du keine Angst vor den anderen hast. Aber wenn wir nicht vorsichtig sind und alles auffliegt, was denkst du, was deine Eltern sagen würden. Ich möchte ja nur, dass wir vorsichtig sind. Glaubst du, ich habe einen Plan, wie wir das am besten angehen? Ich war genauso wenig wie du in solch einer Situation."

„Ich …", fing Jonas an, „ich habe nur Angst, dass du mich nur benutzt, und wenn es dir nicht mehr passt, lässt du mich fallen, wie einen faulen Apfel, so wie es meine Eltern gemacht haben." Frau Bieder drückte Jonas' Hände fester zusammen und antwortete ihm, nachdem sie ihn bat, ihr in die Augen zu schauen: „Bitte, Jonas, vertrau mir doch. Versuche es wenigstens. Am Wochenende ist mein Mann auf einem Lehrgang, wenn du willst und du nicht nach Hause fährst, will ich dir zeigen, dass du mir vertrauen kannst." Eine lange Pause entstand, in der man nur einige Stimmen draußen vom Garten her hören konnte.

„Na komm schon. Gib uns doch eine Chance. Was hast du schon zu verlieren, Jonas? Ist denn unser Dasein auf dieser Welt von langer Dauer, dass wir uns dem, was wir wissen zu lieben, entsagen können, denen, die wir uns von Herzen her ersehnen. Wenn du tief in dich hineinspürst, weißt du, dass wir zusammengehören, Jonas. Wir können unserem Verlangen nicht entkommen."

Gefasst, mit einem scharfen Blick, als ob es den Anschein hätte, er würde ihr die Worte nur so hinschmeißen, bekam sie zur Antwort: „Sehr viel! Den letzten Rest meines Selbstwertgefühls!" „Jonas, wir setzen beide vieles aufs Spiel, aber wir können auch viel dafür gewinnen." „Ich weiß nicht, ich glaube, es ist besser, wenn ich jetzt gehe und wir das Ganze vergessen. Wie du schon sagtest, ich bin ein Schüler und du bist meine Lehrerin." Jonas stand auf, nahm seinen Ordner und ging zur Tür.

„Wieso tust du das, fühlst du dich besser, wenn du den Unnahbaren spielst? Vor was hast du wirklich Angst, Jonas?"

Kurz vor der Tür blieb er stehen, ohne sich umzudrehen. Mit herabgesetzter Stimme und gesenktem Kopf sprach er in den Raum: „Als ich noch zu Hause wohnte, meinte meine Mutter immer, wenn ihr alles zu viel wurde, ich würde sie eines Tages noch ins Grab bringen. Nachdem sie dann später mal meinte, sie hätte meinetwegen zwei Magengeschwüre, wurde kurz darauf von meinen Eltern und Großeltern beschlossen, dass ich ins Internat käme. Seit jeher hatte ich immer Angst, meine Mutter könnte eines Tages wirklich meinetwegen sterben. Also ging ich freiwillig. Dann lernte ich Simon kennen, der sich unter anderem auch wegen der Liebe zu mir, das Leben nahm, weil er wusste, dass ich nie so empfinden würde wie er. Auch wenn er es nie sagte, ich spürte es, als ich ihn das letzte Mal im Krankenhaus sah. Deshalb denke ich ist es besser, wenn wir das Ganze lassen, so kann ich dich wenigstens nicht verlieren."

Dann öffnete er die Tür und ging. „Jonas!", hörte er sie noch durch die Tür rufen. „So warte doch einen Moment. Mag sein, dass man Liebe einfach verstecken kann, jedoch lässt sie sich nur sehr schwer töten, Jonas …"

Aber Jonas ging auf direktem Weg in sein Zimmer. Er wollte nur noch eines, alleine sein! Als er seine Zimmertür öffnete, blieb er erschrocken stehen. Der Glatzköpfige stand in seinem Zimmer. Bevor Jonas noch begreifen konnte, wurde er auch schon von hinten durch die Tür gestoßen. Er hatte nicht einmal die Zeit, sich zur Wehr zu setzen, da bekam er einen heftigen Schlag mit dem Ellenbogen des hinter ihm stehenden Jungen ins Genick. Jonas fiel zu Boden und hatte das Gefühl, sein Bewusstsein zu verlieren, als er schon einen Fußtritt in die Magengrube bekam. Er krümmte sich auf dem Boden zusammen und versuchte, seinen Kopf mit den Händen zu schützen. Immer wieder bohrten sich die Fußspitzen der Jungen in seinen Unterleib.

Als das Blut aus seinem aufgeplatzten Augenlid tropfte, hörten sie auf und lachten. Diesen Moment nützte Jonas, holte tief Luft, um seine Schmerzen zu verdrängen, und sprang auf. Als Erstes verpasste er dem Jungen, der ihn ins Zimmer geschupst hatte, mit seinem Fuß einen Hieb zwischen die Beine, sodass er schmerzgekrümmt auf die Knie fiel und laut aufstöhnte. Der Glatzköpfige hatte mit Jonas' Reaktion niemals gerechnet und stand wie versteinert da. Er hatte keine Chance zu reagieren, als Jonas' Faust ihn direkt ins Gesicht traf. Während das Blut aus seiner getroffenen Stelle unterhalb des linken Augen sickerte, wartete Jonas nicht ab, bis er zum Gegenschlag ausholen konnte, und versetzte ihm mit seiner rechten Handinnenfläche einen derartigen Hieb auf sein Nasenbein, dass sofort das Blut in einem dicken Schwall aus dessen Nase kam. Der Glatzköpfige konnte nicht mehr zum Gegenschlag ansetzten, zu sehr war er damit beschäftigt, nicht das Gleichgewicht zu verlieren. Im selben Moment ging die Tür auf und Herr Brogmann stand im Türrahmen. „Seid ihr denn noch zu retten, oder dreht ihr jetzt ganz durch?!", schrie er und fuchtelte mit seinen Händen herum. Der Glatzköpfige hielt sich seine blutende Nase mit einem schmerzverzogenen Gesicht. Jonas wischte sich das Blut aus seinem Gesicht, das aus der aufgeplatzten Haut auf seinem Augenlid über sein Gesicht rann. „Raus jetzt hier!", brüllte der Erzieher. „Ihr habt im Zimmer vom Jonas nichts verloren. Hat man denn nur Scherereien mit euch, ihr Taugenichtse!"

Im selben Moment kam Frau Bieder in das Zimmer. Es hatte den Anschein, als würde er sogar die Frau vom Direktor anschreien, als er in einem sehr lauten, zornigen Satz zu ihr sprach: „Schauen Sie mal die Idioten an, haben nichts Besseres zu tun, als sich ständig zu prügeln!" Frau Bieder, die ihre Gelegenheit für sich und Jonas erkannte, meinte zu ihrem Kollegen: „Ich kümmere mich um Jonas, wenn Sie die anderen mitnehmen." Worauf der Glatzköpfige, der durch seine Hände, die er sich immer noch vor seine tropfende Nase hielt, mit einem vernichtenden Blick zu Jonas äußerte: „Wir sind noch nicht fertig mit dir, Jonas."

„Jetzt aber raus hier", meinte Herr Brogmann, sonst lernt ihr mich jetzt mal kennen." „Das haben wir schon zugute", platzte Jonas raus.

Frau Bieder, die mittlerweile neben Jonas stand, presste sachte ein Taschentuch auf seine Platzwunde und besänftigte ihn. „Jonas, jetzt lass es mal gut sein."

Herr Brogmann ging mit beiden Jungs raus. Jonas hörte ihn nur noch in einem scharfen Ton sagen: „Bis zum Abendessen, will ich euch heute nicht mehr draußen sehen. Haben wir uns verstanden?!", schrie er, um seine Anweisung zu untermauern. Reuelos zogen sie ab.

„Lass mal sehen, Jonas, das schaut ja nicht gut aus", flüsterte Frau Bieder ihm besorgt zu. Jonas, der sich in sich zurückgezogen hatte und sie an sich nicht ranlassen wollte, meinte, es wäre nicht so schlimm.

„Hat schon aufgehört zu bluten, wird wohl ein schönes Veilchen geben." Dann grinste er.

Jonas fuhr am Wochenende nicht nach Hause. Ganz prüde log er seine Mutter durchs Telefon an. „Ich habe noch so viel für meine Abschlussprüfung zu lernen." „Aber, das kannst du doch auch zu Hause machen." „Ja, das schon, aber Frau Bieder bot mir an, die Aufgaben gleich mit mir durchzugehen, da sie sowieso mit Herrn Green Wochenenddienst hat." Da seine Mutter wusste, dass das Internat übers Wochenende offen war, da nicht alle Jungs immer heimfuhren, ging sie auf Jonas' Vorschlag ein.

„Na gut, dann lerne schön und streng dich an."

„Mache ich", erwiderte Jonas und dachte sich, *wieso kann sie mir nicht nur ein schönes Wochenende wünschen. Immer muss sie ihre Sätze mit einer indirekten Drohung untermauern, dass ich nicht genug machen würde.*

Als er den Hörer aufgelegt hatte, waren seine Hände vom Lügen schweißig geworden. Doch er war sich sicher, dass sie keinerlei Verdacht geschöpft hat.

Das Gefühl, es sei falsch, verdrängte er, indem er sich das Wochenende mit Sofia in seinen Gedanken ausmalte. So blieb kein Raum für Reue oder Angst für ihn.

An seiner Platzwunde über seiner rechten Augenbraue, die Sofia ihm fürsorglich auf der Krankenstation mit einem Trugleu-Hautkleber verarztet hatte, bildete sich Schorf. Sein Auge sah aus, als wäre es mit grün-blau-violetten Farben bemalt worden. Die meisten Schmerzen hatte er jedoch noch in der Bauchgegend, in der er faustgroße blaue Flecken von den Fußtritten bekommen hatte. So als sollte er sich noch lange daran erinnern.

Es war Donnertagabend, als er ihn entdeckte. Sie hatte ihm eine Nachricht auf einem Stück Zettel hinterlassen, das sie durch den Spalt von seinem Schrank schob. Als Jonas den Schrank am Abend öffnete, um seinen Waschbeutel herauszuholen, fiel er ihm vor seine Füße. Er hob ihn auf, ging zur Tür und schaute den langen Gang entlang, ob jemand kam. Dann schloss er die Tür, setzte sich an das Fenster und faltete den Brief auf. Als er begann zu lesen, merkte er, wie sein Herz anfing schneller zu schlagen.

Sie hatte den Brief in Schreibmaschine geschrieben. Wie durchdacht, kam ihm in den Sinn, als er den Brief las.

„Liebster,

ich kann dir das, was zwischen uns geschehen ist, leider in Worten nicht erklären, so sehr ich es gerne würde. So schuldig wie ich es dir auch sein mag, manche Gefühle kann man nicht in Worte fassen, so glaube ich wenigsten. Wenn ich dich um Vorsicht bitte, tue ich das nicht nur, um mich zu schützen, nein, es geht mir eigentlich vielmehr um dich. Du stehst ein halbes Jahr vor deinem Schulabschluss und hast danach noch dein ganzes Leben vor dir. Nichts mehr würde ich mir wünschen, als mich mit dir in der Öffentlichkeit zu zeigen, doch das wäre für uns das Ende. Glaube mir bitte und versuche, deine Gutgläubigkeit einmal in den Hintergrund zu stellen, nur für den Moment dieses Briefes. Nicht nur ein kleiner Teil würde uns verdammen und uns das Leben so erschweren, dass wir daran zerbrechen würden, so wie dein Freund Simon, der alleine schon an der Tatsache zerbrochen ist, dass er sich zu anderen Jungen hingezogen fühlte. Nein, viel schlimmer, der größte Teil unserer Gesellschaft würde für unsere Liebe kein Verständnis haben. Sie würden dich von diesem Internat in ein anderes stecken und mir ein Gerichtsverfahren anhängen. Doch das Schlimmste wäre, wir könnten uns nie mehr sehen. Doch wenn du deinen Abschluss in der Tasche hast und dann achtzehn bist, dann schaut die Welt für uns ganz anders aus. Ich bin dir nicht böse, wenn du dich anders entscheidest. Im Gegenteil, ich danke Gott für die wenigen Momente, die wir hatten, und solltest du doch nach Hause fahren, wird das keinen Einfluss auf das haben, was ich für dich empfinde. Ich respektiere jeden Entschluss von dir, weil das, was ich für dich empfinde, der Wirklichkeit entspricht.“

Jonas holte tief Luft, dann zündete er sich eine Zigarette an, wobei er bemerkte, dass er zitterte.

Er las den Brief immer und immer wieder. Mittlerweile wurde es draußen im Gang und den anliegenden Zimmern still. Es kehrte Ruhe ein. Nachdem der Kontrollgang von Herrn Green vorüber war, zündete er den Brief an und ließ ihn aus dem Fenster fallen, so wie er es damals mit Simons Brief gemacht hatte. Danach fiel er in einen unruhigen Schlaf. Er wälzte sich von einer Seite auf die andere. Tausende Gedanken schossen ihm durch seinen Kopf, aber keiner brachte ihm eine Lösung, die ihn zur Ruhe hätte kommen lassen.

In dieser Nacht focht er einen Kampf mit sich selber aus, den er letztendlich verlor. Das war ihm am Morgen, als er von dem schrillen Sirenenton geweckt wurde, der ihm sagte, dass er aufstehen müsse, klar geworden. Denn die Sehnsucht nach Geborgenheit und Liebe siegte über die Angst und seinen jugendlichen Stolz.

Er nahm sich vor, in der kommenden Nacht über die Feuerwehrleiter in den Toiletten auszubrechen und die Nachhilfelehrerin, seine Sofia, zu besuchen, um ihren gegenseitigen Hunger nach Zärtlichkeit zu stillen.

Der letzte Schultag vor dem Wochenende verlief wie immer. Die Lehrer ermahnten die Schüler, übers Wochenende zu lernen, und gaben besonders gerne viel auf. Jedoch kaum ertönte der letzte Gongschlag, suchten alle den schnellsten Weg, um die Schule zu verlassen und wenigstens für das Wochenende zu vergessen. Spätestens am Sonntagabend, wenn ihr schlechtes Gewissen drückte, würden sie in Windeseile versuchen, den Schulstoff reinzupauken.

Außer Jonas, der hatte Zeit, denn er wollte ja nicht auf dem schnellsten Wege nach Hause. „Na, Jonas, hast du es gar nicht eilig heute?", fragte sein Geschichtslehrer. „Nein, ich fahre heute nicht nach Hause. Will noch lernen für das Abschlussexamen."

„So ist es gut", gab sein Lehrer von sich und fügte grinsend hinzu: „Nun wollen wir aber gehen, sonst sperrt uns der Hausmeister hier noch ein." Gemeinsam verließen sie das Klassenzimmer.

Als Jonas in seinem Internatszimmer den Bücherranzen neben dem Tisch in seinem Zimmer abgestellt hatte, machte er sich auf den Weg in die Küche. Da am Wochenende meistens nur ein Bruchteil der Jungs dablieb, bekamen sie ihr Essen in der Küche und aßen mit den Köchinnen und dem Hausmeister zusammen an dem langen Holztisch, der in der Küche stand.

Als er gerade seinen letzten Bissen am Herunterschlucken war, hörte er, wie die Köchin Sofia fragte, ob sie mitessen wolle. Jonas hätte sich beinahe verschluckt, als er sie in der Türschwelle sah.

„Nein danke, wollte nur ihnen allen ein schönes Wochenende wünschen." Während sie das sagte, schaute sie Jonas für einen kurzen Moment an, als wollte sie ihm sagen, dass sie heute Abend auf ihn warten würde. Daraufhin drehte sie sich um und ging. Zurück blieb der Duft nach Veilchen, den sie im Raum verbreitet hatte.

„Lass nur stehen", sagte die Köchin Gunde zu Jonas, der dabei war, seinen Teller ins Spülbecken zu bringen, um diesen abzuspülen. Jonas bedankte sich und gab zurück: „Dann bis morgen früh."

Gunde rief ihm noch hinterher: „Denk daran, bis spätestens neun Uhr ist Frühstück!"

„Ja, ja", gab er gelangweilt zurück und rannte die Treppe hinauf, zurück in sein Zimmer.

Gedankenverloren im Zimmer angekommen, öffnete er seinen Schrank, um sich eine neue Packung Zigaretten herauszuholen. Abermals fiel ihm ein Brief vor die Füße. Nur, dass er diesmal in einem Kuvert war und als er zu Boden fiel, etwas darin klimperte.

Nachdem er gelauscht hatte, ob er draußen Schritte hörte, öffnete er den Brief, der zwei Schlüssel beinhaltete. Er setzte sich mit Blick auf seinen Baum vor das Fenster und las den Brief, der diesmal mit ihrer Handschrift geschrieben war.

„Liebster Jonas,
als Zeichen meines Vertrauens zu dir lege ich sowohl den Schlüssel für die Internatstür, als auch meinen Haustürschlüssel bei. Ich weiß, dass ich dir vertrauen kann. Nun hoffe ich, dass du es als Zeichen siehst, dass ich es ehrlich meine. Ich werde heute Abend auf dich warten."

Nun hatte er den Kampf, den er mit sich selber vergangene Nacht führte, endgültig verloren.

Er nahm den Brief und steckte die Schlüssel in seine Hosentasche, dann ging er auf die Toilette. Nachdem er festgestellt hatte, dass er alleine war, zündete er den Brief an, ließ ihn in die Toilette fallen und spülte ihn hinunter. Es war zu spät, um seine Gefühle für sie zu ignorieren, denn in jenem Frühlingsnachmittag, als sie beide unter den Kirschbaum lagen, blickte er in ihre Seele.

Langsam fing es an zu dämmern, so als würde die Sonne sich das letzte Mal noch einmal aufbäumen, bevor sie für immer unterging. Die letzten Strahlen leuchteten die vereinzelten Wolken am Himmel von unten an und färbten sie in eine rot-gelbliche Farbenpracht. Mit einem gelben und blauen Schimmer, der sie wie Fäden durchzog, glitten die Wolken nach Osten. Wer es nicht wusste, hätte denken können, die Welt verliere die Sonne, die in ihren letzten Zügen dastand und sich am Horizont noch einmal mit letzter Kraft von ihrer schönsten Seite zeigte. Dann war sie verschwunden, die Farbenpracht am Himmel, die sich in dunkelschwarze Wolken verändert hatte, wurde nun von den wenigen Sternen, die zwischen den Wolken funkelten, und dem Mond erleuchtet. Auch im Innenhof des Internats, der mit einer hundertjährigen Linde ausgeschmückt war, kehrte Ruhe ein. Die Vögel, die sich tagsüber ein wildes Orchester mit ihrem Gezwitscher lieferten, verstummten schlagartig, nachdem die Sonne am Horizont verschwunden war. Jonas wartete noch eine Stunde, nachdem Herr Green seinen Kontrollgang durchgeführt hatte. Vorsichtshalber stopfte er unter seine Zudecke einige Klamotten, sodass es so aussah, als liege er zusammengekrümmt darunter und schliefe.

Mit seinen Schuhen unter dem Arm schlich er sich den langen Korridor entlang, bis zur Treppe. An der Treppenschwelle hielt er kurz inne und überlegte. Die dritte Stufe weiter links und die fünfte mittig, dann ging er behutsam Stufe für Stufe.

Plötzlich knarrte es. *Verflucht*, dachte er sich, *die siebte Stufe habe ich vergessen.* Dann war er unten angekommen.

Jetzt nur noch den langen Gang auf dem roten Läufer und ich bin draußen.

Nachdem er die Tür von außen wieder verschlossen hatte, ging er nicht wie üblich durchs Dorf, sondern nahm den Umweg am Fluss entlang. Dann stand er vor ihrem Haus. Es war alles dunkel, bis auf die Küche, da brannte eine Kerze am Tisch. Als er sich hinten durch den Garten schlich, sah er sie im Wohnzimmer auf dem Sofa sitzen. Jonas kniete sich hin, steckte sich eine Zigarette an und wartete. Als er sich sicher war, das sie alleine war, ging er zur Terrassen-Tür, die offen stand. Sie hob ihren Kopf und ihre Blicke trafen sich.

Sie stand auf und ging ihm entgegen, leidenschaftlich umarmte sie ihn. „Wir sind alleine, niemand wird uns stören, Jonas, acht Stunden", flüsterte sie und legte ihren Finger auf seine Lippen. Mehr wurde nicht gesprochen, dann küssten sie sich hemmungslos. Sie biss ihm zärtlich auf die Lippe, während sie ihm seine Hose öffnete. Nachdem sie sein Glied mit den Fingern berührte, kniete sie sich vor ihm hin und fing an, seinen Penis zu küssen. Erst sachte, dann immer wilder, bis sie ihn ganz in ihren Mund steckte. Jonas' Hände vergruben sich in ihrem schwarzen Haar. Als er das Gefühl hatte, die vollkommene Kontrolle über sich zu verlieren, zog sie ihn zu sich nach unten und flüsterte ihm ins Ohr: „Ich will dich, … lass mich dich spüren." Plötzlich hielt Jonas inne. „Ich weiß zwar, wie das alles geht, aber ich habe Angst, Sofia. Ich will dich auch, das musst du mir glauben. Nichts mehr als das wünsche ich mir so sehr. Doch die Angst, etwas verkehrt zu machen, dich nicht glücklich zu sehen …"

Sofia unterbrach Jonas, indem sie ihm zärtlich die Wangen streichelte. „Du brauchst keine Angst zu haben, denn ich liebe dich wirklich, Jonas." Dann spreizte sie ihre Beine und Jonas spürte, wie er in sie hineinglitt. Sie liebten sich hemmungslos, bis Sofia vor Erschöpfung und mit einer erfüllten Zufriedenheit einschlief. Jonas hatte das Zeitgefühl verloren und konnte sich nicht mehr entsinnen, wann Sofia in seinem Arm in einen tiefen Schlaf fiel. Es interessierte ihn auch nicht im Geringsten. Doch er selbst wollte auf keinen Fall schlafen, während er diese wunderbare Frau neben sich spürte. Er wollte jeden Augenblick in die Länge ziehen, jedes Heben und Senken ihres Körpers genießen, das Gefühl, ihr Gesicht auf seiner Brust zu spüren, ihre Haut, die mit seiner zu verschmelzen schien. Er wollte festhalten, was er bald wieder loslassen musste. Wie eine Seifenblase, die zerplatzt, wenn er seine Augen öffnen würde, sollte er einschlafen. So lag er gepresst an ihren Körper da, seine rechte Hand umfasste ihre eine Brust, als er ihr ins linke Ohr leise hauchte: „Sofia?"

Noch in ihrer zufriedenen Erschöpfung murmelte sie: „Mmm ..., was gibt's, Jonas?"

„Seit Wochen habe ich schon darüber nachgedacht, wie es weitergeht mit uns." Nach einer kurzen Pause fuhr er fort: „Ich habe eine brillante Idee!"

Sofia drehte sich wohlwollend, stöhnend zu ihm und fing an, an seinem steifen Glied mit ihrem Finger zu spielen, als sie lächelnd fragte: „Und die wäre?"

„Wenn ich das Examen habe, verschwinden wir."

„Mmm, hört sich verlockend an", erwiderte sie und versteckte ihren Kopf in seinem schulterlangen blonden Haar. „Wenn du mich weiterhin so begierig nimmst wie heute, gehe ich mit dir, wohin du willst." Lachend setzte sie sich auf Jonas' Schoß, warf ihr langes schwarzes Haar nach hinten und bewegte so geschickt ihre Hüfte, dass sein steifes Glied abermals in sie hineinglitt. Mit rhythmischen Bewegungen brachte sie sich und Jonas in Ekstase. Plötzlich hielt sie inne und flüsterte. „Fick mich von hinten." Dann stemmte sie sich hoch, drehte sich um und kniete vor ihm. Während er sie von hinten nahm und in sie eindrang, ließ sie ihren Oberkörper nach unten sinken, streckte ihre Arme nach vorne flach auf den Boden und kippte ihr Becken, sodass Jonas noch tiefer in sie eindringen konnte. Aus einem gleichmäßigen Stöhnen wurde ein lustvolles Schreien. Bis sie flehend schrie: „Besorg's mir, komm, oh ja, fester … Ich komm gleich, Liebster!"

Voller Erleichterung ließ sich Jonas auf ihren Rücken gleiten, nachdem sie beide einen Orgasmus durchlebten. Immer noch zuckte und pumpte sein Penis in ihr. Erschöpft und verschwitzt rollten sie sich zur Seite und hielten sich eng umschlungen. Stück für Stück wurde sein Glied schlaffer, bis es von ganz alleine aus ihrem feuchten Schoß herausglitt.

Jetzt wusste er, was es heißt, mit einem anderen Menschen eins zu sein. Nun konnte er Simons Schmerz verstehen, der ihn zu seinem Entschluss brachte. Auch er würde nie mehr ohne dieses Gefühl, der Liebe, leben wollen.

Er war für einen Moment eingenickt, als er plötzlich durch ein Geräusch wach wurde. Es dauerte ein paar Sekunden, bis er wieder die Kontrolle über sich hatte und wusste, wo er war. Jetzt hörte er, wie eine Tür ins Schloss fiel. Im gleichen Moment schaute er auf Sofia, die schlafend neben ihm lag. Bevor er noch hörte, wie der Lichtschalter im Flur angemacht wurde, packte er seine Sachen, rüttelte an Sofia und flüsterte ihr ins Ohr „dein Mann", dann verschwand er schon aus dem Wohnzimmer durch die Terrassentür in den Garten. In dem Moment, als sie sich verwirrt aufsetzte und Jonas etwas nachrufen wollte, hörte sie ihren Mann schon, der in der Tür zum Wohnzimmer stand. „Sofia! Was machst du denn hier?" Erschrocken warf sie einen Blick zur Seite, an der die Weinflasche und die Gläser standen, aber sie konnte nur ein Glas entdecken. *Jonas hat zum Glück seines mitgenommen*, dachte sie sich. *Ich muss wohl eingeschlafen sein, war doch keine gute Idee, den Wein auf nüchternen Magen zu trinken.* „Hallo, mein Lieber, ich dachte, du kommst erst morgen von deinem Seminar zurück."

„Es ist verschoben worden und da ich eh in der Gegend war, hatte ich mich kurz entschlossen mit Manuel verabredet." Während sie zum Garten hinausschaute, fragte sie ihren Mann: „Und, war es schön?" „Manuel und Agnes lassen sich scheiden, Agnes hat wohl einen anderen, meint wenigstens Manuel …"

Sofia lief ein Schauer über den Rücken, als ihr Mann ihr offenbarte: „Wenn ich wüsste, dass du mich betrügen würdest, ich glaube, ich würde dich steinigen." Dann lachte er und schenkte sich den letzten Schluck aus der Weinflasche ein.

Jonas, der sich immer noch hinter dem Dornbusch versteckt hatte und hastig seine Jeans anzog, atmete auf, als er sah, dass Sofias Mann das Wohnzimmer mit dem Weinglas verließ. Er nutzte die Gelegenheit und schlich an der offenen Wohnzimmertür vorbei und lächelte Sofia an. Dann verschwand er um die Hausecke, ging zum Ufer des angrenzenden Flusses und hastete den gleichen Weg zurück, ohne großartig zu schauen, ob ihn jemand sah. Bevor er die Internatstür öffnete, warf er einen kurzen Blick zum Fenster des Erzieherzimmers und vergewisserte sich, dass kein Licht brannte. Dann schlich er den Korridor und die Treppe hinauf und ging in sein Zimmer. Jetzt konnte er aufatmen.

Als er am Fenster stand und noch eine Zigarette rauchte, fragte er sich, wieso soll diese Liebe, dieses Gefühl, das er und Sofia empfanden, verboten sein. Immer noch konnte er sie schmecken. Das erste Mal spürte er, wie sich Geborgenheit und bedingungslose Liebe anfühlte. Einen Menschen zu haben, dem er alles anvertrauen kann, seine Gefühle zeigen, so zu sein, wie er wirklich ist. Und vor allem ernst genommen zu werden. Einen Menschen zu haben, der ihm zuhört, nicht mit Schlägen entgegenwirkt oder Drohungen, sondern mit dem Gegenteil, mit Liebe und Zärtlichkeit, ja mit Verständnis. Jonas war es egal, ob er erst siebzehn war und Sofia siebenundzwanzig. Ob sie seine Nachhilfelehrerin war und die Frau des Direktors und auch noch seines Mathelehrers. Es machte die Sache komplizierter, aber um nichts in der Welt würde er dieses Gefühl mehr hergeben, dachte er sich. Der Sonntag verging wie im Flug. Jonas machte seine Schularbeiten und übte Rechnungswesen. Den Rest des verregneten Tages verbrachte er in der Internats-Bibliothek und verkroch sich in sein Lieblingsbuch, dem Weltatlas, las über die Vegetation von Kanada, Schweden und Norwegen sowie über die Tierwelt und die

Pflanzen. Jonas faszinierte schon immer die Stille der Natur und er bewunderte immer wieder von Neuem die gedruckten Bilder der verschiedenen Länder, die so dünn besiedelt sind. Er hasste die Stadt, die darin lebenden Menschen, die nur an ihren Profit dachten und dem anderen nichts gönnten. Er verabscheute die Gewalt, den Neid und noch mehr den Lärm, der sich in der Stadtwelt widerspiegelte. Jonas faszinierte die Einfachheit vom Leben. Nicht der Drang nach Luxus und Anerkennung in der Gesellschaft. *Eigentlich,* dachte er sich, *bin ich in dem falschen Elternhaus aufgewachsen.* Das Ziel seiner Eltern, dass er als einziger Sohn, genauso wie seine beiden Schwestern, studieren müsse, würde er nicht erfüllen können. Dazu ist in seiner bisherigen schulischen Laufbahn zu viel falsch gelaufen. Hinzu kamen noch seine Vater-Sohn–Konflikte, ganz abgesehen von seiner ganzen Familienstruktur, die sich aus bürgerlicher und adeliger Herkunft vermischte und sich wie ein roter Faden unruhig durch die Generationen zog. Für ihn war im Grunde die Entscheidung eigentlich schon gefallen. Er hatte nichts vorzuweisen, lediglich den mittleren Schulabschluss. Im Gegenteil zu seinen Schwestern, die dabei waren, ihr Abitur zu machen. Und jetzt hatte er noch ein Verhältnis mit seiner Lehrerin, die noch die Frau des Direktors war. Doch was ihn am allermeisten traurig machte, war, dass er sein Glück stillschweigend im Herzen tragen musste.

Am Sonntagabend füllten sich wieder die Zimmer vom Internat. Nun war es vorbei mit der Ruhe. Gelächter, Schreie und Streitereien waren wieder die Tagesordnung. Der Treff zum Handeln und Tauschen fand wie immer in der Toilette statt. Wie immer zogen die Älteren die Jüngeren, die auch Kurzen genannt wurden, über den Tisch. Meistens mussten die Schwächeren ihre Schulden bezahlen, damit sie nicht neue Schläge bekamen. Die bezahlte Ware, wie Zigaretten oder Alkohol, wurde gleich unter den Älteren entweder getauscht oder gleich konsumiert. Jonas ging nur hin, um seine Position zu erhalten, die er sich durch viel Schlägerei und Gemeinheiten unter den anderen geschaffen hatte.

Jonas dachte an den Jungen mit den schönen langen schwarzen Haaren, die er selber gerne gehabt hätte. Um Macht und Anerkennung zu gewinnen, hatte er sie ihm eines Nachts mit zwei weiteren Jungen abgeschnitten. Der Gesichtsausdruck und der Schmerz, den der Junge am nächsten Morgen am Frühstückstisch zeigte, ging Jonas bis jetzt noch nicht aus seinem Kopf. Zwei Monate später verließ der Junge das Internat. Als ihn seine Eltern abholten, brüllten alle zweihundert Jungs aus dem Fenster: „Mamalein, sei dabei, wenn ich in die Hose scheiß!" *Was ist aus mir geworden?*, dachte sich Jonas, der früher nie einer Fliege etwas zufügen hätte können.

Es vergingen der Montag und die folgenden Tage und Sofia erschien nicht in der Schule. Die Nachhilfestunden wurden abgesagt, sowie für die fehlenden Erdkunde-Stunden eine Heimarbeit aufgegeben.

Als Sofia die zweite Woche fehlte und Jonas zum Direktor bestellt wurde, hatte er eine Vorahnung.

Es war ein verregneter Mittwoch, als Jonas vor der Tür des Direktorats stand. Jonas klopfte, öffnete die Tür und trat ein. Ihm gegenüber, hinter einem massiven Eichensekretär, saß der Mann der Frau, die Jonas liebte. „Sie haben mich rufen lassen?", sagte Jonas mit schüchterner Stimme.

Der Direktor warf einen Blick zum Fenster und vergewisserte sich, ob es geschlossen war. Dann brüllte er Jonas an: „Was glaubst du eigentlich, wer du bist?!", und fuhr, mit gedämpfter Stimme, nachdem er bemerkte, dass Jonas eingeschüchtert war, fort, „setz deinen Hintern gefälligst auf den Stuhl!"

Der Direktor strich sich mit der linken Hand über seine Stirn, holte tief Luft und schlug mit seiner Faust auf sein Pult. Leise, so als sollte es kein anderer hören außer Jonas, zischte er in einem scharfen Ton: „Dafür, mein Junge, werde ich dir dein Genick brechen."

„Ich weiß nicht, was Sie meinen, Herr Direktor", stellte sich Jonas dumm, in der Hoffnung, dass er nichts von der Nacht herausbekommen hat, als er seine Frau und Jonas fast überrascht hätte.

Plötzlich legte der Direktor Jonas' Halskette auf das Pult. „Und wie glaubst du Taugenichts, wie diese Kette in mein Wohnzimmer kommt?", fragte er Jonas mit wutentbranntem Gesichtsausdruck. „Ist es nicht schon genug Schande, dass du von deinen Eltern hierher gebracht wurdest, damit wir aus dir etwas Besseres machen, als du es je verdient hast?" Jonas wollte gerade dagegensprechen, doch da wurde er schon vom Direktor zum Stillschweigen verwarnt. „Deine Meinung interessiert mich nicht im Geringsten, genauso wenig die meiner Frau. Dass wir uns gleich verstehen, es interessiert mich nicht im Geringsten, was ihr meint zu haben. Doch eines steht fest, meine Kariere lasse ich mir von so einem Bengel wie dir nicht kaputt machen."

Während er aufstand und um sein Pult ging, vor Jonas stehen blieb, lachte er hämisch. So schnell konnte Jonas sich gar nicht bücken, schon spürte er, wie die Hand vom Direktor auf seiner linken Gesichtshälfte landete. Außer ein Brennen verspürte Jonas nichts, als wäre mit einem Schlag alles in ihm tot. Als würden all sein Glück und seine Gefühle wie eine Seifenblase zerplatzen. *Was wusste er von Sofia?* Kaum hatte Jonas den Gedanken beendet, spürte er, wie eine Hand des Direktor ihn am Hinterkopf packte und seinen Kopf zu ihm nach hinten zerrte, während er ihm leise ins Ohr redete, so als hätte er Bedenken, dass jemand mithören könnte.

„In zwei Monaten wirst du deine Prüfung ablegen, die du so oder so nicht bestehen wirst. Dafür werde ich schon sorgen, und dann möchte ich dich nie wieder sehen. Ansonsten passiert ein Unglück. Wenn ihr zwei denkt, mein Leben zerstören zu können, bevor das geschieht, werde ich deines und das deiner Familie, mitsamt Sofias Leben, zerstören, und glaube mir, ich habe Macht, Jonas! Und jetzt verschwinde aus meinen Augen, bevor ich mich vergesse."

Als hinter Jonas die Tür zufiel und er den Korridor zum Ausgang lief, kam ihm sein English-Lehrer entgegen, der Jonas mochte. „Na, Jonas, hast du wieder was ausgefressen? Scheint ja schlimm zu sein, so habe ich unseren Direktor noch nie erlebt!" Ohne ihm einen Blick zuzuwenden oder etwas zu antworten, lief Jonas weiter.

Als Jonas wieder in sein Klassenzimmer ging, bemerkte er weder die Blicke der Mitschüler, noch die Frage seiner Lehrerin. Erst als er kurz vor der Tür war, nachdem er seinen Bücherranzen geholt hatte, hörte er sie sagen: „Jonas, kannst du mir verraten, was das soll? Setze dich bitte wieder, wir sind noch nicht mit dem Unterricht fertig." Jonas drehte sich zur Klasse und zur Lehrerin um. Es vergingen einige Sekunden, so als würde die Zeit stehen bleiben. Dann antwortete er: „Sie glauben doch nicht im Ernst, dass ich nach dem Gespräch mit dem Direktor noch interessiert bin, an Ihren Unterricht teilzunehmen." Jonas öffnete die Tür und ging.

Es vergingen noch weitere Tage, bis Jonas eines Morgens von einem Erzieher beim Frühstück mitgeteilt bekam, dass er ab heute wieder Nachhilfeunterricht bekäme, da Frau Bieder wieder da sei und er und die anderen Mitschüler ihre Erdkundemappen mit in die Schule nehmen sollten.

Mittlerweile waren es nur noch drei Wochen bis zur Abschlussprüfung, als Jonas im Klassenzimmer saß und darauf wartete, Sofia wiederzusehen. Zweieinhalb Wochen waren vergangen, in denen sie sich nicht gesehen hatten. Dann ging die Tür auf und die Schüler verstummten, als sie ihre Lehrerin sahen. Sofia hatte eine kleine Platzwunde an der Schläfe und ihr rechtes Auge war blau-violett.

Nachdem sie ihre Aktentasche auf das Pult gelegt hatte, schaute sie in die Runde. Während sie Jonas mit ihren Augen fixierte, sagte sie mit geschlagener Stimme: „Es tut mir leid, dass ich kurz vor der Prüfung ausgefallen bin, doch ich hatte einen Autounfall."

Jonas wusste sofort, dass es nicht der Wahrheit entsprach. *Er war es, der sie so zurichtete,* dachte sich Jonas. Wut und Tränen stiegen in ihm hoch. Doch er durfte sich um Gottes willen nichts anmerken lassen vor seinen Klassenkameraden. Nachdem er nun gesehen hatte, zu was Sofias Mann imstande war, wollte Jonas es sich erst gar nicht ausmalen, zu was er noch imstande gewesen wäre, wenn irgendjemand von ihrem Verhältnis erfahren würde.

Nachdem der Unterricht sich dem Ende zuneigte, schaute Sofia Jonas an und bat ihn: „Jonas, könntest du noch einen kurzen Augenblick bleiben, ich möchte noch etwas mit dir besprechen wegen der Nachhilfestunde heute Nachmittag."

Als seine Klassenkameraden das Zimmer verlassen hatten, blieb Jonas auf seinem Platz sitzen. Sofia, die immer noch hinter ihrem Pult saß, fing an zu weinen und stützte ihren Kopf in ihre Hände. Jonas stand auf und ging auf sie zu. Als er neben ihr stand, konnte er wieder ihren Veilchenduft riechen, der ihm ein Gefühl der Geborgenheit gab.

„Was ist geschehen, Sofia, als ich ging, sah alles so aus, als hätte er nichts gemerkt. Vor ein paar Tagen musste ich in sein Büro und da legte er mir meine Kette auf das Pult. Sofia, was hat er dir angetan? So rede doch mit mir. Uns kann doch nichts trennen, mir ist es egal, was er tun will. Über mich hat er keine Macht, soll er mich doch durch die Prüfung fallen lassen. Wichtig ist doch, dass wir uns haben. Außerdem, nächstes Jahr bin ich achtzehn und dann kann uns niemand daran hindern, dass wir uns lieben, oder?"
Sofia gab ihm keine Antwort. Sie starrte lediglich in die Luft und es schien, als würde die Stille alles Leben in diesem Raum vernichten wollen.
„Nun sag doch schon was!"
Sofia schwieg. Für Jonas war es wie eine Ewigkeit, bis sie endlich die Stille brach.

„Wir haben nicht viel Zeit, Jonas, wenn er bemerkt, dass wir uns außer der Unterrichtsstunde unterhalten, wird noch Schlimmeres passieren als bisher." „Was soll das heißen? Gibst du mir keine Nachhilfestunden mehr?" „Ich kann nicht, Jonas!" „Aber wie soll ich denn je die Prüfung schaffen, und …", dann brach Jonas den Satz abrupt ab. „Ach so, nun verstehe ich, was er damit gemeint hatte, mit seiner Äußerung, er lasse mich so oder so durchfallen."

Jonas' Blick versteinerte sich für einen kurzen Moment. Wieder entstand diese Stille im Raum, bis er sie mit seiner blauäugigen Denkweise durchbrach. „Aber Sofia, unsere Liebe ist doch stärker als seine Macht, die er denkt zu haben." Sofia saß weiterhin hinter ihrem Pult und schwieg. „Nun sag doch schon was", flehte Jonas sie verzweifelt an.

„Jonas, höre mir bitte zu und unterbrich mich nicht." Dann holte sie erst tief Luft, bevor sie fortfuhr: „Wir können doch nicht so tun, als wären wir normale Leute, die ein ganz normales Leben führen. Jonas, du musst mir glauben, dass das, was ich für dich empfinde, weitaus mehr als Liebe ist und alles, was ich zu dir gesagt habe, der Wahrheit entspricht. Aber hier geht es nicht um mich und meine Gefühle. Jonas, du bist noch so jung, hast noch dein ganzes Leben vor dir, du bist gerade mal dabei, deinen Schulabschluss zu machen, und wenn mein Mann seine gekränkte Eitelkeit und Karriere in den Hintergrund stellen muss, wird er nicht nur dafür sorgen, dass es deine Eltern erfahren. Weißt du eigentlich, was das heißt? Lehrerin hat ein Verhältnis mit einem Schüler. Willst du, dass wir uns nie wieder sehen, dass ich meinen Beruf an den Nagel hängen kann?"

Jonas war geschockt über ihre berechnenden Worte.

„Wenn es für dich wirklich Liebe wäre, Sofia, dann würde nur die Liebe für dich zählen, du bist genauso wie alle anderen Menschen. Ihr glaubt nicht an etwas, nein, ihr hab Angst, zu verlieren, merkt aber gar nicht, dass ihr das verloren habt oder am Verlieren seid, was euch am Leben hält. Eure Träume und Sehnsüchte. Du bist genauso wie Simon, der sich aufgegeben hat, weil er nicht zu dem gestanden hat, was er war, nämlich schwul. Anstatt dazu zu stehen und sich seinem Inneren hinzugeben, hat er sich lieber vor lauter Angst umgebracht."

Sofia entgegnete ihm: „Er war nicht krank."

„Nein, Sofia, die Angst hat ihn blind und krank gemacht. So wie sie dich eines Tages auffressen wird. Lass uns verschwinden von hier, bitte!", betonte Jonas noch mal.

Sofia schaute ihn verwundert an. Als könne sie seinen Gedanken nicht folgen. „Wie soll ich das verstehen, Jonas?" „Wir …", Jonas kam ins Stocken, „wir gehen nach Schweden, ganz hoch oben im Norden, oder nach Kanada, Finnland, Norwegen."

„Das ist doch Irrsinn, Jonas, was du da vorhast."

Verärgert und in einem wütenden Ton gab er ihr zurück. „Du glaubst nicht an uns, sag es ruhig, Sofia. Du wolltest nur mal wissen, wie es so ist, mit einem Jungen im Bett zu sein, stimmst? Oder hast du es vielleicht mit anderen auch schon gemacht?"

Wutentbrannt nahm Jonas seine Bücher, ging zur Tür und ließ Sofia mit seiner Frage einfach stehen.

Jonas blieb vom Abendessen fern. Ein tiefer Schmerz breitete sich in ihm aus. Er lag in seinem Bett und verspürte das erste Mal wieder jenes Schwindelgefühl, das er damals vor einigen Jahren genauso empfand, als er von seinen Eltern hierher gebracht wurde. Ein Gefühl der Panik stieg in ihm hoch. Das Gefühl, wieder etwas verloren zu haben, ließ ihn nicht mehr los. Nicht gut genug zu sein, dass es sich für einen anderen Menschen nicht lohne, um seine Liebe zu kämpfen.

In vier Wochen hatte er seine Abschluss-Prüfung. Wie sollte er sie je bestehen, wenn der Mensch ihn prüfte, den er liebte und ihn zugleich fallenließ. Jonas' Gefühlswelt brach mit einem Schlag zusammen. Zwischen Wut, Hassgefühlen und Enttäuschung schlief er ein.

Die letzten Wochen war Jonas kaum noch geistig für seine Mitschüler oder Erzieher anwesend. Dann kam der Tag seiner schriftlichen Prüfung. Warum er überhaupt noch hinging, wusste er selber nicht mehr.

Als er den Saal betrat und sich auf seinem Platz setzte, den er zugewiesen bekam, sah er Sofia zur Tür hereinkommen. Einen Augenblick stieg in ihm wieder Lebensfreude auf. Die jedoch im selben Augenblick erlosch, als er ihren Mann kurz darauf durch dieselbe Tür kommen sah, gefolgt von seinem Geschichte- und English-Lehrer. Nach einer kurzen Einweisung des Direktors, den er zutiefst hasste, fingen alle anderen Schüler an zu schreiben.

Jedoch Jonas saß immer noch zurückgelehnt im Stuhl, blickte nach vorne und schaute Sofia verwundert an.

Ihr Mann und sie verhielten sich, als sei nichts geschehen. Jedoch die Kälte und Distanz, welche Sofia Jonas gegenüber zeigte, ließen ihn zu einem Entschluss kommen.

Dann fing er an, auf sein leeres Blatt, was für das Matheexamen vorgesehen war, zu schreiben.

„Deine Angst kann ich nachvollziehen. Deine Gedanken versuchen zu verstehen. Doch was ich nie verstehen werde, ist, dass du mein Vertrauen missbraucht hast. Du sprichst von meiner Jugend und Zukunft, die du schützen willst, sogleich aber mit deinem Schutz zerstörst.

Jede Begegnung, die unsere Seele berührt, hinterlässt Spuren, die nie ganz vergehen."

Jonas faltete den Zettel, auf den er eigentlich seine Prüfungsaufgaben hätte schreiben sollen, packte seine Stifte ein und ging nach vorne zum Pult. Die verwunderten Blicke seiner Mitschüler nahm er nicht mehr wahr. Sein Direktor kam auf ihn zugelaufen und flüsterte: „Jonas, mach jetzt keinen Unsinn, setz dich wieder hin und schreib deine Prüfung und nimm deinen Abschluss mit. Danach will ich dich nie mehr wiedersehen."

Jonas blickte ihn ohne Furcht an. „Ich habe vor Ihnen keine Angst mehr. Und wissen Sie auch, warum, Herr Bieder?" Herr Bieder schaute ihn verwundert an. Doch bevor er zu Wort kommen konnte, erwiderte Jonas: „Ich habe vor Ihnen die Achtung als Mensch verloren."

Dann ging Jonas weiter und legte den leeren Prüfungsbogen, der mit seinem Namen versehen war, auf das Pult. Kurz vor der Ausgangstür blieb er neben Sofia stehen und hielt ihr sein Blatt entgegen, auf welches er die Zeilen gerade geschrieben hatte. Als Sofia zögerte, es entgegenzunehmen, und ihr die Tränen in die Augen stiegen, hörte Jonas sich selber reden:

„Du musst ihn nicht lesen, aber nimm ihn wenigstens, das bist du mir schuldig."

Mit dem Brief in der ausgestreckten Hand schaute Jonas sie noch einmal bittend an, in der Hoffnung, dass sie ihn doch noch nehmen würde. Nachdem Sofia keine Anstalten zeigte, ihn entgegenzunehmen, drehte sich Jonas zur Tür um und ließ den Brief fallen. Es war unfassbar, mit welcher Heftigkeit und Schnelle die Einsamkeit kam. Wie ein Dé-jà-vu-Erlebnis breitete sich in ihm eine Leere aus, wie damals, als er hier hergebracht wurde. Nur dass das, was vorher war, jetzt verschwand. Sicherheit, Vertrauen und Zuversicht. Er war so an das Leben und die Hoffnung mit Sofia gewöhnt, dass es ihm beinahe die Füße unter dem Boden wegzog.

Doch eines hatte Jonas aus den Geschehnissen mit seinen Eltern, Simon und letztendlich Sofia gelernt, nie mehr sein Leben von einem anderen Menschen abhängig zu machen. Ein letztes Mal fiel für Jonas die schwere Internatstür des Studiersaals ins Schloss.

An jenem Tag schloss sich die Tür wie ein tonnenschwerer Sarkophag-Deckel über seinem Herzen.

In den Augen des Direktors hatte Jonas alles verloren. Seinen Schulabschluss nicht bestanden, so wie er es ihm prophezeite, und seine Liebe verloren. Doch Jonas sah es anders. Wohl war der Schmerz zu groß, doch er konnte sich noch im Spiegel betrachten, ohne zu sagen, sich untreu geworden zu sein. Und er wusste, eines Tages würde Sofia es bereuen.

Erst habt ihr mich mit eurer Liebe überschüttet, so sehr, dass es mich am Schluss fast erdrückt hat. Dann habt ihr mich geschlagen, auf jede erdenkliche Weise, aus Wut, Hass und Verzweiflung, weil ich nicht das war, was ihr euch vorgestellt hattet von mir. Zum Schluss habt ihr mich abgeschoben und fallen gelassen. Nicht eingesehen, dass sowohl ihr, als auch die Bezahlten, nicht den aus mir machen konnten, den ihr gerne hättet. Denn ich bin „ICH" und werde mit jedem Schmerz, der mir zugefügt wurde, trotzdem immer „ICH" sein.

KAPITEL 5

EINE REISE INS UNGEWISSE

Schreibe es in den Sand, wenn dich jemand verletzt. Meißle es in einen Stein, wenn dir jemand begegnet.

Der Bahnhof war schmutzig und machte den Eindruck, noch aus den Jahren von neunzehnhundertvierzig zu sein. Mit seinem letzten ersparten Geld, das er sich für den Notfall aufgehoben hatte, kaufte Jonas sich ein Zug-Ticket. Es roch nach Öl und altem Teer, vermischt mit einem moderigen Geruch.

Jonas stand am Bahngleis und wartete auf seinen Zug, während andere Züge einfuhren und wieder abfuhren.

Menschen unterschiedlichster Art kamen und gingen. Stiegen aus irgendwelchen ankommenden Zügen aus oder in abfahrende Zügen ein. *Es ist ein Kommen und Gehen*, dachte er sich.

Aus den Lautsprechern des Bahnhofes kam eine Durchsage. „Auf Gleis eins bitte zurücktreten, in wenigen Minuten fährt der Zug nach Bergen über Hamburg, Malmö, Oslo ein."

Mit ohrenbetäubendem quietschenden Lärm blieb der Zug stehen. Wieder stiegen Menschen aus und ein. Jonas, der eingestiegen war, suchte sich ein Abteil, in dem er wenigstens anfangs hoffte, alleine zu sein, mit Blick aus dem Fenster.

Schwerfällig und ächzend fuhr der Zug langsam los, beschleunigte immer mehr sein Tempo, bis er seine gleichmäßige Fahrgeschwindigkeit erreicht hatte.

Die vorbeihuschende Landschaft mit ihren unterschiedlichen Farben und teilweise versetzten Gehöften und Viehweiden ließ

Jonas schwerfällig werden, bis er irgendwann in eine Art Trance fiel und einschlief.

Als Jonas wieder aufwachte, war es bereits dunkel geworden. Die Landschaft hatte sich in ein, mal mehr oder weniger, wechselndes Spiel von Lichtern, die aus den Häusern und Straßenbeleuchtungen stammten, verwandelt.

Überraschend stellte er fest, dass er nicht mehr alleine im Abteil saß. Schräg gegenüber von ihm hatte ein älterer Herr Platz genommen, der ihn mit fragenden Blicken durchbohrte.

Jonas schloss wieder schnell seine Augen, um diesen Blicken zu entkommen und sich erst einmal zu sortieren.

Wieder war das Gefühl der Beobachtung da, mit der Angst, angegriffen oder verletzt zu werden.

Als Jonas für sich die Lage mit geschlossenen Augen gesichert hatte, drehte er den Kopf zu dem Herrn um und sagte skeptisch: „Guten Tag."

Der Mann, der ein Buch geschlossen in der Hand hielt, legte es auf seinem Schoß ab, holte tief Luft und während er Jonas weiter mit seinen durchbohrenden Blicken anschaute, erwiderte er: „Na, mein Junge, hast aber lange geschlafen. Hast wohl eine anstrengende Zeit hinter dir?"

Jonas wollte ihm gerade antworten, als der Schaffner in das Abteil eintrat und ihn aufforderte, seine Fahrkarte vorzuzeigen.

„So, mein junger Herr, einmal nach Kjevik, hmm?", äußerte der Schaffner fragend und wollte gerade zu einer weiteren Frage ansetzten, als Jonas ihn unterbrach. „Ja, ich will meine Großeltern dort besuchen." In der Hoffnung, dass der Schaffner und der alte Herr, der ihm gegenübersaß, ihm keine weiteren Fragen stellen würden.

Der Schaffner gab sich mit der Antwort wohl zufrieden, denn er verließ das Abteil genauso schnell, wie er es betreten hatte.

Jonas blickte auf seine Uhr und stellte fest, dass sie, von der Zeit her, kurz vor der schwedischen Grenze sein mussten.

Dann überfiel ihn wieder die Müdigkeit und immer weniger fand er die Kraft, seine Augenlider offenzuhalten. Er fiel in einen tiefen Schlaf, ohne sich weiter dem alten Mann ihm gegenüber zu widmen.

Wieder holte ihn der Traum ein, den er schon so oft hatte, wenn er erschöpft einschlief. Er befand sich in einem langen dunklen Tunnel. Er rannte und rannte immer in Richtung des Lichtkegels, der sich vor ihm befand. Er spürte, dass ihn etwas verfolgte. Etwas, was ihm Angst machte und ihn zur Strecke bringen wollte. Jedoch schien ihm, dass der Lichtkegel sich keinen Millimeter näherte, egal wie lange und schnell er rannte. Aber die Angst vor dem, was ihn verfolgte, ließ ihn nicht aufhören, so rannte er bis zur völligen Erschöpfung weiter. Seine Füße wurden schwer wie Blei. Plötzlich stolperte Jonas und fiel zu Boden.

Mit weit aufgerissenen Augen und schreiend drehte er sich um. Da sah er den alten Mann vor sich, der ruhig auf ihn einredete. „Junge, komm zu dir, du hast geträumt." Gerade noch realisierte Jonas, dass es der Wahrheit entsprach, bevor er dem alten Mann seine Faust gezielt ins Gesicht geschlagen hätte, wie er es aus dem Internat her gewohnt war.

Verwundert schaute der Mann Jonas an. „Du scheinst ja Schlimmes erlebt zu haben, bei so einem Traum."

Jonas entschuldigte sich bei ihm und richtete sich vom Boden des Zugabteils wieder auf, um sich auf seinen Platz zu setzen. Er muss wohl beim Einschlafen im Traum nach vorne gekippt sein und ist dann auf den Boden gestürzt.

Solange Jonas denken konnte, hatte er immer wieder diesen Traum. Und immer wieder wurde er aus dem Traum gerissen, kurz bevor das, was ihn verfolgte, ihn einholte.

Als die Abteiltür aufging und der alte Mann eintrat mit zwei Bechern Wasser, stellte Jonas fest, dass er wohl kurz rausgegangen sein musste, nachdem er nochmals eingeschlafen war. „Hier, mein Junge, ein Glas Wasser für dich, das belebt die Sinne."

Jonas bedankte sich und trank den Becher Wasser in einem Zug aus.

Sie passierten die schwedische Grenze, ohne kontrolliert zu werden. Sicherlich lag es daran, dass es kurz nach Mitternacht war.

Als er zu dem alten Mann hinüberblickte, bemerkte er, dass dieser nun selber in einen Tiefschlaf gefallen sein musste, denn er schnarchte mit geöffnetem Mund vor sich hin.

Jonas, der den Mann in seinem Schlaf eine Zeitlang beobachtete, fragte sich, wie er wohl ausschauen würde, wenn er das Alter erreichen würde, in dem sich jetzt der alte Mann befand.

Obwohl sein Gesicht mit vielen unzähligen Falten und Dellen versehen war und ihm schon einige Zähne fehlten, das Haar mehr als grau wirkte, sah der Mann glücklich und zufrieden aus, ohne Groll. Er strahlte für Jonas eine gewisse Ruhe und Weisheit aus. Auf einmal wurde ihm bewusst, dass der Schaffner keine Anzeichen machte, den alten Mann zu kontrollieren und geschweige denn zu beachten, als er Jonas um seine Fahrkarte gebeten hatte.

Die lange Reise und die Erinnerungen an die Tage vor seiner Flucht aus dem Internat ließen Jonas wieder in eine andere Welt des Schlafes eintreten. Das Rütteln und Klopfen des Zuges, der über die Schienen raste, trugen dazu bei.

Jonas verlor all seine Sinne für die Zeit, während der Zug mit irrsinniger Geschwindigkeit durch die schwedische Landschaft raste. Nun lag sein Schicksal in seinen Händen. Es machte ihm keineswegs Angst. Im Gegenteil, er fühlte sich frei. Frei von Zwängen und Manipulationen oder Demütigungen von denen, die er gerade im Begriff war zu verlassen … zu fliehen.

Je weiter sich der Zug in die tiefe Landschaft Schwedens zu bohren schien, desto leichter wurde es Jonas ums Herz. Auch wenn ihm in seinem Alter von achtzehn Jahren zwar nicht direkt bewusst war, dass er sich innerlich auf einer Flucht befand und ihn diese eines Tages wieder einholen würde.

Jonas wurde durch einen duftenden Kaffeegeruch wieder aus seinem Tiefschlaf geholt. „Färskt kaffe", hörte er eine Frau rufen, deren Stimme immer näher kam. Die Abteiltür öffnete sich und eine blonde junge Frau mit einem geblümten Kleid trat ein und zog hinter sich einen kleinen Wagen her, auf dem Kaffee und Tee und einige Gebäckstücke zum Verkauf lagen.

„Vill de ha en färskt kaffe eller te?", fragte die Dame, während sie Jonas tief in die Augen schaute mit ihren fast smaragdgrünen Augen. Jonas konnte zwar kein Schwedisch, jedoch war im klar, dass es um Kaffee oder Tee ging. Er bestellte einen Kaffee für sich.

Als er ihn bezahlt hatte, warf er einen Blick zu dem alten Mann rüber, der im Begriff war, aufzuwachen. Jonas fragte ihn, ob er auch einen Kaffee wolle.

Als Jonas mit dem alten Mann sprach, redetet die Dame auf Schwedisch zu Jonas und warf ihm einen verwunderten Blick zu, während sie den Blickkontakt zwischen Jonas und dem alten Mann wechselte. Dann sprach sie im gebrochenen Deutsch zu Jonas: „Mit wem reden Sie da, junger Mann, da ist doch niemand außer Ihnen im Abteil."

Sie gab Jonas das Wechselgeld zurück und verließ das Abteil. Jonas hätte fast den Kaffee verschüttet vor lauter Schreck, als ihm die Frage der Dame immer wieder durch den Kopf ging.

Bevor Jonas irgendetwas Weiteres unternehmen konnte, sprach der alte Mann zu ihm: „Du brauchst dich nicht zu fürchten, es ist wahr, die anderen Menschen deiner Art können mich nicht sehen."

Jonas presste sich in seinen Sitz und stellte den Kaffee, den er fast verschüttet hätte, ab und ballte die rechte Hand zu einer

Faust, um im Notfall sofort zuzuschlagen. So wie er es aus dem Internat her kannte. Immer schneller sein als der Gegner. Immer fester und härter zuschlagen.

Der alte Mann hingegen sprach ruhig weiter. „Du kannst deine Faust wieder öffnen und dich entspannen, ich bin nicht einer von deinen Mitmenschen aus dem Internat." Noch etwas verwundert, löste Jonas seinen erstarrten Blick und entspannte sich langsam immer sichtlicher, währenddessen er verwundert fragte: „Wer zum Teufel sind Sie?"

„Trink erst mal einen kräftigen Schluck von deinem Kaffee, Jonas, bevor der kalt wird. Und dann werden wir uns unterhalten, wenn du das willst."

Jonas nahm skeptisch den Kaffee von dem kleinen Beitisch, der an seiner Seite am Fenster aufgeklappt war, und trank zwei, drei Schlucke des heißen Kaffees. Er spürte, wie der Kaffee über seinen Kehlkopf und durch die Speiseröhre rann und sich in seinem Magen ausbreitete. Die Wärme und das Koffein des Kaffees zeigten allmählich im ganzen Körper Wirkung.

Jonas, der sichtlich noch etwas angespannt war, stellte nach dem dritten Schluck den Kaffee wieder auf den kleinen Beitisch.

„Sind Sie so etwas wie ein Guru oder fange ich jetzt an, verrückt zu werden?"

„Wer ich bin, wirst du eines Tages von alleine herausfinden, Jonas. Aber eines ist sicher, du bist nicht verrückt. Ich bin da, um Licht auf deine Dimensionen, weit weg von deinen Sinneswahrnehmungen oder psychischen Dramen, zu reflektieren. Auf Dimensionen, die du im Moment nicht wahrnehmen kannst. Im Grunde ist es ganz einfach, ich halte dir einen Spiegel vor, in dem ich dir dein Wesen deiner Existenz zurückwerfe."

Der alte Mann begann, aus seiner Tasche einen Gegenstand zu holen, und legte diesen Jonas auf den Oberschenkel.

„Ein Stein?" Jonas schaute verwundert und fügte hinzu. „Ich kenne diesen Stein irgendwoher."

Der alte Mann legte Jonas noch einen weiteren Stein auf den Oberschenkel und zog dann einen dritten aus seiner Jackentasche, den er dann auch noch Jonas auf den Oberschenkel legte. „Soll ich dir in deinen Gedankensprüngen helfen, Jonas?"

„Ja bitte", erwiderte er gespannt.

„Nun gut, dann hör aufmerksam zu. Der erste Stein, der schwarze, ist ein eisenhaltiger Stein, dessen Bedeutung du eines Tages in Kanada an einem Fluss finden wirst, der in den Yukon mündet. Er symbolisiert dir, wie groß die Welt ist und wie klein manche Dinge sein werden in deinem Leben, bei denen du verzweifeln wirst.

Der zweite Stein, der graue, ist ein Kalkstein, seine Bedeutung wird dich in deiner Heimat klar werden lassen, dass du im Begriff bist, einen wichtigen Menschen in deinem Leben zu verlieren, wenn du nicht bereit bist, dein Herz offen zu lassen, und deine Mauern wieder hochziehen wirst.

Der dritte Stein ist ein Granit mit einem Anteil von Rosenquarz, dessen Bedeutung wird dir in Norwegen den Weg weisen, indem er dir symbolisiert, dass du den Menschen, den du in deinem Leben suchst und mit dem du im Herzen verschmolzen bist, bis zum Ende deines Daseins auf dieser Welt, gefunden hast.

Präge dir diese Steine gut ein, so wirst du dich daran erinnern, dass ich bei dir war, als du von deiner Heimat auf der Flucht warst. Wenn du alle drei Steine zusammen in die linke Hand nimmst, wirst du merken, dass es nur am Vertrauen liegt, egal was dir begegnen wird."

Der alte Mann fuhr fort: „Eines Tages wirst du das, was du heute empfindest und weshalb du auf der Flucht bist, als Leere empfinden, Jonas. Solange du vor der Leere wegläufst, wird sie dir nie einen Hinweis geben können zu etwas Geistigem in dir, von dem du bis dahin keine Ahnung hast, dass es in dir ist. Wenn du bereit bist, dich dem zu stellen, indem du immer wieder in die Stille gehst und nicht flüchtest oder im Außen die Ablenkung suchst, dann wirst du dich innerlich mit deinem eigentlichen ICH verbinden. Es wird dich mit jedem Mal mehr stärken, bis du dich selber erkennst."

Jonas unterbrach den alten Mann. „Aber ich erkenne mich doch." Es dauerte eine Zeitlang, bis der alte Mann Jonas eine Antwort darauf gab: „Nun, Jonas, dann frage ich dich, warum bist du dann auf der Flucht?"

Jonas starrte den alten Mann an, während sich die Wut in sein Gehirn bohrte. Dann fing er an zu weinen und wandte den Blick von dem alten Mann ab und schaute zum Fenster raus.

Die Sonne ging im Osten auf. Mit purpurrot-orange leuchtenden Farben wechselte die vorbeihuschende Landschaft von der Dunkelheit in ein neues Licht.

Eine Stimme war zu hören. Sie kam vom Gang aus dem Zugabteil. „Kort sagt, vil toget i Oslo angi."

Jonas verstand nur Oslo. Er dachte nach und realisierte, dass er wohl die halbe Strecke durch Schweden eingeschlafen sein musste. Auf einmal fielen ihm der alte Mann und das Gespräch wieder ein, aber als er zu dem Platz schaute, auf dem er gesessen hatte, war niemand zu sehen. Vielleicht ist er wieder was zum Trinken kaufen gegangen, spekulierte Jonas.

Es verstrich die Zeit und der Zug fuhr in den Hauptbahnhof in Oslo ein. Die Bremsen quietschten ohrenbetäubend, bis der Zug zum Stehen kam. Laute, hektische Stimmen und ein lautes Geschrei von den ein- und aussteigenden Fahrgästen übertönte die Sprechansage des Bahnhofswärters. „Track One fyll derbzug tog vil snart vare pa a gjenopprette." Kurz darauf schlossen sich die Türen des Zuges und wieder konnte man die Stimme des Bahnhofswärters aus dem Lautsprecher hören: „Trekke seg pa spor en, kan." Mit tosendem Quietschen und hämmernden Schlägen, als wolle der Zug auseinanderbrechen, setzte er sich in Bewegung. Wurde immer schneller, bis er wieder seine Reisegeschwindigkeit erreicht hatte und die norwegische Landschaft durchfuhr.

Immer mehr musste sich der Zug durch die zerklüftete, felsige und immer höher werdende Berglandschaft Norwegens quälen. Über zahlreiche Brücken mit tiefen Schluchten mit ihren smaragd-grünen Flüssen oder durch zeitlose Tunnel, in denen es schien, als würde die Felswand, auf die der Zug zuraste, den Zug verschlucken, bohrte er sich immer tiefer in die Natur. Je höher sich der Zug in Richtung Norden schlängelte, desto farbenprächtiger und bizarrer wurde die Landschaft.

Über den Felsen säumten sich zahlreiche verschiedene Moosarten und Blumen, die Jonas noch nie in seinem Leben gesehen hatte. Ihre Farben waren so intensiv und es hatte den Anschein, als wären alle Farben darin enthalten. Vereinzelte Regentropfen, die auf dem Moos und den Blumen vom Morgentau sich ausruhten, gaben mit der Verbindung der Sonnenstrahlen einen violetten Schein.

Jonas fragte sich, wo ist wohl der alte Mann hin. Er ist jetzt schon eine Ewigkeit weg. Während er sich in einem Selbstgespräch, in dem er seine Lippen bewegte, die Frage leise vor sich hinplapperte: „Wo bist du, alter Mann, ich hab dir doch noch keine Antwort auf deine Frage gegeben."

In diesem Augenblick, als er die letzte Silbe seiner Frage ausgesprochen hatte, saß auf einmal der alte Mann neben ihm.

Etwas erschrocken wich Jonas zurück. „Wo kommen Sie auf einmal her? Eben gerade waren Sie noch nicht in diesem Raum? Wer zum Teufel sind Sie in Wahrheit?", überschüttete er den alten Mann mit seinen Fragen.

„Wer ich bin, das musst du und wirst du eines Tages selber herausfinden.

Aber eines kann ich dir jetzt schon sagen, wann immer du mich rufst und mich brauchst, werde ich für dich da sein."

Jonas wusste, dass er keine Chance hatte, mit weiteren Fragen etwas Näheres über diesen seltsamen alten Mann herauszufinden, der den Anschein machte, für Jonas, nur Gutes zu bedeuten.

„Ich weiß nicht, warum ich auf der Flucht bin", sagte Jonas auf die noch offene Frage des alten Mannes. „Man hat mir sehr wehgetan und ich möchte nicht mehr, dass dies weiterhin geschieht, verstehen Sie?" Der alte Mann, der unerwartet auf einmal gegenüber von Jonas saß, schaute ihm mit einem beruhigenden Blick tief in die Augen. „Ja, das kann ich sehr gut nachvollziehen, dass du nicht möchtest, dass man dir weiterhin wehtut. Aber dadurch, dass du auf der Flucht bist, wirst du nicht das Problem lösen. Du wirst wohl erst einmal einen Abstand davon gewinnen, aber mit der Zeit wird dich die Angst davor wieder einholen, so lange, bis du dich ihr stellst."

„Und wenn ich mich ihr nicht stellen will?", erwiderte Jonas.

„Dann wirst du ewig auf deiner Flucht sein", gab der alte Mann ihm ruhig zurück.

Jonas, der den alten Mann weiterhin unsicher anschaute, warf ihm von oben herab seine nächste Frage hin. „Wer sagt mir, dass du mich nicht auch enttäuschen wirst?"

„Weißt du, Jonas, versuche es doch einfach, herauszufinden, so wie jetzt deine Lage aussieht, kannst du doch eh nicht mehr verlieren außer dein Leben." Mit seiner gelassenen Art schmunzelte der alte Mann Jonas an und verschwand daraufhin genauso schnell, wie er gekommen war.

Der Zug verlangsamte immer wieder etwas sein Tempo und fuhr durch einige kleine Bahnhöfe, ohne anzuhalten, bis er schließlich das Tempo komplett herausnahm und voll in die Eisen stieg, sodass die Bremsen ohrenbetäubend quietschten. Der Zug fuhr in eine riesig große gläserne Halle ein, in der sich die Schienen in mehreren Gleisen aufteilten. Jonas sah ein Schild, auf dem Kjevik stand. Er musste wohl die Ansage des Schaffners überhört haben, der den nächsten Bahnhof immer kurz vorher im Abteil ansagte.

Jonas schulterte seinen Rucksack und drängte sich unter den Massenstrom der aussteigenden Fahrgäste. Ohne dass er großartig was machte, wurde er automatisch mit aus dem Zug befördert.

Er hätte nicht einmal stehen bleiben können. Der Massenstrom von Menschen hätte ihn unweigerlich mitgerissen.

Als Jonas aus dem Zug ausgestiegen war, ging er Richtung Bahnhofsausgang. Mit einem Mal wurde ihm klar, dass es nicht typisch nach Bahnhof roch, so wie er es aus Deutschland gewohnt war.

Er blieb stehen und versuchte mit seinen Sinnen, den neuen Geruch aufzunehmen. Es war, als würde er einen salzigen Geruch verspüren, der sich mit einem Hauch aus fischigem als auch algigem Geschmack, in der Luft vermischte. Nun realisierte er, dass er weit genug von all dem weg war, was ihm in seiner Vergangenheit wehgetan hatte. Obgleich er sich nach dem Gespräch mit dem alten Mann bewusst war, dass er sich auf der Flucht befand.

Jonas, der für sein Alter einen ausgeprägten Bartwuchs hatte, sah für seine achtzehn Jahre älter aus, als er war. Er entschloss sich, den Bart wachsen zu lassen, so würde man ihn schlechter erkennen. Denn er war sich bewusst, dass seine Eltern nach ihm suchen ließen. „Oder ist ihnen das auch egal?", fragte er sich.

Als Jonas aus dem Bahnhof heraustrat und an einem Fischstand vorbeilief, machte sich sein Magen bemerkbar. Jetzt wurde ihm bewusst, dass er, seit er in Deutschland in den Zug gestiegen war, nichts gegessen hatte. Er ging zu dem Fischstand und schaute in die Fischtheke, was es alles gab.

Die etwas stärker gebaute Frau hinter der Theke fragte Jonas etwas auf Norwegisch. Jonas antwortete ihr in English, dass er kein Norweger sei und nur Deutsch oder English sprechen könnte. „Ah", sagte sie in gebrochenem Deutsch, „du kommst aus Deutschland, sehr gut. Ich habe dort eine Zeitlang nach dem Krieg gelebt. Du willst wohl Tracking-Urlaub machen?", fragte sie. Jonas bejahte ihre Frage und bat um ein Brötchen mit frischem Hering, der in einer Essigsoße lag und paniert aussah. „Das ist unsere norwegische Spezialität, du wirst sie lieben", schmunzelte sie.

Die Frau packte Jonas die Fischsemmel in einem braunen Papier ein und verlangte zehn Kronen.

Jonas legte das Geld auf den Tresen-Tisch und bedankte sich, rückte seinen Rucksack zurecht und ging seines Weges. Mit einem leicht beschwingten Gefühl lief er Richtung Zentrum. Nachdem er ein kurzes Stück gelaufen war, setzte er sich auf eine Bank, die am Rande eines Hafenbeckens stand.

Genüsslich biss er in seine Fischsemmel und beobachtete die vorbeifahrenden Segelschiffe oder Fischerboote, die vom Meer kamen oder in Richtung Meer fuhren. Eine Kirchenuhr schlug zwölf Uhr. Jonas wusste, dass in Norwegen in dieser Jahreszeit die Sonne später unterging als in Deutschland, da er sich nun näher am Nordpol befand. So hatte er genug Zeit, sich um einen Schlafplatz zu kümmern.

Nachdem er sein Brötchen vertilgt hatte, trank er genussvoll seinen schwarzen Kaffee, den er sich vorher in einem To-Go-Kaffeeladen mitgenommen hatte. Jonas fühlte sich beim Anblick der Schiffe, des Meers und bei dem neuen Geruch sehr frei.

Obwohl ihm die Worte des alten Mannes im Zug immer wieder in sein Gedächtnis rückten: „Du befindest dich auf der Flucht vor dir selber."

Aus den Weiten wirst du niederschweben – schwerelos wird dein Körper sein – deine Augen werden müde – wenn dein Blick – die Sterne streift – die Zeiten werden dich erlösen – im tiefen Schlaf wirst du sein – wenn deine Seele wie ein Rätsel durch den Sternenhimmel schweift.

Jonas hörte seinen Atem. Er keuchte und hatte das Gefühl, dass er nicht genug Sauerstoff bekam, um noch schneller rennen zu können. Der dunkle Tunnel, in dem er sich wieder mal befand, war glitschig und roch nach Verfaultem. Der Boden, über den er, so schnell er konnte, rannte, war glitschig und bei jedem Fußtritt auf den Boden spritzte das Wasser wie aus kleinen Fontänen seitlich von der Fußsohle ab.

Sein ganzer Körper war in Panik. Er hatte das Gefühl, sein Herz würde jeden Augenblick explodieren. Das Gefühl, vollkommen ausgeliefert zu sein, brachte ihn an die Grenzen. Es fühlte sich an, als würde er jeden Moment die Kontrolle über seinen physischen Körper verlieren, in den nächsten Sekunden umzukippen, bewusstlos zu werden und letztendlich zu sterben. Aber er konnte nicht aufhören zu rennen. Denn das, was ihn verfolgte, machte ihm immer größere Angst, auch wenn er nicht realisieren konnte, was es war. In seinen panischen Gedanken sah er nur einen schwarzen großen Mantel, der eine Gestalt umhüllte, die alles Böse übertraf, was Jonas kannte. Er spürte, dass dieses Etwas nach seinem Leben trachtete. In seiner Panik stolperte er über einen Stein, überschlug sich, während er zu Boden fiel, und rollte dann einige Mal unkontrolliert über den matschigen, stinkend verfaulten Boden.

Das Ungewisse, was ihn verfolgte, kam immer schneller näher. Jonas fasste sich stöhnend an den Kopf, den er sich beim Sturz an einem Stein aufgeschlagen haben musste. Blut floss ihm übers Gesicht und ein eisenhaltiger blutiger Geschmack lief ihm über die Lippen und sein Kinn.

Sein rechtes Bein war gebrochen. Ein Knochensplitter hatte sich durch seine Haut gebohrt. Der Schmerz verschlug ihm den Atem. Während er nach Luft schnappte, robbte er mit letzter Kraft in die Richtung eines Felsvorsprunges in dem Tunnel. Pechschwarz war es vor seinen Augen. Er musste sich mit den aufgeschürften und zerkratzten Händen durch den moderigen Schlamm tasten. Gerade in dem Moment, als er hinter den Felsvorsprung kam, berührte ihn etwas am rechten Fuß und wollte ihn zu sich ziehen. Seine Augen weiteten sich vor Entsetzen, er schrie aus voller Kehle und versuchte, sein Bein loszureißen. Dann verlor Jonas das Gleichgewicht, kippte nach hinten und rutsche einen weiteren Gang in dem Tunnel über den glitschigen Boden in die Tiefe.

Als Jonas den engen Gang, der fast senkrecht war, hinunterstürzte, schlug sein Körper mal rechts mal links an der vorbeihuschenden schroffen Felswand an. Jonas wollte leben, doch welchen Preis musste er dafür bezahlen. Er spürte, dass er sich seine Lunge verletzt haben musste. Bei jedem Atemzug blubberte es und er röchelte, während er nach Luft rang.

Mit einem dumpfen Schlag landete sein zerschundener Körper, übersät mit zahlreichen Schnitt- und Platzwunden, aus denen Blut strömte, auf dem Boden.

„Boy wake up, you had a dream", hörte er aus der Ferne eine Stimme besorgt rufen, die ihn an den Schultern dabei gleichzeitig immer wieder schüttelte. Die weiche, liebevolle Stimme holte Jonas ins Hier und Jetzt wieder zurück. Als Jonas die Augen langsam öffnete, erschien ihm das Gesicht eines Mädchens, das in der Dunkelheit fast wie ein Engel aussah. Mit ihren blaugrünen Augen schaute sie Jonas beruhigend an und wiederholte immer wieder. „You had a dream, all is well." Das Mädchen half Jonas vom Boden hoch und wischte ihm mit einem Taschentuch das Blut von seiner aufgeplatzten Lippe ab, die er sich beim Sturz auf den Boden zugezogen haben musste. Er setzte sich auf die Bettkante seines Bettes, aus dem er bei seinem Traum herausgefallen war.

Immer noch etwas orientierungslos, fragte er das Mädchen: „Where I am?" „You are in a youth hostel, in Kjevik, you had a bad dream."

Jonas, der langsam wieder zu seinen Sinnen kam, legte sich in seinen Schlafsack, bedankte sich bei dem wunderschönen Mädchen und schlief erschöpft wieder ein.

Am nächsten Morgen, als Jonas aufwachte, sah er, dass einige der jungen Leute, mit denen er am Abend davor den Schlafsaal bezogen hatte, im Begriff waren, ihre Schlafsäcke einzurollen, und ihre Rucksäcke für die Weiterreise packten. Er suchte nach dem Mädchen mit den blaugrünen Augen und gelockten schwarzen Haaren, die ihn heute Nacht aus seinem immer wiederkehrenden Alptraum zurückgeholt hatte. Sein Blick schweifte durch den riesigen Schlafsaal, als er am hinteren Ende in einer Ecke ihren Blick traf.

Die Zeit schien stehen zu bleiben, als sie sich eine lange Zeit in die Augen schauten und er eine tiefe Seelenverwandtschaft spürte. Die vielen durcheinanderredenden Stimmen, in verschiedenen Sprachen und die Aufbruchsstimmung holten die beiden wieder zurück und jeder von beiden machte sich daran, sich für die weitere Reise fertig zu machen, wobei sie sich nicht aus dem immer wiederkehrenden Blickkontakt verloren.

KAPITEL 6

DIE SEELENREISE

Ein Rauschen aus den Adlerschwingen – bringt ihn empor zu dem Ster-
nenhimmel – schwebt ihn in eine andere Zeit – die Seele sah ihn lange
an und brachte ihn an neue Orte – der Schleier fiel – die dunkle Nacht –
bis er wieder erwacht.

Jonas saß an einem langgezogenen, weißen Tisch aus Holz mit
einigen jungen Leuten, die er zuvor im Schlafsaal der Jugendherberge gesehen hatte. Abgeschweift lag sein Blick auf seiner
Kaffeetasse, die vor ihm dampfend stand und einen herrlichen
Duft von Kaffeegeruch verbreitete.

„Darf ich mich zu dir setzten?", hörte er, wie das Mädchen mit
den blaugrünen Augen in gebrochenem Deutsch zu ihm gewandt sprach. Jonas hob seinen Kopf und blickte in die Augen
des Mädchens und erkannte sie sofort wieder. Sie war es, sie, von
der gestrigen Nacht, die ihn aus seinem Alptraum gerettet hatte. Mit einem Herzklopfen erwiderte er ihre Frage mit einem
„Ja klar, bitte" – und zeigte auf den Platz gegenüber von ihm.

Weder Jonas noch das Mädchen konnten sich den Blicken des
anderen entziehen. Immer wieder trafen sie sich ohne viele
Worte. Und doch wurde im Stillen so viel gesagt. Es schien
eine Ewigkeit zu vergehen und trotzdem die Zeit für beide stillzustehen. Er empfand in ihrem Blick so viel Vertrautheit, als
würde er sie schon unendliche Zeit kennen. Ein tiefes, warmes,
liebendes und geborgenes Gefühl überflutete ihn, wenn er in
ihre Augen blickte. All sein Schmerz aus der Vergangenheit,
all seine Angst und Wutgefühle waren spurlos verschwunden,

wenn er in diese blaugrünen Augen blickte. So sehr sich auch immer wieder sein Verstand einschaltete und ihm klarmachen wollte, dass er falsch fühle und sich schützen müsse, denn dieses Mädchen sei genauso wie all die anderen Frauen in seiner Vergangenheit. Aber er konnte sich den Blicken ihrer Augen nicht entreißen. Ihr schwarzgelocktes Haar fiel ihr leicht über die Schultern und umhüllte ihr schmales Gesicht wie ein Engelsschleier. Ihre schmalen Lippen mit dem Lächeln in ihrem Gesicht gab ihm das Gefühl des Angekommen-Seins. Sie trug silberne Ohrringe, die einige dunkelbraun schimmernde Steine in sich trugen. Eine passende Halskette mit einem in sich ausbreitenden und wieder in sich zusammenkommenden Dreieck schmückte ihr Dekolleté. Ihre langen schlanken Finger umschlossen ebenfalls eine heiße Tasse Kaffee, an der sie sich an diesem etwas kühlen Morgen wärmte. Ihr schlanker Körper umrundete sie mit einem breiten Becken, das die Besonderheit mit den Augen ausmachte.

Jetzt wurde Jonas erst klar, wie sehr er sich nach einem Zuhause sehnte. Noch nie hatte er das Gefühl verspürt, ein geliebtes Zuhause zu haben. Aus seinem Ursprungsheim wurde er herausgestoßen. Im Internat zwischengeparkt, wurde er schließlich wieder verlassen von einer Frau, bei der er dachte, dass sie ihn liebte.

Doch wenn er diesem Mädchen in die Augen schaute, war ein Gefühl in ihm, das wie ein Feuer in seiner Brust brannte.

„Von wo aus Deutschland kommst du und was hast du in Norwegen geplant?", fragte sie Jonas mit ihrer weichen, beruhigenden Stimme. Jonas, der ihr weiter tief in die Augen schaute und sich erst fangen musste, antwortete zögerlich: „Das erzähle ich dir, wenn wir uns länger kennen." Das Mädchen lächelte und meinte: „Werden wir das?"

„Ich hoffe doch, ich heiße übrigens Jonas." „Schöner Name, und ich bin Runa."

Jonas trank einen Schluck von seinem Kaffee und meinte dann: „Das heißt so viel, wie die geheimnisvoll Zauberhafte."

Während sie seinen Namen etwas in die Länge zog beim Aussprechen, überlegte sie einen kurzen Moment und ließ ihn dann wissen, dass sein Name der Friedvolle, der in Verbindung mit Gott steht, bedeutet.

„Willst du mir, Jonas, nicht verraten, wo dich dein Weg hinführt?"

„Ich weiß es nicht, Runa. Ich bin gestern erst hier angekommen und habe kein direktes Ziel. Ich weiß nur eines, ein Zurück gibt es für mich nicht mehr." Dann legte er eine Pause ein, schaute mit einem traurigen Blick in die Luft und fügte hinzu: „ein Zurück nach Deutschland." Runa, die merkte, dass Jonas darüber nicht weiter sprechen wollte, beließ es damit und erzählte ihm, dass sie aus Oslo käme und zu den Inseln bei Osteroy wolle. Da würde ein Onkel von ihr wohnen, der im Sommer immer Hilfe bräuchte, um das Heu und Getreide einzufahren für den Winter. Und da es dort oben an Arbeitskraft mangelte, sie sich für ihr Studium in Oslo Geld verdienen müsse, da ihre Eltern eine kinderreiche Bauernfamilie sind, käme ihr dies immer im Sommer sehr gelegen. Jonas sah seine Chance und fragte: „Meinst du, er könne noch jemanden gebrauchen, der für Essen und einen Schlafplatz arbeiten würde?"

Wieder hatte sie das gewisse Lächeln, als sie ihm zögerlich klarmachte: „Ich weiß zwar nicht, wer du bist und was du getan hast. Aber wenn ich dir, Jonas, in die Augen schaue, sehe ich keine bösen Absichten, jedoch wirkst du mir verloren, sogar ein bisschen traurig." Sie legte eine längere Gesprächspause ein, bevor sie weiterfuhr mit ihrer Antwort.

„Dann scheint es ja doch so zu sein, dass wir uns näher kennenlernen werden. Aber dann wirst du mir dein Versprechen einlösen müssen und mir erzählen, woher du kommst und was dein

Ziel in Norwegen ist." „Ja, das verspreche ich dir, Runa, wenn der Tag kommt, werde ich es dir sagen."

„Gut, ich werde meinen Onkel von unterwegs anrufen. Aber ich bin mir sicher, dass nichts dagegen spricht." Runa stand auf und holte sich an der Rezeption der Jugendherberge noch eine große Plastiktüte, die sie sorgfältig in ihrem Seesack verstaute. Jonas schaute sie verwundert an. Runa bemerkte seinen Blick und sagte zu ihm in einem ruhigen Ton:

„Warte ab, du wirst bald sehen, für was wir die auf unserer Reise benötigen."

Fällt doch Licht auf deinen Weg – so schreite fort – weit und weiterziehend, wohin dein Ziel dich lenken wird – das Herz auf deiner rechten Seite – stark und liebevoll – trotz der Bangigkeiten und der Fragen – dich das Leben drängt.

Als sie aus dem runden großen, hölzernen Holztor der Jugendherberge heraustraten, waren die Temperaturen auf einige Grad gesunken und leichter Nieselregen fiel vom grauen Himmel.

„Wie bist du von Deutschland hierhergekommen?", schaute Runa Jonas verwundert an.

Achselzuckend, als wäre es für ihn selbstverständlich und es hätte keine andere Möglichkeit gegeben, murmelte er: „Na mit der Eisenbahn, natürlich."

„Hm, meinte Runa, ich bin mit dem Schiff unterwegs über die Hurtigrute. Dann lass uns dir am Hafen auch ein Ticket besorgen."

Am Schalter, der sich direkt am Hafen von Kjevik befand und in einem alten rot gestrichenen Holzhaus untergebracht war, regelte Runa in Norwegisch alles für Jonas' Ticket. Nachdem sie den Tickt-Kauf erledigt hatten, aßen sie noch eine in Zeitungspapier eingewickelte geräucherte Makrele und tranken dazu den Rest einer Weinflasche, die Runa aus ihrem Rucksack gepackt hatte.

Sie saßen auf einer kleinen Mauer vor dem roten Holzhaus, genossen den Wein und den Fisch, nachdem der Himmel wieder aufgerissen war und die Sonnenstrahlen den Rest des feuchten Regenwassers vom Boden verdunsten ließen. „Jonas, du machst so einen nachdenklichen Eindruck, als ob du dich in einer anderen Welt befinden würdest."

Jonas schwieg, aber Runa ließ nicht locker und fügte mit ihrem bedenklichen Eindruck, der ihr Jonas machte, hinzu: „Ich bin mir sicher, du wirst das, was du in Norwegen suchst, für dich finden. Und ich freue mich, dich dabei ein Stück begleiten zu dürfen."

Von der Steinmauer aus, auf der Runa und Jonas saßen, konnte man aus dem Hafenbecken aufs offene Meer schauen. Möwen veranstalteten akrobatische Flugmanöver, während sie kreischend umherflogen und nach weggeworfenen Essensresten der Menschen suchten. Die Sonne durchbrach immer mehr die zerrissene Wolkendecke und es entstand am Horizont ein Farbwechsel, den Jonas so noch nie gesehen hatte. In manchen Momenten schien es, als würden die Sonnenstrahlen, die kurzzeitig mit voller Kraft durch manch aufgerissene Wolkenbändern drangen, eine Verbindung zwischen dem Universum und der Erde bilden. Der Sprühregen kam immer wieder in kleinen Fronten vom Meer hergezogen und brach die Sonnenstrahlen zu einem wunderschönen, leuchtenden Regenbogen. Ein bizarres Farbenspiel präsentierte sich vor Jonas' Augen und trug ihn in seinen Gedanken davon.

Immer schwerer fühlte sich sein Körper an und seine Augenlider schienen sich der Erdanziehungskraft immer weniger entgegensetzen zu können. Die Summe der Dinge, des Weines, der langen Reise und des Farbenspiels am Horizont, ließ Jonas letztendlich den Kampf des Wachseins aufgeben und er schlief ein.

Er bemerkte dabei gar nicht mehr, dass Runa, als er die Kontrolle über seinen Körper aufgab, seinen Kopf sachte nahm und auf ihren Schoß legte.

Wo war er? Und wie kam er hierher? Jonas spürte, er müsse nur die Augen öffnen, dann würde er aus dieser Welt, in der er sich in diesem Moment befand, wieder in die reale Welt gelangen. Aber irgendetwas in ihm wehrte sich dagegen. So sehr er auch die Augen öffnen wollte, so sehr er auch dagegen ankämpfte, die Stimmen und Geräusche von außen nicht zu verlieren, desto stärker wurde der Sog der Erschöpfung.

Der Strudel trug ihn immer weiter weg, die Geräusche vom Hafen und die Stimmen verblassten, während sich vor Jonas' Bewusstsein und innerem Auge eine neue Welt zeigte.

Er sah sich auf einem Felsen stehen und blickte über viele Berggipfel in die Ferne, über Täler und schneebedeckte Felder. Vor ihm lag eine Bergwiese, übersät mit orangefarbenen Agoseris, lila Anemonen und Purpurglöckchen mit ihrem zarten Weiß – dazwischen gesellten sich Arnika und Gänseblümchen mit Wollgras, gebettet auf einer Wiese von Moos.

Jonas machte einen tiefen Atemzug und er konnte die verschiedenen Düfte der Blumen, vermischt mit einem Hauch von Salz, als würde das Meer vor ihm liegen, mit seinen Sinnen schmecken.

Vor ihm breitete sich ein riesiges Tal aus, umgeben von massiven Bergketten. Aus vielen Felsformationen der Bergketten rann Wasser herab, das sich, je tiefer es kam, zu immer größeren Wasserfällen bildete und letztendlich in einen riesigen See, weit unten im Tal, traf. Teilweise stürzten diese Wasserfälle mehrere hundert Meter in die Tiefe und knallten erbarmungslos auf Felsen. Alles, was das reißende Wasser erwischte, riss es mit sich. Kleinste Wasserpartikel schwebten wie Tausende von Seelen in der Luft, emporgeschleudert durch das Auftreffen des herabfallenden Wassers auf die Felsvorsprünge. Die Sonnenstrahlen versetzten die Wassertropfen, die den Anschein hatten, zu tanzen, in bunte schwebende, ja fast lebendige Wesen. Der Pfad, auf dem er sich befand, schlängelte sich zwischen riesigen Felsbrocken in dieses tiefe Tal hinunter.

Jonas zögerte, weiterzugehen. Einerseits genoss er genau diese Stimmung der duftenden Blumen und verschiedenen Gräser und Moos, sowie das natürliche, gewaltige Schauspiel der Wasserfälle und tanzenden Wassertropfen, die sich als lebende Wesen darstellten. Jedoch irgendetwas hinter ihm drängte ihn, weiterzugehen auf diesem Pfad. Dieses Etwas beunruhigte Jonas. Er verspürte die gleiche Angst, die er in dem Traum hatte, als er im Zugabteil von Deutschland abreiste, und im Traum in der Jugendherberge in Norwegen.

Irgendetwas verfolgte ihn. Jonas wünschte sich den alten Mann an seiner Seite, dem er im Zugabteil begegnet war. Er hätte sicher wieder einen guten Rat für ihn.

Wie aus dem Nichts stand der alte Mann aus dem Zugabteil wieder neben ihm und legte seinen Arm auf seine Schulter. „Ich habe dir doch gesagt, wenn du mich aus tiefstem Herzen rufst, werde ich immer für dich da sein", sprach der alte Mann, während beide in das endlos tiefe und weite Tal blickten.

„Ich weiß nicht, was ich hier soll, und schon gar nicht, wo mich dieser Pfad hinführen wird", meinte Jonas. Der alte Mann, der seinen Blick in die Ferne nicht veränderte, sprach in einer Stimme, die sich wie Balsam auf Jonas' ängstliches Herz legte: „Denke an meine Worte, die ich dir immer wieder sage, höre auf dein Herz und nutze dein Verstand fürs Äußere. Verliere dich nicht in den Gedanken und Ängsten, sondern lasse dein Herz weicher werden und vertraue darauf." Dann war der alte Mann genauso schnell wieder verschwunden, wie er gekommen war.

Jonas machte einen Blick nach hinten mit der Überlegung, den Pfad, den er gekommen war, zurückzugehen. Ein übler Geruch kam ihm aus dieser Welt entgegen, vermischt mit Leben und Fäulnis. Die Feuchtigkeit aus uraltem, modrigem, vergammeltem Sein.

Er dachte sich: *Es ist ein bedrückendes Gefühl, eine Entscheidung zu treffen, wenn nicht nur einem das Ergebnis unvorhersehbar ist, sondern vielmehr man auch die gegenwärtige Situation nicht einschätzen kann.* Er wusste, woher er kam, aber nicht, wohin ihn diese Reise führen würde. Wusste aber, dass er nur die eine Möglichkeit hatte, diesen Pfad weiterzugehen, auch wenn er sich im Klaren war, dass er keine Ahnung hatte, was ihn dort unten im Tal erwartete.

Höre auf dein Herz, sagte er sich immer wieder. Er atmete tief ein und nahm wieder die duftenden verschiedenen Gerüche der Blumen und Gräser, vermischt mit dem salzigen Wasser, wahr. Dabei wurde ihm klar, dass sein Weg, wo auch immer er ihn hinführen wird, nach vorne ins Tal war. Er entschied sich, weiterzugehen und nicht zurückzukehren in die Richtung, aus der die Fäulnis und Feuchtigkeit kam, getragen von der Angst des Verfolgers.

Nach wenigen Metern, als Jonas den Pfad ins Tal hinuntergestiegen war, bemerkte er, dass sich nur noch wenige Sonnenstrahlen am Horizont mit letzter Kraft an den Berggipfeln versuchten festzuhalten. Jedoch stetig immer mehr hinter der Bergkette verschwanden. Ihm blieb nicht mehr viel Zeit, um bei Helligkeit zu laufen, deswegen legte Jonas einige Schritte zu. Mit jedem Verlust eines Sonnenstrahls stieg in ihm die Angst vor der Dunkelheit. Immer wieder sagte er laut vor sich hin: „Höre auf dein Herz, verliere dich nicht in deinen Gedanken und Ängsten."

Als die letzten Sonnenstrahlen verschwunden waren, setzte sich Jonas auf einen Felsen, der am Wegesrand einladend für eine Verschnaufpause wirkte. Es war, als hätte Jonas mit dem immer wieder Vor-sich-Hersagen des Satzes: „Hör auf dein Herz, verliere dich nicht in deinen Gedanken und Ängsten" eine Umprogrammierung in seinem Gehirn erreicht. Er realisierte, dass seine Atmung ruhig ein- und ausfloss und er weder Druck noch Angst verspürte. Er richtete seinen Blick ins Tal und versuchte, irgendetwas zu erkennen, was sich ihm als Ziel darbot. Jonas versuchte, seinen Blick durch sein Herz fließen zu lassen und die Worte des alten Mannes umzusetzen. Unten im Tal, wo der Pfad auf den See zu stoßen schien, nahm er ein Flackern wahr. Anfangs sah es wie eine Kerze aus, jedoch je mehr Jonas hinschaute, erkannte er, dass es ein Feuer sein musste. Er kniff die Augen etwas zusammen, um besser zu sehen, da erkannte er die Umrisse eines Planwagens und Pferde. *Dort unten muss jemand sein*, dachte er sich. Ein Hungergefühl breitete sich in seinem Bauch aus und ließ ihn weiter aufbrechen, um schnellstmöglich dorthin zu gelangen, in der Hoffnung, dort etwas zu essen und trinken zu bekommen.

Jene Menschen, die ihre Träume nicht wahrlich spüren, erkennen und ihr Leben danach richten, werden am Ende ihrer Reise feststellen müssen, dass sie nicht gelebt haben im Herzen.

Aus weiter Ferne nahm Jonas eine Stimme wahr. Eine Stimme, die so zart und rein klang, eine Stimme, die er schon dachte ewig zu kennen. Stück für Stück holte sie ihn von jenem Ort zurück und er wusste, dass er die Reise zu der Feuerstelle und dem Planwagen mit Pferden nur unterbrechen würde, um dort wieder weiterzureisen.

Es war Runas Stimme, die ihm ins Ohr flüsterte: „Jonas, du musst wieder aufwachen, wir müssen an Bord." Als Jonas die Augen öffnete und feststellte, dass sein Kopf im Schoß von Runa lag, erinnerte ihn Runas Körperduft an die verschiedenen Blumen und Moose in seiner Traumreise. Ob es der Schoß Runas war oder das Tal, er wusste, er hat sich für den richtigen Weg entschieden.

DIE SCHIFFSREISE

*Das Ohr des Mannes hört das Brechen der Wellen wenn das Schiff das
Wasser durchschneidet solange das Auge dem Nordlicht folgt über bizarre
schneebedeckte Gipfel die aus den Tiefen herausgestoßen wurden solange
der Mann das endlose im fernen Erdteil sucht solange wird das Abenteu-
erliche des Mannes seinen menschlichen Geist vorwärts führen*

Das Schiff, das sie beide über die Hurtigrute weiter in den Norden bringen sollte, war ein gigantisches Monster. Die vordere
Rumpfspitze war aufgeklappt und in die Etagen wurden LKWs
und Autos hineinmanövriert. Die endlose Schlange schien kein
Ende zu nehmen und der Anblick, dass der Rumpf des Schiffes
all diese Autos verschluckte, wirkte gespenstisch.

In dem Schiff befanden sich einige Kaffees, Restaurants und Einkaufsläden, in denen man typische norwegische Gerichte und
Lebensmittel kaufen konnte.
Die Kajüte war spartanisch eingerichtet. Ein Bett mit einer Breite von einem Meter vierzig, ein kleines Waschbecken und in einer Wand eine Dusche sowie eine Toilette. Für einen Tisch oder
Stuhl gab es keinen Platz mehr.
    Das Gepäck wurde wie in einem Zugabteil oberhalb des Bet-
tes in einer offenen Ablage abgelegt.
    Am Kopfende des Bettes befand sich ein Bullauge. Von dort
aus konnte man erkennen, wie weit unten die Kajüte war, denn
der Wasserspiegel schien nur wenige Meter vom Bullauge entfernt zu sein.
    Sie verstauten ihr Gepäck auf der vorgesehenen Ablage, sperr-
ten die Kajüte ab und machten sich auf einen Rundgang auf dem
Schiff. Durch schmale und wiederum breitere Gänge gelangten sie zu einem Aufzug, der sie in die nächst höheren Etagen
beförderte. Insgesamt hatte das Schiff neun Etagen. Die letzte
war für Passagiere nicht zugelassen, es war die Steuerzentrale
des Schiffes, die nur für den Kapitän und seine Crew vorgesehen

war. Auf einer der anderen Etagen befanden sich ein Kino, ein Stück weiter backbord eine kleine Bar. In den anderen Etagen fanden sie ein Restaurant, eine Theaterbühne und Einkaufsläden vor, in denen man günstig typische norwegische Lebensmittel kaufen konnte.

Runa und Jonas setzten sich in eine kleine Nische am Oberdeck, auf dem sich eine Kaffeebar befand, und bestellten sich jeweils einen Humpen Kaffee.

Während das Schiff ablegte, genoss Jonas den Blick nach Westen, beobachtete die kreischenden Möwen, die in Sturzflügen versuchten, die Fische, die durch die Schiffsschraube orientierungslos an die Wasseroberfläche gedrückt wurden, mit ihren spitzen Schnäbeln zur Beute zu nehmen.

Geschickt drehten sie während des Flugs den Fischkörper und verschlangen die kleinen Fische mit einem Mal.

Jonas stelle sich vor, wie es wohl für einen Fisch sein musste, lebendig verschluckt zu werden und in einem Magen, gefüllt mit Säure, langsam zersetzt zu werden. Wie brutal und jedoch zugleich gerecht die Natur ist. Erst als die Bedienung den Kaffee ihnen auf den Tisch stellte, bemerkte Jonas, dass er sich mal wieder in seinen Gedanken verloren hatte.

Runa lächelte ihn an und ließ ihn mit ihrem Gesichtsausdruck spüren, das sie ihn verstehen würde und ihn gewähren ließ, sich immer wieder in seiner Welt zu verlieren, als ob sie seine Vergangenheit ahnen konnte.

„Hast du schon mal auf einem Bauernhof gearbeitet?", fragte sie ihn.

„Nicht direkt, wir sind früher immer in den Sommerferien nach Österreich gefahren. Dort wohnten wir auf einem Bauernhof. Ich habe es geliebt, den Kuhstall oder den Schweinestall auszumisten. Am besten war immer, wenn ich morgens die frischen

Brötchen in der Küche der Bäuerin aus dem Holzofen holen durfte und eines dann mit der frischen, selbst gemachten Butter, mit einer Tasse frisch gebrühtem Kaffee auf der Holzbank am Ofen genießen durfte. Die Brötchen machte sie aus ihrem eigenen Dinkelmehl. Damit die Brötchen gut aufgehen konnten, verwendete die Bäuerin immer den Trester vom Bierbrauen. Ihr war immer sehr wichtig, alles zu verwenden. Sie wehrte sich stark gegen den Großkonsum der heutigen Gesellschaft und meinte immer, irgendwann, wenn wir Menschen so weitermachen würden, könnten wir zwar zum Mond fliegen, würden uns aber selbst vergiften mit den vielen Spritzmitteln und der Massentierhaltung oder flächendeckenden Monokulturen."

„Wie habt ihr die Butter gemacht?", wollte Runa wissen.

Am Gesichtsausdruck von Jonas konnte man die Begeisterung fast fühlen, als er anfing zu erzählen, wie er als Kind bei der Bäuerin die Butter machte.

„Um fünf Uhr früh bin ich mit dem Bauern in den Kuhstall gegangen. Dort haben wir auf einem Schemel in einen Holzeimer die Kühe gemolken. Das war anfangs gar nicht so einfach, auch wenn es so aussah. Aber mit der Zeit hatte ich den Kniff raus. Die frische Milch haben wir dann in eine breite weitere Holzwanne im Keller bis zum darauffolgenden Tag stehen lassen, damit sich der fettere Anteil der Milch oben absetzte. Dann durfte ich diesen ganz vorsichtig mit einer breiten Schöpfkelle abschöpfen. Mit dem Rahm bin ich dann, voller Stolz, in die Küche zur Bäuerin gegangen und hab den Rahm in einen großen hölzernen Trommelbehälter gefüllt. Mit der Kurbel, die an der Seite der Trommel befestig war, habe ich dann den Rahm in der Trommel stetig geschlagen, der sich zu Butter bildete. Die Restflüssigkeit, die Molke, durfte ich immer trinken. Die war köstlich, schmeckte etwas säuerlich, aber nachdem ich sie getrunken hatte, fühlte ich mich, als würde ich einen Energieschub bekommen. Die sogenannte entstandene Butter wurde dann in einem Baumwolltuch zusammengepresst, woraus ich dann mit einem Butterschaber schöne gekringelte kleine Butterwölkchen gemacht habe. Der Bäuerin war es sehr wichtig, dass diese eine runde Form hatten. Sie meinte immer: ‚Denke daran, das Auge isst auch mit.‘ Sie war eine leidenschaftliche Köchin, bei der der Geschmack des Essens nicht nur eine Essenz der Perfektion haben musste, sondern auch die Darbietung des Essens auf dem Teller. Sie verglich dies immer mit einem Gemälde, und war fest davon überzeugt, dass die Selbstliebe eines jeden einzelnen Menschen und die Nahrung, die er zu sich nimmt, ausschlaggebend für seine Gesundheit sind.“

Jonas wurde aus seinen Erzählungen herausgerissen, als aus dem Nebelhorn des Schiffes ein dröhnender, tiefer, langgezogener „Tuuut“- Ton herausgestoßen wurde. Runa machte Jonas auf die zwei Buckelwale aufmerksam, die in hundert Metern Entfernung backbords am Schiff mitschwammen. Jonas war fasziniert von diesen Giganten des Meeres, die bis zu sechsunddreißigtausend Kilo Gewicht bekommen konnten. Der Größere der beiden musste bis an die neunzehn Meter haben. Wobei der Kleinere das Junge sein musste, denn es war erheblich kleiner. Runa schätze es auf knappe zehn Meter. Lange beobachteten sie die Wale mit dem Fernglas, das Jonas von seinem Großvater geschenkt bekommen hatte, welches er schon im Krieg bei sich trug. Jonas schätzte Erbstücke sehr. Er erzählte Runa, dass bei solchen Gegenständen, wenn man sie einfach in der Hand hielt, man ihre Geschichte und Orte, an denen sie schon waren, erfühlen konnte.

„Erzähl mir von den Buckelwalen, Runa“, bat Jonas.

„Du wirst erstaunt sein, Jonas, wie spektakulär die Küste Norwegens, die Fjorde und Berge mit der Vielfalt der Pflanzen und Moose sind, sowie die verschiedenen Farne, die Schönheit der Insel Kvaloya, genannt Wal-Insel. Im frühen Winter kommen enorme Heringsschwärme aus der Barentssee in die Fjorde, um zu laichen. Wiederum ziehen sie die Buckelwale an, die Tausende von Kilometern hinter sich lassen, um sich dann an einem gedeckten Tisch voll Heringe satt zu fressen. Stell dir vor, Jonas, das Herz eines Wales kann bis an die zweihundert Kilogramm wiegen, was äquivalent zu drei erwachsenen Menschen ist. Die Buckelwale werden auch die mit den Flügeln aus Neuengland genannt. In einer Sage wird erzählt, dass ein Wikinger Stammesführer, der ein feindliches Schiff versenkte, da es ein Buckelwal-Junges getötet hatte, bei einem mächtigen Sturm von seinem eigenen Schiff durch eine Welle vom Deck gespült wurde. Als sein Körper anfing, in die Tiefe des Meeres zu sinken, nahm die Mutter des getöteten jungen Buckelwales den Leichnam des Wikingers in ihr Maul, schwamm zu der Küste nach Neuengland, an der sein Stamm siedelte, und trug ihn an die Wasseroberfläche. Aus ihrem Blasloch stieß sie ein Blas hervor, das mit einer Wasserfontäne den Wikingeranführer in die Lüfte wirbelte, der sich im Flug zu einem Adler verwandelte und sich mit seinen kräftigen Adlerschwingen ans Land brachte. Seitdem waren die Buckelwale Heilige der Wikinger."

Nachdem Runa ihren letzten Schluck Kaffee getrunken hatte, fuhr sie fort:

„Du musst wissen, Jonas, die Buckelwale haben keine Kiemen, sie besitzen wie die Menschen als einzige Meeresbewohner Lungen."

„Hast du schon mal einen Buckelwal singen hören, Runa?", wollte Jonas wissen.

„Ja, einmal war ich mit meinem Onkel, zu dem wir hinwollen, mit seinem Boot zum Angeln draußen. Nachdem mein Onkel den Motor des Bootes ausgemacht hatte, um die Körbe einzuholen, in denen wir die Langusten immer fangen, hörten wir ein Liebeslied eines Buckelwal-Männchens. Mein Onkel ließ mich auf den Boden des Holzbootes legen und sagte, ich solle das eine Ohr an die Bordwand pressen und das andere zuhalten. Je mehr ich mich dem Liebeslied öffnete, desto klarer schien ich die Botschaft des Wales zu verstehen. Die Wale pressen ihre Luft durch die Nasenlöcher, wobei die Männchen eine tiefere Tonlage, bis zu zwanzig Minuten, haben. Die Liebeslieder, die aus einer Mixtur aus unterschiedlichen tiefen Tönen bestehen, können sie bis zu vierundzwanzig Stunden singen. Ich habe noch nie so eine reine, wahrhaftige Liebe gespürt, Jonas. Das hat mich so tief im Herzen berührt, dass es mir schwerfällt, in den Menschen die Liebe zu finden, da ich bis heute nicht dieses Gefühl jemals bei einem Menschen empfinden konnte.

Ich weiß, dass ich eines Tages erst einem Mann sagen kann, dass ich ihn liebe, wenn er mich dieses Gefühl spüren lässt."

Lange schwiegen beide und schauten sich tief in die Augen. Dann sprach Jonas zu Runa mit sanfter Stimme: „Danke, dass du mir das anvertraust, es berührt mich sehr. Ich glaube, ich kann dich in diesem Gefühl sehr gut verstehen. Jedoch weiß ich von mir, dass es sehr schwer ist, einen Seelenverwandten auf dieser schnelllebigen Welt zu finden, und die Gefahr ist sehr groß, getäuscht und verletzt zu werden."

„Ja, das stimmt, Jonas, aber wir Menschen sind nicht geboren, um Einsiedler zu werden, genauso wenig wie die Buckelwale. Wir müssen nur achtsamer mit uns selbst umgehen und auf unser Herz hören."

„Da habe ich andere Erfahrungen gemacht, Runa ..." Jonas, der seinen Satz nicht zu Ende sprechen konnte, wurde von ihr unterbrochen: „Dann, Jonas, hast du nicht auf dein Herz gehört, sondern deinen Träumen und Wünschen oder Sehnsüchten nachgegeben."

Jonas wollte nicht näher in diese Thematik einsteigen und bat darum Runa, ihm von den Buckelwalen weiterzuerzählen.
Runa respektierte, dass Jonas' Wunde der Verletzung noch zu groß war, um darüber zu sprechen, und kam seiner Bitte nach: „Sie sind dem Menschen so ähnlich, sie säugen ihre Kälber wie eine Mutter ihr Baby. Und die Kälber trinken täglich bis zu fünf-

undvierzig Liter Muttermilch, bis etwa nach sechs Monaten die Kälber entwöhnt werden. Fast wie bei den Menschen. Auch das Alter eines Buckelwales ähnelt dem eines Menschen, fünfzig bis sogar hundert Jahre können sie werden."

Runa beendete ihre Faszination über die Buckelwale, indem sie Jonas mit einem leichten liebevollen Lächeln zuflüsterte: „Ich glaube fest daran, dass es einen Mann auf dieser Welt für mich gibt, der mir dieses Gefühl eines Tages geben wird. Und nun lass uns in unsere Kajüte gehen, ich werde müde. Wir haben Morgen noch einen langen Tagesmarsch vor uns, bevor wir auf dem Hof meines Onkels ankommen."

Die Nähe eines Menschen kann man nur gewinnen, wenn man ihn mit Distanz beobachtet.

Jonas wartete, bis Runa sich fürs Bett fertig gemacht hatte, dann zog er ihre gemeinsame Bettdecke zur Seite und kroch mit darunter. Die Zylinder der Dieselmotoren, welche die riesigen Schiffsschrauben antrieben, hörte man Stampfen und Ächzen.

Runa drehte sich zu Jonas hin und legte ihren Kopf auf seine Brust. Das rhythmische Schlagen der Dieselmotoren, die sich unter der Kajüte von ihnen befanden, ließ beide in einen tiefen Schlaf sinken.

Wie eine sich groß ausbreitende Decke umfing beide die Nacht, umhüllte sie in einer sanften, weichen Liebkosung.

Jonas befand sich wieder auf dem Stein, auf dem er eine Verschnaufpause gemacht hatte, als er den Pfad ins Tal abwärts ging, bevor ihn Runa sanft geweckt hatte, als sie, vor einigen Stunden, auf das Schiff gehen mussten. Der Rauch, der von der Feuerstelle am Planwagen emporstieg, trug den Duft von gebratenen Eiern und Speck mit sich.

Er zog seine Knie an seinen Körper und versuchte, sich so gut er konnte zusammenzukauern, um sich vor der eisigen Kälte zu schützen, die in seinen Körper unbarmherzig eindrang. Wie ein Virus, der die Gewalt über seinen Körper in Besitz nehmen wollte.

Ein eisiger Sturm kam auf und peitschte ihm den Regen ins Gesicht. In kürzester Zeit war seine Kleidung wohl oder übel vollständig durchnässt.

Wie versteinert, vollkommen erschöpft, blieb er einfach auf dem Stein sitzen und spürte, wie der Rest seiner letzten Lebenswärme aus seinem Körper gesaugt wurde. Der alte Mann vom Zugabteil legte plötzlich Jonas seine Hand auf die Schulter und reichte ihm mit der anderen eine Flasche. „Trink einen Schluck", forderte er Jonas auf. Mit zitternden Händen nahm Jonas einen kräftigen Schluck, von dem heißen, bitteren Getränk, das ihn an die Schwedenkräuter seiner Oma erinnerte. Eine Wohltat verspürte er, als er die heiße Flüssigkeit durch seine trockene, klebrige Kehle hinunterschluckte, die Flüssigkeit seine fast erfrorene Mitte aufwärmte und sich in seinen Gliedern ausbreitete. „Du brauchst keine Angst zu haben, Jonas", flüsterte der alte Mann und drückte mit einer Geste seine Schulter.

Jonas drehte sich zu ihm um. Das erste Mal blickte er ihm hilflos in die Augen.

Graues welliges Haar hing ihm über die Schultern. Das durch die Sonne und den rauen Wind wettergegerbte Gesicht schien, als hätte es mehrere Menschenleben durchlebt. Tausende geplatzte Äderchen umsäumten seine Nase und machten den Anschein, als würde seine Haut einem Pergament gleichen.

„Denk an den Stein", waren die letzten Worte, die Jonas vom alten Mann hörte, bevor sein Denken und sein Bewusstsein schwer wurden.

Jeder Mensch sehnt sich nach einem Zuhause und wünscht sich, dass dies dort ist, wo er sich gerade befindet, damit er an manchen Momenten nicht zerbricht.

Jonas griff in seine Hosentasche, in der sich die drei Steine befanden, die ihm der alte Mann im Zugabteil gab. Er wusste sofort, welcher von den Steinen der Rosenquarz war, und umklammerte ihn, als würde er ihn nicht mehr loslassen wollen.

Je mehr er den Stein umklammerte, desto klarer wurde es in seinem Kopf. Jonas spürte, wie der Rosenquarz seine energetische Wirkung ausstrahlte, die durch seine Hand sich in den ganzen Körper bis zum Herzen ausbreitete. Ein wärmendes, beruhigendes Wohlempfinden schien sein Herz immer mehr zu empfangen. Wie ein Blitzschlag fühlte es sich an und trug die letzten raubenden Kräfte, die seine Lebenswärme stehlen wollten, aus ihm.

Er hob seinen gesenkten Kopf und blicke in das verregnete Tal. Durch den Regenschleier, der sich aus den Wolken herabstürzte, sah Jonas verzerrt den Planwagen, neben dem ein Feuer seine Flammen gegen den niederprasselnden Regen emporhob. „Hör auf dein Herz", hörte er die Stimme des alten Mannes immer wieder sagen, ohne dass er ihn zu Gesicht bekam.

Als Jonas seine Augen schloss und versuchte, ruhig zu atmen, um die Angst, die sich mit Tausenden Gedanken in seinem Kopf ausbreiten wollte, zu unterdrücken, verspürte er auf einmal so etwas wie einen Kanal, der aus seinem Brustkorb entstand und ihn mit seiner Vorstellungskraft in eine andere Dimension blicken ließ. Mit einem Mal erkannte er dort den alten Mann wieder, der in einem hellen Licht stand.

„Was soll ich tun, mein alter Mann?", stammelte Jonas aus sich heraus. Der alte Mann, auf der anderen Seite seines Herzens, wies Jonas mit einer Handbewegung den Weg ins Tal. Als würde der alte Mann zwischen ihm und dem Tal schweben und ihn ohne Worte darauf hinweisen wollen, den Weg ins Tal zu dem Planwagen und der Feuerstelle zu gehen. Kurz darauf schloss sich der Kanal zwischen Jonas' Herzen und dem alten Mann, der genauso schnell verschwand, wie er gekommen war.

Jonas stellte fest, dass sein Zittern aufgehört hatte. *Vielleicht ist der Rosenquarz die Verbindung zu dem alten Mann*, dachte sich Jonas, während er aufstand und seinen Weg ins Tal fortsetzte.

Mittlerweile war die Sonne unterm Horizont untergegangen, als Jonas um die letzte Biegung des schmalen Pfades kam und den Planwagen mit der Feuerstelle zum Greifen nah sah.

Mit dem Rücken zu ihm sah er drei Personen am Feuer lachend sitzen.

Die Moschusochsen, dessen Fesseln mit einem Strick zusammengebunden waren, damit sie nicht weit laufen konnten, standen grasend in der Nähe des Planwagens. Die Tiere zeigten kaum eine Regung und machten den Anschein, als würden sie sich nur widerwillig bewegen. In der mittlerweile dunklen Stille war lediglich das Wiederkäuen der Ochsen zu hören, was mit dem Prasseln des Feuers vermischt wurde.

Jonas war bis auf knapp fünfzig Meter an den Lagerplatz herangetreten, als einer der Männer am Feuerplatz sich umdrehte und ihn wahrnahm. „Komm, setzt dich zu uns, Fremder!", rief der Mann, als Jonas erschrocken stehen blieb. „Du hast nichts zu befürchten", fügte er vertrauenswürdig hinzu, drehte sich wieder zum Feuer und zog genussvoll an seiner Pfeife. Während er den nach Pflaume und Whisky riechenden Tabaksqualm mit dem nächsten Atemzug aus seiner Nase und seinem Mund herausblies, nahm er zwischendurch einen großen Schluck aus einer runden, leicht ovalen Bocksbeutelflasche aus grünem Glas. Den Korken aus dem Flaschenhals zog er mit seinen Zähnen heraus und spuckte ihn sich in die Hand, um später den Rest des Inhaltes wieder zu verschließen. Das grüne Glas wurde durch ein Weidengeflecht, welches geschickt der Flaschenform angepasst wurde, geschützt.

Erst jetzt bemerkte Jonas die kleinen schwarzen Fliegen, die penetrant um sein von der Anstrengung ausgezehrtes Gesicht summten, um eine Stelle zu finden, an der sie sich mit seinem Blut vollsaugen konnten. Jonas, der wieder seine durchnässte Kleidung spürte, zögerte nicht länger und stellte sich ans Feuer, um seine Kleidung zu trocknen. Wohltuende Wärme durchdrang ihn mit seinen durchnässten Kleidungsstücken und ließ die Nässe aus ihnen herausdampfen.

Erst jetzt wurde ihm bewusst, wie müde und zerschlagen er von der Reise war, wie jeder einzelne Knochen schmerzte. Mit einem Mal wurden die drei Männer unruhig und schauten im Wechsel immer wieder zu der Bergkuppe nach Westen hinauf. „Lasst uns weiterziehen, es wird keine Ruhe geben, und wenn es die Bergkuppe erreicht hat, wird es uns schneller einholen, als uns lieb ist."

Hektisch packten sie ihre wenigen Habseligkeiten in den Planwagen, spannten die Moschusochsen mit dem Ledergeschirr an und trampelten das Feuer aus. „Komm, Junge!", rief der eine ältere Mann zu Jonas. „Setz dich zu Joah auf den Bock des Planwagens." Dann bestiegen er und sein anderer Kumpel ihre Pferde und ritten voran. Ein plötzlicher Knall zerriss die stille der Nacht, als die geflochtene Lederschnur über den Rücken der Moschusochsen peitschte. Mit einem scharfen, schrillen, sich überschlagenden „Hüa" trieb er die Moschusochsen an. Während sich die Hufe in den schlammigen Boden stampften, stemmten sich die Moschusochsen mit ihrem Körpergewicht in das Geschirr. Die hölzernen Räder drehten sich mahlend um die Achsen des Planwagens, als das knirschende Holz, verbunden mit dem Quietschen der Lederriemen und dem Gegeneinanderschlagen von Metall die Nacht durchbrach.

Der Planwagen, der immer schneller wurde, stolperte über Stock und Stein. Die Ochsen, die wie von etwas getrieben zu sein schienen, bildeten immer mehr Speichelschaum vor ihren Nüstern, der in langen Fäden bei jedem Peitschenhieb, als sie ihre Köpfe nach oben rissen, in die Luft geschleudert wurde. Immer wieder drehte sich der Fuhrmann Joah ängstlich um. Dann konnte man die roten, stechenden Augen des es sehen, was von der Bergkuppe in einer rasenden Geschwindigkeit näher kam.

Gerade noch hörte er den Fuhrmann schreien: „Halte dich fest!", als der Planwagen auf der rechten Seite einen zu großen Stein mit seinem Vorderrad erwischte und Jonas im hohen Bogen vom Bocksitz in die Dunkelheit flog. Mit einem lauten Schrei knallte er gegen einen Baum.

Träume, die einen immer wieder einholen, nicht zur Ruhe kommen lassen, verfolgen dich bis in die Ewigkeit und vergiften letztendlich deinen Geist, zerfressen deinen Körper mit Krankheit, wenn du dich ihnen eines Tages nicht stellst.

Runa rüttelte Jonas an den Schultern und rief schluchzend: „Wach auf, wach auf, Jonas, du träumst wieder." Jonas riss die Augen auf, blickte in Todesängsten Runa in die Augen und schnappte nach Luft. Dann legte sie seinen Kopf in ihren Schoß und streichelte sanft über seine blonden langen Haare, flüsterte in Norwegisch etwas, das Jonas nicht verstand.

„Vor was hast du solche Angst, Jonas, wer verfolgt dich in deinen Träumen immer wieder?"

Jona, der sich allmählich wieder fing, suchte die richtigen Worte für Runa. „Ich weiß es nicht genau, Runa, aber irgendetwas verfolgt mich immerzu in meinen Träumen, was sich im Alltag auch niederschlägt. Ich fühle mich ständig beobachtet und verfolgt, hab Angst, dass das, was mir in den Träumen nachstellt, mich eines Tages umbringen wird."

„Das wird nicht passieren", flüsterte Runa ihm in sein Ohr und gab ihm einen Kuss auf die Stirn. Er spürte ihre weichen, schmalen Lippen und hatte das Gefühl, dass diese immer noch seine Haut berührten, obwohl sie schon längst wieder den Kopf gehoben hatte, um aus dem Bullauge aufs Meer zu blicken.

Gedankenversunken blickte sie durch das Bullauge auf das unendlich scheinende Meer. Ohne ihren versunkenen Blick zu ändern, sprach sie in besorgten Worten zu Jonas:
„Ich glaube, dass du viel Schlimmes erlebt hast und deine Seele eine Zeitlang Ruhe braucht, um all das zu verarbeiten und

loszulassen. Du wirst sehen, auf dem Bauernhof meines Onkels wirst du deinen Frieden finden", beendete Runa ihren Satz, stand auf und ging in das kleine Bad ihrer Kajüte. Jonas kam es so vor, als würden sie sich schon eine Ewigkeit kennen, und in manchen Momenten, wenn er ihr in die Augen sah, verlor er jeglichen Kontakt zu seiner Realität. Es hatte für ihn den Anschein, als würde sie ihn in eine bessere Welt tragen.

Als Runa wieder aus dem kleinen Bad kam, schüttelte sie ihr langes schwarzes Haar und durchkämmte es mit ihren Fingern immer wieder, damit es besser an der Luft trocknen konnte.

Nachdem Jonas sich im Bad auch frisch gemacht hatte, gingen beide wieder in die Kaffeebar, in der sie am Tag davor waren, um einen frischen, starken Kaffee mit einem ofenfrischen Croissant zu genießen.

„In zwei Stunden werden wir anlegen, Jonas. Dann haben wir noch einen Tagesmarsch vor uns, wenn alles gut geht, sind wir vor der Dunkelheit bei Großvater und meinem Onkel.

Ich hoffe nur, dass das Wetter hält, um diese Jahreszeit gibt es oft ergiebige Wolkenbrüche mit Regen, man könnte es fast Monsunregen nennen." Sie genossen die warmen Sonnenstrahlen, tranken ihren Kaffee und unterhielten sich über Gott und die Welt, bis der Kapitän des Schiffes eine Durchsage machte: „Kjare passasjere vi kommer snart til Bergen. Vi onsker deg en god reise videre." Runa und Jonas bezahlten ihre Bestellung und gingen zurück zu ihrer Kajüte, um die Sachen in ihre Seesäcke zu packen. Das Schiff musste im Hafen noch ein Manöver von hundertachtzig Grat machen, damit es rückwärts am Kai anlegen konnte. Jonas war fasziniert von der Kraft der Bugstrahlruder, die das Schiff seitwärts an den Kai brachten. Mit einigen Festmacherleinen wurde das Schiff an einigen Pollern festgemacht, die mit einer Seilwinde, die sich an Bord des Schiffes befand, festgezogen wurden. Dabei hatte der Hafenlotse ständig

Funkkontakt zum Kapitän auf der Brücke. Die von den Matrosen herabgelassenen Fender zwischen Bordwand des Schiffes und dem Kai, nahmen die Aufprallgeschwindigkeit des Schiffes auf und verhinderten das Scheuern des Schiffsrumpfes an der Anlegestelle.

Die Liebe wird immer eine Reise durch eine unbekannte Dimension sein. Wir müssen nur den Mut haben, alles hinter uns zu lassen, die Angst loslassen, auch wenn wir nicht wissen, was vor uns liegt.

Die Sonne war schon im Osten über dem Horizont aufgegangen und ließ den Regen von der Nacht wie Nebelfeen vom Boden aufsteigen, als sie mit allen anderen Passagieren das Schiff verließen.

Mit ihren Seesäcken, die sie quer über den Rücken geschnallt hatten, liefen sie aus dem Hafenbecken heraus, Richtung Westen. Ihr Weg schlängelte sich durch schmale verwinkelte Gassen, die mit uralten Fachwerkhäusern gesäumt waren. Als die zweitgrößte Stadt Norwegens in der Provinz Hordaland besitzt die Stadt einen der geschäftigsten Seehäfen Europas.

„Da sie im inneren Byfjord, an der Westküste Norwegens, liegt, wird sie auch das Tor zu den Fjorden genannt", erzählte Runa Jonas, während sie immer weiter zügig Richtung Westen marschierten. „Wie von einer Schutzmauer liegt sie umgeben von sieben Hügeln. Bis ins zwölfte Jahrhundert reicht die Bauweise der Häuser, die mehrmals durch Brände zerstört wurden, zurück. Durch die Gassen des alten Hafenviertels Bryggen, das durch die typische Holzbauweise der Häuser und der Marienkirche, der alten Hanseeinrichtungen, gesäumt war, werden wir gleich kommen", fuhr sie fort.

Jonas unterbrach Runa: „Mein Großvater war im Zweiten Weltkrieg hier Wehrmachtsoffizier. Am ersten Tag der deutschen Invasion, am neunten April neunzehnhundertvierzig, als die deutschen Truppen Bergen besetzten. Sie bauten später zur Verteidigung der Stadt und des U-Boot-Hafens die nahe gelegene Insel Herdla und eine Festung namens …" Jonas überlegte einen kurzen Moment, bevor er weitererzählte von seinem Großvater, auf den er sehr stolz war. „Jetzt weiß ich es wieder", lachte er und hatte Schwierigkeiten, den norwegischen Namen der Festung auszusprechen. „Die Festung heißt Fjell festning", klang es stolz aus seinem Mund.

Viele seiner Kameraden verloren am zwanzigsten April neunzehnhundertvierundvierzig ihr Leben, als der deutsche Munitionstransporter Voobode, der am Kai der Festung von Bergenhus lag, explodierte.

Runa und Jonas verließen das Hanseviertel Bryggen, das früher Tyske Bryggen, so viel wie Deutsche Brücke, hieß. Sie erreichten die Außenbezirke der Stadt und kamen am Fuße des ersten Hügels an, der der bekannteste, als Floyen mit dreihundertzwanzig Meter Höhe, war. In Schlangenlinien zog sich der Pfad immer höher hinauf, bis sie die Bergkuppe erreicht hatten. Erst jetzt blieb Runa stehen, drehte sich zu Jonas um und zeigte mit ausgestrecktem Zeigefinger in die Richtung, aus der sie kamen.

„Nun, Jonas, wirf einen letzten Blick auf die Zivilisation zurück, denn ab jetzt werden wir einen bis zwei Tagesmärsche durch die Wildnis gehen, um das Gehöft meines Großvaters zu erreichen."

Nach einer kurzen Verschnauf-Pause schulterten sie wieder ihre Seesäcke und folgten dem Pfad, der sie immer tiefer in die unberührte Wildnis brachte. Jonas war von der Pracht der verschiedenen Farne überwältigt, die teilweise mannshoch waren. Die Sonne, die sie im Rücken hatten, brannte ihm in seinem Nacken. Nach sieben Stunden Marsch, bei dem Runa das Tempo kein einziges Mal verlangsamt hatte, erreichten sie einen Wasserfall, der aus gut hundert Metern an einer Felswand herabstürzte, wobei seine Wassermassen in einem großen Gumpenloch aufgefangen wurden. Jahrtausende musste das Wasser wohl gebraucht haben, um in den Fels ein derartig mächtiges Loch zu fressen.

Das Wasser hatte eine türkis-blaue Farbe, durch die man die einzelnen Steine am Grund erkennen konnte. Jonas setzte sich erschöpft auf einen Felsbrocken am Ufer des Gumpenlochs und war über die Ausdauer und Zähigkeit von Runa erstaunt. Er zog sein verschwitztes Hemd aus und legte es über einen Felsbrocken, um es in der Sonne zu trocknen.

„Wir werden heute Nacht hierbleiben, Jonas, es zieht eine Gewitterfront auf. Hinter dem Wasserfall ist eine Höhle, die meine Vorfahren schon benutzt haben, wenn eine Schlechtwetterfront sie überraschte. Und zum Ende des Zweiten Weltkrieges neunzehnhundertfünfundvierzig versteckten sich dort einige norwegische Partisanen vor den Deutschen. Mein Großvater versorgte sie damals mit Proviant."

Jonas wunderte sich über die kommende Schlechtwetterfront, da am Himmel keine einzige Wolke zu sehen war und eine absolute Windstille herrschte. Die Vögel zwitscherten eifrig in den Bäumen und gingen ihren Geschäften nach, während die Sonne gnadenlos herabbrannte.

Jonas legte sich ins Gras und lauschte dem herabstürzenden Wasserfall, vermischt mit dem Gesang der Vögel. Es dauerte nicht lange, da schlief er vor Erschöpfung ein.

Er wurde durch ein lautes Platschen und zahlreiche Wassertropfen, die auf seinen Körper niederprasselten, aus seinem Schlaf herausgerissen. Erschrocken richtete er sich auf und blickte hinüber zum Gumpenloch, in den der Wasserfall hineinstürzte. Wie aus dem Nichts tauchte Runas Kopf aus dem Wasser auf, die lachend zu Jonas herüber rief: „Komm mit ins Wasser, das ist erfrischend und tut deinen müden Muskeln gut!"

Immer wieder tauchte sie in die Tiefe und schwamm in großen Bögen hin und her, bevor sie an einem Felsen, neben dem herabfallenden Wasserfall, aus dem Wasser kletterte. Vollkommen nackt stand sie auf dem Felsvorsprung. Jonas zögert anfangs, in ihre Richtung zu blicken, jedoch konnte er nicht lange der Schönheit ihres Körpers entkommen. Immer wieder rief Runa: „Komm mit ins Wasser, du wirst es nicht bereuen!" Jonas, der sich nun auch splitternackt ausgezogen hatte, kletterte ebenfalls auf einen Felsvorsprung und sprang mit einem gekonnten Kopfsprung in das Gumpenloch. Mit weit aufgerissenen Augen und luftschnappend, kam er wieder an die Oberfläche und schrie: „Mein Gott, ist das Wasser arschkalt!"

Im selben Moment sprang Runa aus vier Metern Höhe von einem anderen Felsvorsprung hinunter, den sie davor hinaufgeklettert war, und kam neben Jonas platschend im Wasser auf.

Plötzlich durchbrach ein zerreißender Donnerschlag die Stille. Heftige Windböen ließen die Bäume hin und her biegen. Das Vogelgezwitscher und das Rauschen des herabstürzenden Wasserfalles wurden von weiteren Donnerschlägen und dem immer stärker werdenden Sturm übertönt. In einer rasenden Geschwindigkeit bildeten sich am Himmel riesengroße Gewitterwolken, mit herabhängenden schwarzen Wolkenfetzen, aus denen wie eine graue Wand Regen auf die Erde fiel.

In Windeseile schwammen sie ans Ufer, sammelten ihre Habseligkeiten zusammen und rannten splitternackt lachend in Richtung der Höhle, die ihnen Schutz bieten sollte für die Nacht.

Der Erdgeist, der in der Höhle bizarre, rätselhafte Felsformen schafft, die sich im Lichte der Phantasie entfalten – durch jeden Hall des Menschen, in Felsspalten und Aushöhlungen widerhallt – schenkt der Seele zweier liebenden Menschen – das in sich Verschmolzen-Sein.

Die Höhle, die sich hinter dem Wasserfall befand, erreichten Jonas und Runa, indem sie einen schmalen Grat in der Felswand emporstiegen. Von einem kleinen Felsvorsprung, den man von unten nicht erkennen konnte, gelangten sie schließlich durch eine

Felsöffnung in die eigentliche Höhle. Von der Höhle gingen einige Gänge weiter in die Tiefe des Berges. Runa ging zielstrebig auf den südöstlichen Höhlengang zu und zündete eine Fackel an, die sich an der Felswand befand. Sie folgten dem Gang ein kurzes Stück, bevor sie wieder in einen großen Höhlenraum eintraten.

Runa ging in die Mitte der Höhle und zündete einen Holzhaufen an, der als Feuerstelle diente. Das brennende Holz knisterte und knackte, während es Feuerfunken in die Höhe schleuderte und die Konturen der Höhle sichtbar machte.

Jonas erblickte an der Höhlendecke ein kleines Loch, durch das der Qualm nach außen gelangte. In der linken Ecke der Höhle befanden sich aus Holz perfekt zusammengeschreinerte Bettgestelle, die mit frischem Stroh ausgebettet waren.

Nachdem beide sich wieder ihre Kleidung übergezogen hatten, setzten sie sich an die Feuerstelle, während Runa immer wieder Holz nachlegte.

Nachdem sich beide am Feuer wieder etwas aufgewärmt hatten, stand Runa auf, ging zu dem dritten Höhlengang und forderte Jonas auf, ihr zu folgen. Nachdem sie ein kurzes Stück in den Höhlengang gelaufen waren, sahen sie in einer Einbuchtung eine große Truhe aus massivem Nussbaumholz.

Runa öffnete sie und Jonas blickte erstaunt auf den Inhalt der Truhe. Einige Weinflaschen und Fleischdosen sowie ein Verbandskasten befanden sich darin. Runa nahm eine Flasche Rotwein und zwei Fleischdosen heraus.

Dann sagte sie zu Jonas: „Erinnere mich, dass wir meinem Onkel Bescheid sagen müssen, was wir aus der Truhe entnommen haben, damit er es wieder auffüllen kann, wenn er die nächste Zeit nach Bergen kommt!"

Jonas nickte und folgte Runa, die den Höhlengang weiterging. Immer heller wurde der Gang erleuchtet, bis sie letztendlich vor einem weiteren Höhlenausgang standen.

Von diesem Höhlenausgang ging es an die zehn Meter senkrecht abwärts, bevor man die Außenwelt wieder betreten konnte. Ein Blick in eine unberührte Landschaft offenbarte sich ihm. Das Tal, das er erblickte, wurde von einer Bergkette umschlossen, deren Gipfel mit Schnee bedeckt waren.

„In diesen Wäldern des Tales, Jonas", fing Runa an, „jagten und sammelten die Partisanen, die gegen die Deutschen kämpften in der Zeit des Krieges, wenn der Nachschub der Lebensmittel ihnen nicht langte oder die Einheimischen, die für den Nachschub verantwortlich waren, nicht durchkamen. Die Vorstellung, dass einundsiebzig Millionen Menschen diesem Krieg zum Opfer fielen, erschütterte mich immer wieder, wenn ich hier stehe und in dieses wunderschöne Tal blicke. Wenn man die Vorgeschichte dieses Tales und der Höhle nicht wüsste, erscheint es einem als der friedvollste Ort der Welt."

Dann schwieg Runa eine lange Zeit.

Jonas tauchte gedanklich in die vergangene Zeit ein, während er in das Tal blickte. Es dauerte nicht lange, bis er vor seinen Augen die Partisanen sah, wie sie ein Reh erlegten und zerwirkten.

Es schien Frühling zu sein. Der Schnee schmolz und sickerte in die neu erwachende Erde, während der Rehbock mit seinem mächtigen Geweih sein Revier markierte, indem er immer wieder zwischen einem Holunderbusch den Stamm hochfuhr. Dann drehte sich der Bock um und wanderte aus seiner Deckung heraus, auf eine mit Klee bewachsene Wiese, um das frische Gras zu äsen. Eine Bergwachtel machte sich mit ihrem Gesang von einem Baumwipfel bemerkbar.

Der Bock, der durch seine noch grauweiße und rotbraune Decke gut getarnt war, fühlte sich in absoluter Sicherheit. Langsam zog er ein Stück weiter, um an einer vermutlich besseren Stelle weiterzuäsen. Er hob sein Haupt und blickte in die Richtung, in der sich der Jäger hinter einem Baum positioniert hatte und fertig für den Schuss war. Er blähte seine Nüstern auf und stellte seine Lauscher in die Richtung des Schützen, der sich bis auf vierzig Meter an den Bock angepirscht hatte.

Die plötzliche Nervosität und hohe Aufmerksamkeit war dem Bock anzusehen, der ständig versuchte, eine Witterung der Gefahr aufzunehmen. Jedoch stand der Jäger gegen die Windrichtung des Bockes, sodass dieser den Jäger nicht wittern konnte. Als ob das Tier einen siebten Sinn hatte, spürte es, dass aus dieser Richtung, in der der Jäger stand, eine Gefahr ausgehen musste.

Mit angespannten Muskeln, jederzeit bereit zur Flucht und mit dem ständigen Blick in die Richtung des Jägers, drehte sich der Bock langsam, um im Notfall schnell in die Dickung zu verschwinden.

Ein lauter Knall fiel und hallte von den Felswänden der Bergkette, die das Tal umschloss, in einem immer wiederkehrenden, leiser werdenden Echo. Der Bock zeichnete, indem er mit seinen Vorderläufen aufsprang, sein Haupt nach oben riss, um dann Richtung Dickung zu flüchten. Kurz vor der Dickung brach er zusammen, schlug noch einige Male mit seinen Vorder- und Hinterläufen, bis er regungslos dalag.

Runa holte Jonas aus seiner Gedankenwelt zurück, indem sie die Weinflasche, die sie vorher aus der Truhe geholt hatten, in die Höhe hob und zu ihm sprach: „Komm, wir gehen zurück und genießen den edlen Wein am Feuer.“

Einige kleine Feuerflammen züngelten sich noch empor und verschlangen das restliche Stück des dicken Stammes, den Runa zur Vorsicht, damit das Feuer nicht ausgehen würde, draufgelegt hatte.

Der Sturm, den man nur noch leise durch die Birkenblätter sein Lied singen hörte, hatte sich etwas beruhigt. Die gewaltigen Donnerschläge mit den darauffolgenden bizarren, gleißenden, hellen Lichtblitzen, die sich am Himmel wie Gespenster aus den dunklen, gewaltigen Kumulus-Wolken entluden, erhellten für einen kurzen Moment die Nacht. Manche Blitzlichter gaben nur einen dicken, mehrfach gezackten Strahl direkt auf die

Erde ab, während bei anderen es schien, als würde die gewaltige Wolkenmasse in sich zerreißen, als mehrere Blitze sich in verschiedenen Richtungen ausbreiteten. Ein Farbenspiel von Blau, Weiß oder Violett zeichnete sich am Himmel ab.

Jonas war von diesem Spektakel so sehr beeindruckt, dass er kaum seinen Blick aus der Höhle wenden konnte.

Die Gewitterfront verzog sich immer mehr und der Wein zeigte, nach dem anstrengenden Tagesmarsch, bei Jonas seine Wirkung. Seine Glieder fühlten sich wie Blei an und es fiel ihm immer schwerer, seine Augenlider offen zu halten.

Mit dem Blick in die Glut des herabbrennenden Feuers saß Jonas in sich gekehrt da. Das erste Mal dachte er an zu Hause. Gedankenversunken fragte er sich innerlich, was wohl seine Geschwister gerade machten. Würden seine Eltern sich Sorgen machen und worüber würden seine Eltern mit dem Direktor des Internats und der Polizei reden? Würde seine Liebelei mit der Nachhilfelehrerin ans Tageslicht kommen? Oder würden alle es letztendlich so hindrehen, dass Jonas ein schwererziehbarer Junge war?

Wie auch immer, dachte sich Jonas, *nun bin ich auf mich allein gestellt, aber dafür frei. Frei von allen Zwängen, Manipulationen und Gewalt.* Er schwor sich in dieser Nacht, dass ihn niemand mehr in seinem Leben derart demütigen und verletzen dürfe.

Als Runa ein weiteres Stück Holz aufs Feuer schmiss, stiegen Hunderte von kleinen Funken durch die Felsöffnung an der Decke empor, so als würde der Rauch die Funken mit in den Himmel aufsteigen lassen.

Es schien, als würde Runa seine Gedanken lesen können, während sie die Glut am Rande des Feuers zusammenschob und ihm mit einem liebevollen Lächeln zuflüsterte: „Hefte jeden deiner Wünsche oder Gedanken an einen dieser aufsteigenden Glutfunken, und der Himmel mit seiner Unendlichkeit wird deine Wünsche erfüllen. Mein Großvater erzählt immer wieder die Geschichten von den Widerstandskämpfern, die hier Unterschlupf gesucht haben vor der deutschen Besatzung. Und immer, bevor sie eine Sabotage-Aktion durchführten, reichten sich die Männer, die um das Feuer saßen, eine Falsche selbst gebrannten Haselnussschnaps herum und gaben die Wünsche des Erfolges den aufsteigenden Funken mit. Es war wie ein Ritual, dass die Männer sehr ernst nahmen." Runa fuhr fort: „Die Milorg-Gruppe war die größte norwegische Widerstandsgruppe im Zweiten Weltkrieg. Von hier aus übten sie die Sabotage-Aktionen in und um Bergen herum aus gegen die deutsche Besatzung. Gegründet hat sie mein Großvater neunzehnhunderteinundvierzig, um einzelne Widerstandsorganisationen in einer militärischen Widerstandsorganisation zu bündeln. Anfangs war Milorg nicht mit der britischen Special Operations Executive, abgekürzt SOE, koordiniert, welche Widerstandsgruppen in besetzten Ländern unterstützt. Jedoch wurde neunzehnhunderteinundvierzig Milorg ins Oberkommando in London integriert, wo sie mit der Abteilung FO. IV zusammenarbeitete, die Sabotageakte plante, die von hier aus durchgeführt wurden. Mein Großvater reiste im Jahr neunzehnhundertzweiundvierzig regelmäßig nach London, um mit der Abteilung der FO. IV die Sabotagen zu planen."

Jonas, der nachdenklich in die Glut des Feuers blickte, hob seinen Becher, in dem der Wein sich befand, vom Boden auf und nahm einen Schluck, den er, bevor er ihn genüsslich runterschluckte, eine Zeitlang im Mund mit seiner Zunge und den Backen hin und her schwenkte. Er reichte die Flasche Runa, die neben ihm saß, und begann mit einem nachdenklichen Seufzer: „Die Welt ist schon irgendwie verrückt, erst kämpfen unsere Großväter gegeneinander und vierzig Jahre später treffen sich die Enkelkinder der Soldaten in dieser Höhle. So als würde es eine Wiedergutmachung geben." Beide schwiegen eine Zeitlang und lauschten gedankenversunken dem Wasserfall, dessen Plätschern zeitweise durch Gewitterblitze und Donnergrollen übertönt wurde.

„Runa, ich bin ziemlich kaputt und der Wein hat mir den Rest gegeben, ich muss mich hinlegen, sonst laufe ich morgen keinen Meter."

Runa, die den letzten Tropfen des Weines aus der Flasche getrunken hatte, stand auf und legte noch genug Holz aufs Feuer, damit es die Nacht nicht ausginge. Beide entkleideten sich und krochen unter die vorhandene Bärendecke, die ein wohliges, wärmendes Gefühl verbreitete. Runa erklärte Jonas, dass das Feuer sie vor unerwünschten Tieren schützen sollte, dann legte sie ihren Kopf auf seine Brust und beide schliefen ein.

Wie glücklich, wer ein Herz gefunden, das nur in seiner Liebe denkt und fühlt. Nur eins zu sein in Freud und Leid, wenn der Mensch sein Herz der Liebe weiht, so hat ihm Gott genug gegeben, Heil dir und die ganze Welt wird dein sein.

In jener Nacht hatte Jonas keinen Alptraum, der ihn aufschreien ließ. Tief und fest umschlungen schlief er mit Runa bis in die Morgendämmerung hinein. Erst war es nur ein Vogel, den Jonas wahrnahm. Dann folgte dem Gesang immer mehr verschiedenes Gezwitscher, bis es sich wie ein komplettes Orchester anhörte, in dem jeder Vogel wüsste, wann er seinen Gesang, stimmig zu den anderen, hinzufügen müsste. Jonas lag immer noch auf dem Rücken und hielt Runas Kopf mit seinem linken Arm auf seiner Brust. Ihr linkes Bein hatte sie in der Nacht um Jonas' Taille geschwungen, während sie ihn mit der linken Hand fest umschlungen hielt.

Er lauschte dem Vogel-Orchester, als er den alten Mann wahrnahm, den er aus dem Zug kannte.

Er saß schräg gegenüber vom Bettende vor ihnen auf einem Stein. Ohne auch nur seine Lippen zu bewegen, sprach er mit dem alten Mann. Mit einem Mal wurde ihm klar, warum die Schaffnerin im Zugabteil den alten Mann weder nach seinem Zugticket kontrollierte, noch dass sie ihn wahrnahm.

Nur Jonas konnte ihn sehen. „Ist es ein Geist oder eine Einbildung?", fragte er sich. Er biss sich auf seine Lippe, um herauszufinden, ob er im Hier und Jetzt sei. Und das war er wohl, denn sein Biss schmerzte ihn so sehr, dass er „verflixt" in seinen Dreitagebart murmelte.

Runa, die davon wach wurde, streichelte ihm über seine behaarte Brust und flüsterte ihm liebevoll ins Ohr: „Gib mir noch fünf Minuten, bitte, zum Wachwerden." Und schon schien sie wieder in einen schläfrigen Zustand zu gleiten.

Der alte Mann grinste Jonas an. Mit Gedanken übertragenden Augen, ohne ein Wort über seine Lippen gleiten zu lassen, ließ er Jonas die Worte wahrnehmen: „Denke an den Stein, der dich mit dieser Frau verbindet." Bevor Jonas auch nur irgendetwas erwidern konnte, war der alte Mann wieder verschwunden. Genauso schnell, wie er sich im Zugabteil ins Nichts aufgelöst hatte.

Er erinnerte sich zurück, dass der alte Mann ihm im Zugabteil drei Steine gab, einer von denen, es war der letzte Stein, den er ihm damals auf seinen Oberschenkel gelegt hatte, war der Stein aus Granit mit einem Anteil vom Rosenquarz.

Jonas fragte sich: „Warum verbindet mich der Stein mit Runa und warum soll er mir symbolisieren, dass ich mit einem Menschen aus meiner Heimat im Dasein dieser Welt immer verschmolzen bin, wenn Runa neben mir liegt?" Er verstand gar nichts mehr. Alles fing sich in ihm an zu drehen, und je mehr er versuchte, zu verstehen, desto mehr drehten sich seine Gedanken wie in einem Karussell. Runa, die mittlerweile wach geworden war, riss ihn aus seinem Gedankenwirrwarr heraus, indem sie ihm sanft in sein Ohr hauchte: „Hör auf dein Herz, Jonas."

„Wie …", stammelte Jonas heraus. „Hast du den alten Mann auch gesehen? … Hast du? …" Runa legte sanft ihren Zeigefinger auf seine Lippen. „Nein ich sehe und kenne nicht den alten Mann, er existiert nur für dich, aber ich spüre deine Angst und deine Anspannung im Körper. Versuche nicht, mit deinem Verstand zu denken, hör auf dein Herz. Dein Verstand hat dich, wovor du immer auch aus Deutschland flüchtetest, gerettet. Jedoch nun finde wieder Zugang zu deinem Herzen und handle daraus. Überwinde die Angst und den Schmerz der Verletzung, und neue Wege werden sich dir offenbaren."

Jonas atmete lange aus, bevor er ihr widersprach: „Das ist nicht so einfach, wie du denkst."

„Niemand hat gesagt, dass das einfach ist, Jonas, aber es ist die einzige Möglichkeit, frei zu sein."

Runa küsste ihn auf die Wange und während sie aufstand, beteuerte sie selbstsicher, als würde sie es felsenfest wissen: „Ich weiß, du schaffst es, ich glaube an uns."

„An uns?", stellte Jonas die Frage in die Höhle. Aber er bekam keine Antwort mehr von Runa.

Schwermütig richtete sich Jonas in dem besten Bett, in dem er jemals geschlafen hatte, auf, zog sich an und legte Holz in die letzte Glut des Feuers. Gerade als die ersten Äste von den Flammen anfingen, verschlungen zu werden, kam Runa mit einem Fisch in der Hand, den sie aus dem Gumpenloch vor der Höhle gefangen hatte.

Jonas schenkte ihnen beiden einen Kaffee aus der alten, verrußten Porzellankanne, die noch aus der Zeit von neunzehnhundertdreiundvierzig stammen musste, in die Blechbecher ein.

In jenem Moment wurde im klar, dass man nicht viel zum Leben brauche, sowohl die alte Kaffeekanne, als auch die Blechbecher aus vergangenen Zeiten, reichen vollkommen aus und erfüllen den Zweck. Es muss kein Geschirr von Villeroy und Boch sein, worauf seine Mutter immer so großen Wert legte. *All das ist nur dekadent und verschwenderisch*, ging Jonas durch den Kopf. *Das Glück liegt doch in dem Hier und Jetzt.* Ihm wurde klar, dass sein Weg vom Leben ganz anders laufen würde als der seiner Geschwister und der Gesellschaft, die nur in ihren Existenzängsten damit beschäftigt waren, immer nach neueren Luxusgütern zu streben. Er war sich sicher, dass er nicht als Bettler vor dem Kaufhof landen würde, wie es immer seine Mutter über ihn behauptete.

Vielleicht war er ja gar kein misslungener, schwer erziehbarer und hyperaktiver Junge, wie immer von ihm behauptet wurde.

Der alte Mann, Runa ... überlegte Jonas. Womöglich hat er noch einen Hauch von der Wahrhaftigkeit ... oder besser gesagt, dachte sich Jonas ... den wirklichen Sinn des Lebens in sich. Und nur, weil er sich nicht brechen lassen hatte in der Vergangenheit, steht er heute hier.

Wenn das so wahr wäre, was er gerade dachte, würde der größte Teil der Menschheit nicht leben, sondern viel mehr nur existieren. Er schaute zu Runa rüber, die am Feuer saß und den Fisch an einer Astgabel über der Glut am Feuer briet. *Runa ist aber real*, schoss ihm durch den Kopf. Aber was ist dann der alte Mann? Er muss eine Realität in einer anderen Ebene sein. Es mag wohl stimmen, dass sein IQ-Wert, den damals der Psychologe feststellte, nachdem er einige Tests mit ihm gemacht hatte, bei fünfundfünfzig Intelligenzquotient unterdurchschnittlich war. „Nur woran wurde das bemessen?", fragte sich Jonas. Nur weil er die Dinge mit anderen Augen sah, hatten diese Tests doch gar keine Aussage über sein eigentliches ICH. Lediglich hatte es die Aussage seiner Eltern und des Psychologen, dass er in dieser Welt, wenn er in ihrer Sichtweise nicht leben würde, nicht überleben könnte, und daraus folgend wurde Jonas klar, warum seine Mutter Angst hatte, dass er eines Tages als Bettler vor dem Kaufhof landen würde.

Jedoch ist das nur deren Sichtweise. Er muss ja nicht in der Gesellschaft so leben. Es gibt viele Möglichkeiten, sein Leben zu führen. Er brauche nicht den Luxus mit Geschirr von Villeroy und Boch oder Silber-Besteck, oder muss nicht immer im Gleichstand mit der Mode sein wie seine Schwestern. Gedankenversunken dachte er sich, *ich muss meinen eigenen Weg gehen, ansonsten würden die Alpträume niemals aufhören, die mich immer wieder einholen.* Nun verstand er den alten Mann, der zu ihm im Zugabteil sprach: „Hör auf dein Herz, es spricht immer die Wahrheit, wenn du deinen Weg suchst."

Wie von einem Blitz getroffen, erkannte er schlagartig die Wahrheit, die Zusammenhänge vom Leben. Runa zeigte ihm mit ihrem Verhalten und den Gesprächen, die sie beide führten, dass seine Denkweise vom Leben richtig war. Mit einem Mal wurde ihm bewusst, dass er fast sein eigenes Vertrauen in sich verloren hatte. Und dass das der Auslöser war der immer wiederkehrenden Angst in den Alpträumen.

Die Angst war der Druck, der auf ihn gelegt wurde oder den er auf sich hat legen lassen.

Nachdem sie den Fisch vertilgt hatten, legte Runa den Fischkopf mit den Gräten in ein großes Blatt, das sie am Ufer des Wasserfalls von einem Baum abgerissen hatte, als sie den Fisch mit bloßen Händen gefangen hatte, und bettet ihn darin ein.

Sie sprach etwas auf Norwegisch und legte den Fisch im Blatt in die Glut. Jonas musste nicht nachdenken, was sie wohl gesagt hatte. Ihm war klar, dass sie sich beim Fisch bedankte, dass er für sie das Leben gelassen hat.

Runa bat Jonas, die Kaffeekanne und die Blechbecher wieder in der Holzkiste unter dem Nachtlager, auf dem sie die Nacht verbracht hatten, zu verstauen, während sie das Bärenfell ausschüttelte und ordentlich auf das Nachtlager legte.

Mit ihren geschulterten Seesäcken machten sie sich auf die Weiterreise. Noch einmal drehte sich Jonas ganz bewusst um und schaute in die Richtung der Höhle, bevor sie für immer aus seinen Augen verschwand, als sie um eine Biegung in das nächste Tal ihren Weg fortsetzten.

Sie mussten die Baumgrenze erreicht haben, da sie der Pfad nur noch durch gelegentliche, idyllische Latschenkiefer-Landschaften führte. Immer näher rückten die schneebedeckten Berggipfel, die in der Mitte ein riesiges Geröllfeld bildeten. Nachdem sie zwei Stunden nur bergauf gestiegen waren, blieb Runa, die immer voranging, stehen, klopfte Jonas auf die Schulter und deutete mit ihrer anderen Hand in Richtung des Geröllgrats. „Dort müssen wir noch hoch, dann haben wir das Schwerste geschafft. Ab da geht es nur noch bergab. Wenn wir so das Tempo beibehalten, sind wir vor Sonnenuntergang am Hof."

Jonas trank einige Schlucke aus seiner Feldflasche, die er vor langer Zeit von seinem Großvater geschenkt bekommen hatte, welche dieser im Krieg bei sich trug. Immer wenn er aus dieser Flasche sein aufgefülltes Wasser trank, hatte es für ihn einen besonderen Geschmack. Er reichte Runa die Feldflasche, die auch einen Schluck nahm und zu ihm erstaunt sagte: „Das ist sehr gut, das Wasser, wo hast du das her?"

„Das habe ich am Wasserfall abgefüllt, der besondere Geschmack kommt daher, dass die Flasche von meinem Großvater ist."

Runa schaute Jonas eine Zeitlang tief in die Augen, bevor sie ihm erklärte: „Ja, in diesem Wasser steckt seine Energie und das, was er erlebt hat. Es ist wie mit den alten Blechbechern von den Partisanen in der Höhle."

Jonas verstaute seine Feldflasche wieder und sie begannen den steilen, beschwerlichen Aufstieg in das Geröllfeld.

Als sie die über die Hälfte des Weges hinter sich hatten, sahen sie, wie neun Steinböcke den Grat des Geröllfeldes querten. Imposant blieben sie in der Mitte des Grates stehen und witterten in ihre Richtung, bevor sie ohne Hast weiterzogen.

Im Westen braute sich erneut eine riesengroße Gewitterfront zusammen, die sehr schnell auf sie zuzog.

Die Donnerschläge kamen in immer kürzeren Abständen. Runa beschleunigte ihr Tempo, ohne Jonas etwas mitzuteilen. Jonas hastete Runa über die Gerölllage hinterher und wunderte sich, wo Runa eine derartige Kondition herhatte. Die ersten Regentropfen prasselten auf sie nieder, als sie am Grat angelangten. Ein ohrenbetäubender Donnerschlag erhallte, während der Blitz in eine verkrüppelte Kiefer einschlug. Jonas zuckte zusammen, in genau diesem Moment riss ihn Runas Hand, die ihn an der Schulter packte, und zog ihn in einen Felsvorsprung. Erst jetzt erkannte Jonas, dass in diesen Felsvorsprung aus Brettern eine kleine Schutzhütte gezimmert war.

Runa öffnete eine aus Brettern zusammengenagelte Tür und sie gelangten in einen kleinen Raum, in dem diesmal sogar ein kleiner Buller-Ofen stand.

Wie auf die Sekunde berechnet, prasselte der Regen in dicken Tropfen nieder, als sich die Gewitterfront über ihnen austobte.

Mit einem Mal breitete sich eine pechschwarze Dunkelheit über ihnen aus. Tiefhängende Regenwolken mit Nebel, der aus dem Tal hochstieg, verbarg jegliche Sicht. „Wir müssen noch eine Nacht hier verbringen, Jonas!", rief Runa ihm zu, während draußen ein Blitz nach dem anderen herunterkam, so als ob der Himmel all seine Gewalt ausspeien würde.

Runa hatte in Windeseile ein kleines Feuer in dem Ofen entfacht, zog ihre nasse Kleidung aus und hängte sie über eine Eisenstange, die über dem Ofen befestig war. Sie ging in den hinteren Teil der kleinen Hütte und zog aus einer ähnlichen Holzkiste wie in der Nacht davor zwei Bärenfelle, von denen sie eins auf dem Boden vor dem Ofen ausbreitete und das andere eingerollt am Fußende zum Zudecken liegen ließ.

Das erste Mal sah Jonas Runa im halbdunklen Licht splitternackt, bevor sie sich unter dem zweiten Bärenfell verkroch. Jetzt spürte Jonas den Temperatursturz, der sich von dreißig Grad auf gefühlte null Grad anfühlte. Bis Jonas sich seine nassen Kleider vom Leibe zog und sie auch auf eine weitere Astgabel zum Trocknen ans Feuer hängte, schlotterte er am ganzen Körper und spürte, wie die Kälte und die körperliche Anstrengung von den zwei Tagen ihm die Müdigkeit in die Glieder brachten.

Runa hob das Bärenfell hoch und Jonas kroch mit darunter. Beide lagen sich gegenüber und schauten einander tief in die Augen, ohne sich gegenseitig zu berühren. Es schien, als würden ihre Augen miteinander verschmelzen, wie zwei Seelenverwand-

te, die sich hier auf der Welt getroffen haben, um hier zu verschmelzen. Jonas spürte, wie er immer tiefer in Runas Bewusstsein gelangte, bis er einen Punkt erreicht hatte, an dem es ihm
schien, als würden sie, ohne verbal zu reden, miteinander kom-
munizieren können.

Es fühlte sich an, als würden sie beide auf einer gleichen Ebene
des Unterbewusstseins schweben, obwohl sie sich weder berührten noch miteinander sprachen. Wie ein Sog zog es beide an, als
sie sich im Strudel dieser Bewusstseinsebene mitreißen ließen.

Ein kribbelndes Gefühl, das ihn von den Füßen bis zu den
Haaren durchströmte, hinterließ dabei einen wärmenden Zustand, als wäre er zu Hause angekommen.

Mit ihrem Zeigefinger berührte Runa zärtlich Jonas' Lippen
und streichelte über seine Backe. Während sie sich eng immer
mehr an seinen Körper schmiegte, umschlang sie mit ihren Beinen seinen Körper wie eine Schlange ihre Beute. Immer wieder
liebkoste sie ihn mit ihren Lippen am Hals und Brustkorb, bis sie
sich aufsetzte und sein steifes Glied in sich einströmen ließ. Jonas,
der vollkommen dem Rausch der innigen Einheit von ihnen ausgesetzt war, hatte das Gefühl, fast das Bewusstsein zu verlieren.
Immer intensiver umhüllte ihn Runas feuchter, warmer Unterleib, in den sie ihn immer tiefer eindringen ließ.

Immer wieder fing sie an, sich mit ihrem Becken sachte auf
und ab zu bewegen, beugte sich nach vorne zu Jonas, sodass ihre
Nippel der Brüste im Wechsel über seine Lippen glitten. Alles geschah in einem Zeitlupen-Tempo, was das Gefühl der vollkommenen Ekstase immer mehr steigerte. Jonas liebkoste ihre steif
gewordenen Brustwarzen mit seiner Zunge, saugte an ihnen,
bis Runa ein lautes Seufzen von sich gab, das sich in ein Wechselspiel von Stöhnen und unverständlichen Worten auf Norwegisch vermischte.

Kurz bevor Jonas verspürte, innerlich zu explodieren, verlangsamte Runa ihre Beckenbewegung und glitt behutsam aus
ihm raus, legte sich neben ihn und schaute ihn mit ihren leuchtenden Augen an.

Wieder hatte Jonas das Gefühl, mit ihren Augen zu verschmelzen.

Behutsam beugte sich nun Jonas über Runa und küsste erst sachte ihre Lippen, was er zu einer Steigerung brachte, das einem Tanz der Zungen glich. Runa umschlang Jonas' Hüfte und zog ihn zu sich, bis er über ihr lag. Mit einer weichen, geschickten Bewegung, die Runa mit ihrem Becken machte, glitt Jonas' Penis wieder in ihren weichen, warmen und feuchten Schoß. Ein Wechselspiel, zwischen langsamen und schneller werdenden Stößen, bei denen Jonas' Penis in Runa eindrang, wurde mit dem heftigen Zungenspiel von beiden erwidert. Ohne Worte wussten beide intuitiv, was sie gegenseitig in diesem Liebesakt tun mussten, um miteinander zu verschmelzen.

Einheitlich verlangsamten sie ihre Bewegungen, als sie kurz vor der Ekstase waren, und je näher sie dem Höhepunkt kamen, desto langsamer bis hin zu einer Zeitlupe wurden die Bewegungen. Ihr Zungenspiel lösten sie durch einen tiefen, innigen Augenkontakt, als Runa ihren Mund weit öffnete und ihren Kopf nach hinten warf und ein lautes Stöhnen, das in einen wollüstiges Schreien überging, ausstieß. Jonas' Stoßbewegungen stoppten abrupt, als sein steifes Glied in sie eindrang. Dann zuckten ihre Körper im Wechsel mit einem Vibrieren. Als hätte sein Körper all seine Energie entladen, glitt sein Köper mit seinen letzten Zuckungen auf Runa nieder, die ihn mit ihren Füßen und Armen eng umschlungen an sich schmiegte.

In dem gleichen Moment der vollkommenen Ekstase schien ein Lichtstrahl sich durch die dunkle Wolkendecke durchzubohren, und strahlte, als ein gebündeltes Licht, auf ihre nackten Körper.

Mit unzähligen kleinen Schweißperlen an ihren Körpern schliefen sie unter dem Bärenfell erschöpft ein und nahmen das Unwetter draußen nicht mehr wahr. Als ob ihr gemeinsamer Orgasmus sie in eine andere Hemisphäre gebracht hätte.

Als sie nach einer Weile wieder aus dem Tiefschlaf der Liebe aufwachten, wussten beide, dass etwas Neues entstanden ist, dadurch, dass sie sich verschmolzen hatten. Ihre dritte Seele wuchs in Runa ab diesem Moment heran.

Am nächsten Morgen, nachdem sich die Gewitterfront verzogen hatte und sie den Grat des steilen Geröllfeldes erreichten, offenbarte sich ihnen ein gewaltiger Blick in das andere Tal. Die Sonne, die mit ihrer vollen Kraft wieder schien, ließ die Feuchtigkeit von den vom Regenguss nass gewordenen Felsen als Nebelschwaden die Felswände emporsteigen. Wie Nebelfeen, die ihre Flügel ausbreiteten, schien die eine oder andere Nebelfee mal schneller, mal langsamer sich emporzuheben.

Weit unterhalb der Baumgrenze konnte man die Konturen eines einzelnen, größeren Gehöfts erkennen.

Kurz nachdem sie ein größeres Stück des Geröllfeldes hinabgestiegen waren, lag vor ihnen ein riesiges Schneefeld, das mit einer Länge von ungefähr achthundert Metern sich ins Tal abwärtszog.

Runa holte aus ihrem Seesack die große Plastiktüte, welche sie sorgfältig aufbewahrt hatte, als sie sich den Fisch am Hafen gekauft hatte. „Nun wirst du sehen, für was wir diese benötigen, Jonas. Und bitte befolge nun mein Rat, sonst können wir uns schlimmste Brüche oder Platzwunden zuziehen." Jonas schaute Runa gespannt an und signalisierte ihr mit seinem Gesichtsausdruck, dass er alles tun würde, was ihr wichtig sei. Runa fuhr fort: „Also pass auf! Wir setzen uns dann auf die Tüte, aber du sitzt genau hinter mir und hältst dich mit deinen Armen an meiner Taille fest. Deine Füße legst du in meine beiden Oberschenkel, sodass sie in der Leiste liegen. Sie dürfen nicht den Boden berühren, denn das Lenken und Bremsen über nehme ich. Sollten wir ein zu schnelles Tempo bekommen, werde ich zu dir sagen, dass du mit den Händen abbremsen sollst. Aber nur, wenn ich es dir sage."

Die Schneedecke, die durch die Sonnenstrahlen und den heißen Sommer zu einer harten Schicht zusammengepresst worden war, ließ ihr Gesäß, als sie sich auf die Plastiktüte in ihre Position brachten, kaum einsinken.

Runa hielt mit beiden Händen die Plastiktüte, die ein Stück zwischen ihrem Schoß vorne herausragte, fest, damit sie ihr während der Abfahrt ins Tal nicht unter ihrem Hintern wegrutschte.

Ihre Füße stemmte sie mit ihren Schuhabsätzen kräftig in den harten Schnee, bis sie beide bereit waren, die Abfahrt zu beginnen.
Vor ihnen schraubte sich ein Adler in einer Thermikblase, in engen Kreisen, in einem Schlauch in die Höhe.

Der Adler hatte Jonas schon immer in seinem Leben begleitet. Auch zu diesem hatte er eine Verbindung. Nur diesmal spürte er, wie er diese Verbindung mit Runa teilte. Ohne Worte blickten beide zu ihm empor und nahmen die Verbindung zwischen ihnen, der Sonne und dem Adler, der mit seiner Kraft, Stärke und Ausstrahlung der König der Lüfte ist, auf. Als Beschützer und Begleiter verschaffte der Adler ihnen Klarheit, Freiheit, aber auch Wagemut. Runa erkannte die spirituelle Weisung des kreisenden Adlers. Achtsam überprüfte sie noch mal die Abfahrtsstrecke. Dann entdeckte sie weit unten einen schwarzen Flecken auf ihrer Strecke. Es musste ein Fels sein, dessen Spitze aus dem Schnee ragte.

Runa drehte sich zu Jonas um und machte ihn auf den Stein aufmerksam. „Den werden wir rechts von uns lassen, das heißt, wenn wir in seine Nähe kommen, werde ich mich leicht nach links beugen. Du folgst einfach meinen Bewegungen." Jonas nickte furchtlos.

Ihm wurde bewusst, dass seine Denkweise, wenn Mensch und Tier sich miteinander verbinden, sowie Mensch und Pflanzen oder Bäume, etwas geschieht, worin der Mensch mehr von den anderen Lebewesen lernen kann als umgedreht. Sein Wissen, für das er zu Hause in Deutschland immer belächelt wurde, dass die Tiere und Pflanzen mehr Intelligenz besitzen als die Menschheit, bestätigte sich hiermit wieder.

Runa löste langsam den Druck ihrer Schuhabsätze, der sich in die Schneedecke gedrückt hatte, so weit, dass sie beide stetig, immer schneller Fahrt aufnahmen. Geschickt lenkte sie mit ihren Füßen um einige kleinere Felsbrocken, die aus der Schneedecke ragten, indem sie mal den rechten beziehungsweise den linken Fuß in die Schneedecke stemmte und somit die jeweilige Seite abbremste, wodurch sie eine Richtungsänderung vornahm. Dabei setzte sie noch ihren Körper geschickt ein, den sie mal nach links und mal nach rechts beugte. Jonas folgte ihr mit seiner Bewegung des Oberkörpers, wobei er seine Arme nicht von ihrer Taille nahm. Wie eine zusammengeschweißte Einheit, die sich synchron mit den Naturelementen, Schnee und Steinen, bewegte, flitzten sie wie ein Geschoss über die Schneedecke talwärts. Der Wind pfiff ihnen um die Ohren, als sie den letzten großen Stein umfahren hatten, dann schrie Runa: „Jetzt bremsen!"

Jonas setzte seine Handflächen geschickt ein und mit einem Mal verlangsamte sich ihr Tempo, bis sie kurz vor Ende der Schneedecke zum Stehen kamen.

Beide drehten sich hangaufwärts und waren erstaunt über die guten neunhundert Höhenmeter, die sie durch ihre Rutschpartie in Windeseile hinter sich gebracht hatten. Hätten sie es absteigen müssen, wären sie sicherlich zwei Stunden unterwegs gewesen. Lachend wälzten sie sich im Schnee und seiften sich gegenseitig ein. Runa, die auf Jonas saß, versuchte, Jonas eine Handvoll Schnee in den Nacken zu stopfen. Sie hatte enorm viel Kraft, aber schaffte es letztendlich doch nicht. Jonas drehte Runa mit einer geschickten Bewegung nach unten und drückte ihre beiden Arme in den Schnee. Dann entstand eine liebevolle Stille zwischen beiden, in der sie sich wie in der letzten Nacht so tief in die Augen schauten, dass es den Anschein hatte, sie würden wieder verschmelzen. Es mussten keinerlei Worte fallen zwischen ihnen, nur der Augenkontakt langte aus, das sie das Gefühl spürten, zwei Seelenverwandte zu sein.

Als Jonas anfing, ihre Lippen sachte zu küssen, erwiderte sie seine Küsse immer energischer.

Eine furchteinflößende Kumuluswolke schob sich vor die Sonne und holte beide aus ihrer Verliebtheit raus.

Nachdem Runa die Plastiktüte wieder in ihren Seesack gepackt hatte, machten sie sich die letzten sechshundert Höhenmeter abwärts auf den Weg zum Gehöft ihres Onkels.

Immer mehr kamen sie in bewaldetes Gebiet, das mit seinen nicht allzu dichten Kiefern und moosbedeckten Steinen wie ein Zauberwald aussah.

Keine der Kiefern konnte mit der genannten Stortolla, großen Kiefer, aus dem Waldgebiet Osmarka, mithalten. Diese hatte einen Umfang von fünf Metern und fünfzig Zentimetern. Bereits im siebzehnten Jahrhundert ließen Holzfäller diesen Baum stehen, weil er schon damals zu schwergewichtig war. Um den Baum zu umfassen. benötigt man sieben erwachsene Menschen.

Die Vorstellung, wen und was dieser Baum schon alles gesehen und erlebt hat, beeindruckte Jonas immer wieder.

Jonas wusste, dass die Bäume in Norwegen, trotz ihres im Verhältnis zu Deutschland dünnen Umfanges, genauso alt werden konnten. Das Kernholz der norwegischen Kiefern war jedoch besser als die der deutschen. Da die Kälte und der langanhaltende Winter dort die Bäume zu einem dichteren Wachstum beeinflusst. Jonas wollte sich gar nicht die Naturkatastrophe durch den Kopf gehen lassen, wenn sich das ändern würde, wegen der stetigen Klimaerwärmung. Diese Wegwerfgesellschaft und der Konsumrausch der Menschen machten ihn bei solchen Gedanken sehr wütend.

Er wusste, dass, wenn er mal ein Haus bauen würde, müsste es ein Haus aus Holz sein. Aber nicht wie es in Amerika üblich war, eine Holzständerbauweise, sondern er war von der norwegischen und kanadischen Holzhausbauweise überzeugt, wo die Menschen ihre Häuser aus massiven Holzstämmen bauten. Durch das langsame Wachsen der Bäume in diesen Ländern bestand eine der besten Wärmedämmungen, da das Holz sehr dicht im Stamm

wuchs. Das erkannte man an den Jahresringen, die um Erhebli-
ches dichter wuchsen als die Bäume in Deutschland.

Der Waldpfad, der sich durch eine verschiedenfarbige grüne
Mooslandschaft zog, wurde immer schmaler. Runa wies Jonas
darauf hin, den Pfad so wenig wie möglich zu verlassen, um andere Pflanzen und heranwachsende Baumsetzlinge nicht zu zerstören. Jonas schloss daraus, dass Holz hier einen hohen Stellen-
wert hatte.

KAPITEL 7

EIN NEUER WEGGEFÄHRTE

Der größte Mut besteht darin, dem Menschen, den ein Mensch im Herzen spürt, zu vertrauen, egal wie oft ein Mensch enttäuscht wurde, immer aufs Neue sein Herz offen zu lassen und weder in die Härte noch Verschlossenheit zu gehen, auch wenn es den Schein hat, energielos zu werden, ist das Gefühl der Verletzlichkeit leichter zu ertragen als die Härte im Herzen.

Auf einmal hörten sie einen Hund in der Ferne bellen, dessen Warnrufe immer näher kamen. Plötzlich stand ein schwarz-weißer Border Collie Australian Shepherd Mischlingshund in ungefähr fünfzig Metern vor ihnen und bellte mit fletschenden Zähnen zu ihnen rüber. Als ob er ihnen sagen wollte, noch einen Schritt weiter und ich greife euch an, das hier ist mein Territorium.

Runa blieb stehen und schob Jonas seitlich hinter sich, während sie leise zu ihm sagte: „Das ist Tyke, der sein Revier verteidigt." Dann rief sie: „Tyke, mein Jäger, komm zu Runa!" Tyke spitzte sein rechtes Ohr und rannte schwanzwedelnd auf Runa zu. Sprang auf sie hoch und warf sie zu Boden. Dann leckte Tyke ihr Gesicht vor Freude ab.

Ein lauter, ohrenbetäubender Pfiff durchbrach die Szene. Tyke ließ sofort von Runa mit seinen Liebkosungen ab, setzte sich vor sie hin und blickte im Wechsel zwischen Runa und Jonas hin und her, sowie in die Richtung, aus der der Pfiff kam.

Wie aus dem Nichts kam ein älterer Mann, mit einem geschulterten Gewehr, zwischen den Bäumen auf sie zu. Seine Lederstiefel gingen ihm bis unterhalb seiner Knie. Jonas wusste, dass das in Norwegen so üblich war, da dies die Zecken, die sich im hohen Gras befanden, abzuhalten galt.

Sein grüner Hut, der zu der braun getönten Knickerbocker Hose passte, war an einer Ecke der linken Krempe ziemlich ausgefranst. Sein grau-weißer Bart ragte ihm bis zum Brustbein und füllte seinen Gesichtsausdruck. Er strahlte einen weisen Mann aus, der in sich ruhte.

Tyke folgte dem Pfiff des Mannes und rannte zu seinem Herrchen zurück, ordnete sich rechts neben dessen Seite ein und folgte ihm bei Fuß. Ohne auch nur ein Augenmerk auf den Hund zu legen, lief der Mann weiter auf Runa und Jonas zu. Es machte den Anschein, dass der Hund und der Mann eine Einheit waren. Als ob beide wussten, was der andere denkt, aber trotzdem eine Unterordnung zwischen ihnen bestand. Ohne Worte oder ein Zeichen folgte der Hund dem Mann und der Mann dem Hund, weil beide wussten, sich auf den anderen voll verlassen zu können.

Als der Mann vor Runa und Jonas stand, blies er eine dicke Tabakwolke aus seinem Mund und seinen Nasenlöchern, die er zuvor aus seiner Pfeife, die er im rechten Mundwinkel trug, genussvoll einsog.

Mit der Pfeife in seiner linken Hand breitete er seine Arme aus und nahm Runa in den Arm.

„Fint at du er her", hörte Jonas ihn sagen.

Was so viel wie „schön, dass ihr da seid", heißt, verstand Jonas.

Nachdem sie sich aus der herzlichen Begrüßung gelöst hatte, nahm er seine geschwungene Pfeife, die wie eine Tulpe aussah, wieder in seinen rechten Mundwinkel und machte einen Schritt auf Jonas zu. Jonas streckte ihm seine rechte Hand entgegen. Der Mann fing an zu lachen, nahm abermals seine Pfeife aus dem Mundwinkel und sagte auf Norwegisch zu Runa: „Typisk tysk noyaktig og stiv. Vel men han sitt hjerte pa rett sted du kan se umiddelbart." Jonas verstand einige Brocken der Wörter, die er auf sich bezog. Runa übersetzte ihm, was ihr Onkel ihm sagen wollte. „Ein typischer Deutscher, immer korrekt und steif, der aber sein Herz am rechten Fleck trägt."

Kurz darauf fuhr der Mann in einem gebrochenen Deutsch fort: „Sei auch du herzlichst willkommen." Dann umarmte er Jonas genauso liebevoll, wie er es bei Runa vorher getan hatte, und stellte sich mit dem Namen Sönke vor.

Noch nie in seinem Leben wurde Jonas so warmherzig begrüßt. Schnell lösten sich seine Beklemmungen gegenüber diesem Mann auf, der, wie Jonas nun bewusst wurde, der besagte Onkel sein musste. Tyke wich seinem Herrchen keinen Zentimeter von der rechten Seite in dieser ganzen Begrüßungszeremonie, während sie alles genau beobachtete.

Jonas konnte seinen Blick von der Pfeife, dessen Pfeifenkopf wie eine Tulpe aussah, nicht wenden. Der Pfeifenkopf bestand aus einem hell-rötlichen Holz, das verschiedene bräunliche Konturen aufwies. Die Brennkammer, in der der Tabak sich befand, wurde durch eine knorrige dunkle Kante, gebildet, die den Anschein hatte, dass sie die belassene Rindenschicht des Holzes war.

Gemeinsam liefen sie aus dem letzten Stück Wald heraus, das noch vor ihnen lag.

Sönke bat Jonas, sein Gewehr zu tragen, da er sich seinen erlegten Rehbock, der am Wegesrand lag, auf die Schultern lud.

Geschickt hatte er dem Rehbock die Vorder- und Hinterläufe zusammengebunden und einem Haselnussstecken durch die verknotete Schnur durchgezogen. Durch das Gewicht des Rehbockes, der schätzungsweise vierzehn Kilogramm hatte, bog sich der Haselnuss-Stab bei jedem Schritt über den Schultern von Sönke.

Als sie auf einen Flurweg kamen, konnte man das Haus in unmittelbarer Nähe sehen. Es lag versteckt an einer Felskante, die sich hinter dem Haus einige hundert Meter emporhob. Wenn man nicht das Holzfachwerk erkennen würde, das den goßen Balkon mit seinen Geranien schmückte, könnte man denken, das Haus wäre in die Felswand eingebaut worden.

In sich empfand Jonas ein wohliges, warmherziges Gefühl, als er die Stimmung des Hauses in Verbindung mit den Hühnern, den wiehernden Pferden und meckernden Schafen wahrnahm.

Er blieb kurz stehen, schloss seine Augen und atmete tief ein, um die Stimmung noch bewusster spüren zu können.

Sönke mit seiner ruhigen, herzlichen Art sprach zur Runa: „Dein deutscher Freund hat einen siebten Sinn. Hätte mir nie gedacht, dass wir nach dem Krieg einen Deutschen auf unserem Hof zu Besuch haben werden.

Lasst euch Zeit, anzukommen."

Dann verschwand er mit dem Rehbock im Haus.

Jonas spürte die sanften Hände von Runa auf seinen Schultern ruhen. Sie flüsterte ihm ins Ohr: „Geht es dir gut?" „Ja, Runa, sehr gut. Ich habe das Gefühl, an dem Ort angekommen zu sein, den ich seit Langem suche."

Die Eisenbeschläge der Haustür quietschten, als Runa und Jonas ins Haus eintraten, und fiel schwerfällig hinter ihnen ins Schloss. Jonas bekam einen angenehmen, holzigen-harzigen Holzgeruch in die Nase, den er im ganzen Haus wahrnahm.

Als sie in den hinteren Bereich des Hauses liefen, um in ihr Zimmer zu gelangen, knarzten die schweren Eichenholzdielen unter ihnen. Im Laufe der vielen Jahre hatten sich mal mehr und mal weniger größere Spalten zwischen den Dielen gebildet. Die Wände, entlang des Ganges, den sie hinterliefen, wurden mit zahlreichen Trophäen von Hirschen und Rehböcken gesäumt. Über einer alten Kommode, die aus dem sechzehnten Jahrhundert stammen musste, hing ein grüner Lodenhut, der mit einigen schwarzen Bärenkrallen auf der rechten Seite und mit einem Saubart auf der linken Seite geschmückt wurde.

Kurz bevor der Gang endete, kamen sie zu ihrem Zimmer, das mit alten Bauernmöbeln ausgestattet war.

Sowohl die Betten als auch die Schränke wurden aus dicken Zedernholz-Bohlen gezimmert und verbreiteten, auch nach all den vielen Jahren, noch einen wohltuenden Duft. Runa erzählte Jonas, dass der Sinn des Zedernholzes darin bestand, dass die ätherischen Düfte aus dem Holz für einen beruhigenden Schlaf sorgen und im Schrank die Motten fernhalten sollten.

Gegenüber den Betten stand unter einem Fenster ein Waschtisch, auf dem ein weißer Krug mit einer Schüssel aus Emaille stand, die zum morgendlichen Frischmachen gedacht war. In einer Schale, die auf der Marmorplatte stand, lagen daneben eine Kernseife sowie ein Handtuch.

Neben den Betten sah Jonas jeweils einen geschnitzten Stuhl, dessen geschwungene Verzierungen an der Rückenlehne wieder die Adlerschwingen darstellten. Von der Holzdecke des Zimmers hing eine Lampe herunter, die aus einem Hirschgeweih bestand, in dem drei Glühbirnen eingefasst wurden.

Runa machte sich frisch, indem sie ihren Kopf über die Emaille-Schüssel hielt und das kalte Wasser aus dem danebenstehenden Krug langsam über ihren Kopf und Hals laufen ließ. Ihre steif gewordenen Brustwarzen drückten sich durch ihr Unterhemd durch, während sie durch das kalte Wasser erschaudernde Töne von sich gab.

Nachdem sie sich beide frischgemacht hatten und ihre Habseligkeiten verstauten, gingen sie zu ihrem Onkel, der auf sie wartete, um den Rehbock zu zerwirken.

Als sie aus einer Hintertür des Hauses traten, standen sie unmittelbar vor der Felswand, die Jonas bei der Ankunft bestaunte, als er vor dem Haus stand. Nun stellte er fest, dass sich zwischen dem Haus und der massiven Felswand nur zirka drei Meter befanden, und genau gegenüber der Tür, aus der sie herausgetreten waren, befand sich eine weitere Tür in den Felsen. Die Tür, die aus dickem Eichenholz bestand, wurde mit schweren Eisenbeschlägen in der Felswand gehalten. Als Runa sie öffnete, quietschten und ächzten die Scharniere der Tür und hallten in den im Felsen befindlichen Gängen und Räumen wider, als schien sich dahinter ein Labyrinth zu befinden.

Runa bemerkte Jonas' verblüfften Blick und erklärte ihm, dass ihr Urgroßvater diesen Eingang und die darin befindlichen Gänge vor dem Einmarsch der Deutschen im Jahre neunzehnhundertvierzig mit einigen Widerstandskämpfern, innerhalb von dreißig Tagen, in den Fels gegraben hat.

Sie liefen einige Meter den Felsgang entlang, bogen nach rechts in einen weiteren, jedoch noch schmaleren Gang ab, bevor sie einige in den Fels geschlagene Treppen hinaufgingen.

Jonas war überwältigt von diesem gewaltigen Kraftakt, den die Männer damals hier geleistet hatten.

Nachdem sie die letzte Treppenstufe erreicht hatten, befanden sie sich in einem langen Gang, in den von außen durch kleine Schlitze in der Felswand das Sonnenlicht hineinschien.

„Das sind die sogenannten Schießscharten, aus denen mein Großvater und die Widerstandskämpfer die deutschen Soldaten zurückgeschlagen hatten. Keiner von den Deutschen hatte überlebt. Als sie den Rückzug angetreten hatten, wurden sie von den anderen Widerstandskämpfern im Wald vernichtend geschlagen." Dann erklärte sie ihm noch: „Es muss sehr grausam gewesen sein, mein Großvater war darüber nie sehr stolz, auch wenn er bis zu seinem Tod für diesen Sieg gefeiert wurde."

Jonas, der aus einem dieser Schießscharten hinausblickte, stellte fest, dass sie sich oberhalb des Hauses befanden.

Runa und Jonas gingen die Treppen wieder hinunter und in einen weiteren Gang, der diesmal rechts verlief. Nach kurzer Zeit konnte man am Ende des Ganges das Tageslicht erkennen.

Plötzlich standen sie vor einem See, dessen Ende kaum zu erkennen war. Versteckt in dem Schilf war ein Kanu aus Zedernholz an einem Pfahl befestigt. An linker Seite stand eine kleine hölzerne Hütte, die sich gut getarnt im Dickicht befand und aus dessen Schornstein es herausqualmte. Vor der Hütte saß Runas Onkel in der Sonne und trank einen heißen schwarzen Kaffee, während er immer wieder an seiner Pfeife zog und den nach Zwetschgen riechenden, süßlichen Rauch herausblies.

„Ah, da seid ihr ja", hörte Jonas Sönke in gebrochenem Deutsch. „Wir müssen uns beeilen mit dem Zerwirken, bevor die Fliegen kommen. Dieses Jahr sind die Fliegen eine regelrechte Plage. So schnell schaut man gar nicht, da haben sie schon ihre Eier auf das ganze Fleisch verteilt."

Sie folgten Sönke in den Schuppen hinter dem Schilf. Der Raum hatte Maße von zirka vier mal drei Metern und am Ende des Schuppens konnte man das Plätschern des Wassers hören. Sönke öffnete eine Bodenluke, die sich unterhalb des Rehbockes im Boden befand. Der Schweiß lief dem Bock über seinen Äser und tropfte ins darunter befindliche Wasser, das durch die geöffnete Bodenluke sichtbar wurde. Die einzelnen Schweißtropfen, die ins Wasser fielen, lösten sich von Dunkelrot bis Hellrot in Sekundenschnelle auf. Nach kurzer Zeit sah Jonas einige Fische hin und her schwimmen, so als hätte sie der Schweiß des Rehbockes angelockt. Wie aus dem Nichts schoss ein riesengroßer Hecht in den Schwarm, der sich die kleinen Fische immer wieder schnappte und der, geschickt, wie er gekommen war, wieder davonschwamm.

„Der ist unser Abendessen", grinste Runa und schaute zu Jonas rüber. „Aber jetzt müssen wir uns erst um den Bock kümmern."

Mit seinem scharfen Jagdmesser und geschickten Griffen schnitt Sönke dem Bock die Vorderläufe und das Haupt ab. Dann machte er an den Hinterläufen, an denen der Bock aufgehängt war, einen Rundschnitt, um die Decke zu lösen. Runa stand mit einem Eimer Wasser bereit. Als Sönke die Decke vom Bock abgezogen hatte, schüttete Runa den Eimer Wasser über den Bock, damit die versehentlich noch am Fleisch anhaftenden Haare nach dem Abziehen der Decke hinuntergespült wurden.

Während Runa Jonas den Eimer hinreichte und ihm einen zärtlichen Kuss auf die Wange gab, flüsterte sie ihm ins Ohr: „Bitte sei so lieb und hol noch einen Eimer Wasser aus dem Brunnen vor der Hütte!"

Die letzten Sonnenstrahlen wärmten Jonas' Gesicht, als er aus der Hütte heraustrat. Schräg gegenüber befand sich ein aus grob geschlagenen Steinen gebauter Brunnen, dessen Wasser aus einem Rinnsal aus der Felsspalte gespeist wurde, das aus dem Inneren des Felsens kam. Jonas tauchte den hölzernen Eimer in das glasklare Brunnenwasser und kehrte mit ihm in die Hütte zurück.

Sönke war gerade dabei, dem Bock mit einem gezielten Messerschnitt die beiden Schulterblätter zu entfernen. Dann legte er sie auf den danebenstehenden Holztisch und machte sich daran, den Nacken mit einem weiteren Schnitt zwischen den Wirbelkörpern zu durchtrennen. Den kompletten Rücken trennte er von den Hinterläufen, indem er zwischen dem fünften Lendenwirbel und dem Steißbein einschnitt, um dann den Rücken einmal um hundertachtzig Grad zu drehen, damit er sich von den Hinterläufen löste.

Mit einem kleineren Küchenbeil schlug er gekonnt zwischen die beiden Hinterläufe und durchtrennte diese mit einem Hieb, sodass das Steißbein nur noch an einer Keule hängenblieb.

Runa nahm die eine Keule von dem Haken, während Sönke sich an die zweite Keule mit dem noch befindlichen Steißbein machte. Mit einem kleineren Messer, welches in der Klinge leicht gebogen war, löste er das Steißbein nun aus der noch hängenden Keule.

Jedes einzelne Teil des zerwirkten Bockes, wurde nochmals in dem Eimer mit Wasser gründlich abgewaschen. Sönke öffnete ein hölzernes Fass und entnahm diesem mit einer kleinen Holzschüssel die darin befindliche Gewürzmischung, die aus Pökelsalz, Wacholderbeeren und vielen anderen Gewürzen bestand. Er rieb die beiden Keulen mit der Mischung kräftig ein und legte sie anschließend in ein weiteres Holzfass, in dem schon andere Keulen lagen.

Runa erklärte Jonas, dass die Keulen vier Tage in dieser Salz-Gewürz-Mischung liegen müssen, bis sie anschließend dann in den Räucherofen kämen. „Das Lagern der Keulen in derartiger Pökelsalz-Gewürz-Mischung ist wichtig, damit das Fleisch nicht verdirbt nach dem Räuchern", erklärte Sönke ihm.

Aus der Oberseite der beiden Schultern löste nun Runa jeweils zwei Rehsteaks aus, schnitt das restliche Fleisch der Unterseite am Knochen entlang ab und legte die Steaks in einer Mischung aus Olivenöl, Gewürzen und Knoblauch ein. Das Restfleisch schnitt sie in kleine Würfel und würzte sie leicht mit der gleichen Gewürzmischung. Sönke, der mit einer Flasche Rotwein und seiner frisch gestopften Pfeife nach draußen ging, gab Jonas das Küchenbeil und bat ihn, die Knochen kleinzuhacken. Grinsend klopfte er ihm auf die Schulter und sprach zu ihm. „Aber passe auf dein Finger auf, Junge", und zeigte ihm seine Hand, an der ein Stück vom Daumen fehlte.

Die zerhackten Knochen briet Runa in einer Pfanne über dem mit Holz geschürten Küchenofen scharf an. Löschte dies mit einem großzügigen Schuss Rotwein ab und gab die Masse dann in einen danebenstehenden großen schwarzen Kochtopf, in dem ein Sud aus Wasser und wiederum Gewürzmischung bestand.

Jonas bemerkte erst jetzt, dass an der Luke, über der der Rehbock gehangen hatte, eine kurze Angelrute befestigt war, an dessen

Haken, der mit einer Schnur ins Wasser reichte, ein kleiner Fisch zappelte. Runa erkannte Jonas' fragenden Blick und erklärte ihm: „Der Fisch ist im Grunde tot, auch wenn er noch zappelt. Wir legen unsere Angelhaken in Salz, bevor wir die Köderfische daran befestigen, und wenn wir dann den Haken durch das Rückenmark des Köderfisches spießen, löst das eine Zeitlang, durch das Salz, Reflexe beim Köderfisch aus und lässt ihn zappeln, obwohl er tot ist. Hechte holen sich nur Fische, die den Anschein haben, dass sie noch leben."

Kaum hatte Runa das Jonas erklärt, schoss wie ein Pfeil mit weit aufgerissenem Maul ein Hecht aus dem Schilf auf den Köderfisch zu. Packte ihn gekonnt breitseitig und drehte ihn gerade in seinem Maul, um ihn dann zu verschlingen. All das geschah, während der Hecht, nachdem er sich den Köderfisch geholt hatte, dabei war, wieder in sein Versteck im Schilf zu schwimmen. Blitzschnell war Runa an der Angelrute und setzte einen kräftigen Hieb an.

Der Angelhaken, der im Köderfisch versteckt war, bohrte sich tief in das Maul des Hechtes.

Mit aller Kraft wand sich und wehrte sich der Hecht gegen den Widerstand der Angelschnur. Ein aussichtsloser Todeskampf spielte sich da unten im Wasser für den Hecht ab.

Nach einigen Minuten erschlaffte immer mehr die Kraft des Hechtes, bis dahin, dass der Fisch fast regungslos auf der Seite im Wasser trieb. Jetzt konnte Runa mit einem Kescher, der neben der Angelrute lag, den Hecht aus dem Wasser holen. Noch einmal bäumte sich der Hecht mit seinen letzten Kräften auf, um dem, was kommen sollte, zu entrinnen. Es war zu spät, Runa schlug mit einem Totschläger aus Holz dem Hecht mit einem gezielten Schlag auf dem Kopf.

In Sekundenschnelle füllte sich sein rechtes Auge durch den Schlag auf den Kopf mit Blut. Die letzten Zuckungen wurden immer weniger, bis sich in seinen Augen ein trübes Licht einstellte und man erkennen konnte, dass das Leben nun aus dem Hecht geglitten war.

Runa schloss die Augen und senkte ihren Kopf, legte den Totschläger aus ihrer Hand. Jonas wusste, dass sie sich bei dem Hecht entschuldigte und gleichzeitig mit Respekt bedankte, für das Fleisch, was er ihnen gab.

Das Ritual dauerte einige Minuten, in denen Jonas dasselbe verspürte, über das er in Deutschland bei seiner Familie oder seinen Mitmenschen immer belächelt wurde. Wieder wurde ihm bewusst, dass er gar nicht verkehrt war. Und mit einem glücklichen Erstaunen erkannte er, dass er nicht alleine war auf dieser Welt. Hier gab es Menschen die ihm gleich-gesinnt waren.

Runa beendete ihr Ritual und kam aus der anderen Welt zurück, schnitt dem Hecht den Bauch auf und entnahm ihm die Innereien, die sie durch die Luke ins Wasser warf. Im Nu machten sich die kleinen Fische, die vorher vom Hecht gejagt und gefressen werden sollten, über seine Innereien her.

„So ist der Lauf der Dinge, fressen und gefressen werden", hörte Jonas Runa sagen.

Mit etwas Salz, einem Lorbeerblatt und einigen Wacholderbeeren schob Runa den Hecht in einem Römertopf in die Röhre des Küchenherdes, dessen Thermometer an der Glasscheibe über zweihundert Grad anzeigte. Runa und Jonas gingen zu ihrem Onkel, der vor der Hütte auf der Bank saß und sich bei einem Glas Rotwein und seiner Pfeife die Zeit vertrieb. Man konnte erkennen, dass Sönke in ein zufriedenes Leben, mit all seinen Höhen und Tiefen, zurückblickte, als er in die Ferne auf das Wasser und den Horizont, mit seinen schneebedeckten Berggipfeln, tiefversunken schaute.

Auch wenn er schwere Schicksalsschläge in seinem Leben hinnehmen musste, wie die Kriegszeiten oder den Verlust seiner geliebten Frau, und einige gefallene Kameraden, die er durch die Deutschen verloren hatte, konnte man in seinem Gesichtsausdruck erkennen, dass er die Tiefen seines Lebens im bedingungslosen Frieden mit allem hinnahm. Jonas wünschte sich, dieses auch eines Tages von sich sagen zu können.

Als ob Sönke Jonas' Gedanken lesen konnte, sprach er zu ihm, ohne seinen Blick in die Ferne zu nehmen: „Es ist ein langer langer Weg dorthin, der viele Entbehrungen von dir fordern wird. Eines musst du dir merken, verliere niemals den Glauben an die Schöpfung, denn die letzte Entscheidung treffen nicht wir, sondern das, von wo wir herkommen und wo wir eines Tages wieder hingehen werden."

Jonas erinnerte sich, dass er dies in einer gewissen Art schon mal gehört hatte. Es war der alte Mann im Zug, als er von Deutschland Richtung Norden fuhr. Plötzlich erinnerte er sich an die Steine, die der alte Mann ihm gegeben hatte. Er zog das Ledersäckchen aus seiner Hose, öffnete es und kippte die drei Steine in seine Hand. Er nahm sich den dritten Stein, der aus Granit mit einem Anteil von Rosenquarz bestand, und steckte die anderen zwei Steine wieder in das Säckchen, welches er dann in die Hosentasche schob.

Er erinnerte sich an die Worte des alten Mannes und ließ sie in seinen Gedanken wieder bewusst werden. ‚Den wirst du in Norwegen eines Tages finden …‘, aber, dachte sich Jonas, *ich hab ihn doch schon, den wunderschönen Stein, wie kann ich ihn dann finden?* Weiter holte er sich die Worte in seine Gedanken, die der alte Mann ihm zu jedem Stein erzählt hatte. ‚Er symbolisiert dir, dass du mit dem Menschen, den du in deiner Heimat verloren hast, im Herzen verschmolzen sein wirst bis zum Ende deines Daseins auf dieser Welt hier. Präge dir diese Steine gut ein so wirst du dich daran erinnern, dass ich bei dir war, als du von deiner Heimat auf der Flucht warst.

Wenn du alle drei Steine zusammen in die linke Hand nimmst, wirst du merken, dass es nur am Vertrauen liegt, egal, was dir begegnen wird.‘

Sönke und der alte Mann mussten eine Verbindung haben. Oder hatten wir alle Menschen eine gewisse Verbindung. Wie konnte Sönke das Gleiche zu ihm sagen wie der alte Mann. Und woher wussten sie, dass Jonas im Begriff war, sein eigenes, inneres Urvertrauen zu verlieren, es abhängig zu machen von der Zuneigung, Liebe und Achtung anderer Menschen zu ihm.

Manche Menschen haben mehr Urvertrauen als Unvertrautheit, deswegen ist der, der Zutrauen missbraucht, nicht weit teuflischer als der Teufel selbst?

Nachdem sie den Hecht im Römertopf aus dem Ofen genommen hatten und den Deckel öffneten, stieg ein wohlriechender Duft, gemischt aus Fischfleisch und Gewürzen, dampfend empor.

Gemeinsam aßen sie den Hecht mit einem von Sönke selbst gemachten Walnuss-Roggenbrot.

Dazu tranken sie einen dunkelroten, trockenen, jedoch leicht nach Rose schmeckenden Rotwein.

Schon der erste Schluck zeigte bei Jonas ein sich betörend ausbreitendes Gefühl, das sich vom Bauchraum durch sein Blutgefäß-System in den ganzen Körper auszubreiten schien.

Die Sonne war schon länger untergegangen, der Fisch vertilgt und die zweite Flasche Rotwein stand geöffnet auf dem Tisch, als am Horizont die Polarlichter am Himmel ihren Tanz aufführten.

„Wissenschaftlich", erzählte Sönke, „entstehen die Polarlichter durch, das Auftreffen geladener Teilchen aus der Magnetosphäre auf die Erdatmosphäre. Aber in Wirklichkeit", fuhr er fort, „ist für die Norweger dieses atemberaubende Himmelsspektakel ein magischer Tanz der Götter Asen. Ihr müsst wissen, die Asen sind kriegerische und herrschende Götter, wobei die Wanen als Fruchtbarkeitsgottheit bezeichnet werden. Je nachdem, was ein Mensch bei dem Wahrnehmen der Polarlichter erkennt, wird es sich in seinem Leben irgendwann widerspiegeln. Es ist abhängig davon, ob er darin die Asen oder die Wanen sieht. Bei den Asen befindet sich derjenige sozusagen im Kampf, wie im Gegenzug bei den Wanen er sich in der Fruchtbarkeit befindet. Natürlich kann sich das Ganze auch vermischen. Die Kunst besteht darin, offen dafür zu sein, es aufzunehmen und das, was man in diesem Moment des Betrachtens der Polarlichter empfindet, im Alltag mit einfließen zu lassen."

Jonas, der hellhörig ihm zugehört hatte, fügte hinzu: „Das heißt, du willst damit sagen, die Geister der Götter von den Polarlichtern können uns unterstützen, im Alltag wachsamer zu sein."

Nachdem Sönke den Schluck von seinem Rotwein, den er vorher im Mund von einer Backe zur anderen schob, in kleinen Schlucken runtergeschluckt hatte, sprach er zu Jonas: „Ihr Deutschen seid doch immer mehr im Kopf als im Herzen. Aber ich sehe auch, dass du eine Ausnahme bist. Du trägst dein Herz an der richtigen Stelle, und auf deine Aussage zurückzukommen, ja, du hast recht, nur ersetze das Wort UNTERSTÜTZEN in FÜHREN. So kommt es aus dem Herzen und nicht aus deinem Kopf", ergänzte er grinsend. Runa mischte sich in das Gespräch ein und teilte ihnen mit: „Es ist doch wie bei den Ureinwohnern Amerikas. Die Indianer haben einen engen energetischen Kontakt zu den Tieren. Wenn ihnen eine Eule begegnet, kann es bedeuten, dass derjenige auf Weisheit in den folgenden Tagen achten sollte. Oder wenn ihnen ein Rotkehlchen auf einer gewissen Ebene begegnet, heißt das so viel, wie ‚sei achtsam, eine Veränderung steht bevor.' Wenn dir ein Rehbock begegnet und du in einer Beziehungskrise steckst, kann es bedeuten ‚Achtung, ein Rivale drängt sich in dein Revier'."

Jonas haderte lange mit sich und überlegte immer wieder, ob er es hier an diesem Tisch aussprechen kann. Als Sönke ihn mit seinem ruhigen Blick anschaute und zu ihm sagte: „Du kannst uns vertrauen, ich weiß, es ist für dich ein schwerer Schritt. Und glaube mir, ich kann es gut verstehen, deine Bedenken und was dir widerfahren ist. Aber Jonas, das war in Deutschland. Du musst lernen, Altes beim Alten zu lassen. Stell dir vor, ich würde den Krieg mit den Deutschen hier mit an den Tisch nehmen."

Jonas verstand Sönke sehr gut und begann zu erzählen: „Schon als Kind spürte ich eine Verbindung zu den Tieren und Bäumen oder Pflanzen. Wenn ich mich nicht gutfühlte, ging ich ans Fenster oder in die Natur und suchte einen Vogel, zu dem ich Kontakt aufnahm. Ich sprach mit ihm und erzählte ihm meine Sorgen und bat ihn, zum Göttlichen zu fliegen, um meine Botschaft zwischen Himmel und Erde zu vermitteln. Kurz darauf flog der Vogel davon, als ob der meine Botschaft erhalten hatte und dorthin bringen wollte, wo auch immer das Göttliche sich befand. Immer wenn ich das gemacht hatte", setzte Jonas fort, „regelten sich meine Sorgen in den nächsten Tagen von selbst."

Sönke hob das Weinglas und sprach in Norwegisch, was so viel wie „also, du kannst kein Deutscher sein" hieß.

Runa wusch das Essbesteck und den Römertopf an dem Brunnen ab und verstaute die Sachen in der Hütte.

Mit schweren Beinen und einem leichten, beflügelten Gefühl machten sie sich durch den Felstunnel auf den Weg zurück zum Haus. Schwerfällig lief Sönke die Treppe hinauf, öffnete die Tür zu seinem Schlafgemach und ließ sie hinter sich ins Schloss fallen. Runa und Jonas öffneten ihr Schlafzimmerfenster und verkrochen sich ebenfalls unter ihren Decken im Bett. Eng aneinandergeschmiegt mit nackter Haut schliefen sie ein, während ihnen draußen aus dem Wald ein Kauz noch ein Lied sang.

„Der Herbst im Norden ist frühzeitiger dran als in Deutschland", stellte Jonas fest. Das leise Rauschen des Windes, der mit den Blättern spielte und gleichzeitig eine Melodie sang, wiegte ihn in einen immer tieferen Schlaf. Selbst die Eicheln, die von den Bäumen in verschiedenen Rhythmen, als sei es ihnen bestimmt, herunterfielen, schienen zusammen mit den Blättern, die sich durch den Wind von den Bäumen lösten und zu Boden fielen, eine bestimmte Symphonie zu ergeben.

Jonas wachte mitten in der Nacht auf. Er hatte wohl zu viel Rotwein erwischt, denn er verspürte ein großes Bedürfnis nach Wasser. Er drehte sich achtsam von Runa weg, deckte sie wieder zu und stand auf. Neben dem Waschtisch, an dem sie sich vor einigen Stunden frisch gemacht hatten, stand eine Karaffe mit Quellwasser. Am Boden der Karaffe befanden sich einige verschiedenfarbige Edelsteine, die durch das Wasser und den hereinscheinenden Vollmond ihre energetische Farbenpracht zeigten. Jonas entdeckte einen Rosenquarz sowie ein Tigerauge und einen Amethyst. Sönke hatte am Tag ihrer Anreise Runa die Karaffe mit dem Quellwasser und den darin befindlichen Steinen gegeben, als wusste er schon im Voraus, dass sie das Wasser benötigen würden.

Jonas wurde klar, dass die Energie des Amethysts gegen Ängste wirken, sowie der Rosenquarz das Herz öffnen sollte und das Tigerauge gegen Traurigkeit half. Wieder war er erstaunt und wusste, dass es kein Zufall war, dass Sönke genau diese Edelsteine in das Quellwasser getan hatte.

Er schenkte sich in das daneben stehende Glas etwas ein, ging zu dem offenen Fenster zu seiner linken Seite und nahm einen Schluck des kalten Wassers. Er realisierte, dass er es zulassen konnte, die energetische Wirkung des Quellwassers und der Edelsteine zu spüren, wie sie sich in jede einzelne Zelle seines Körpers ausbreitete.

Nichts blockierte ihn dabei. Dazu war er zu weit weg von denen, die ihn nicht so sein lassen konnten, wie er ist.

Der Vollmond schien mit seinen silber-grauen Schattierungen und ließ die Nacht zum Tag werden.
In unmittelbarer Nähe röhrte ein Hirsch. Sein Brunftschrei durchbrach die Stille der Nacht, aber schien zugleich dazuzugehören.

Jonas traute seinen Augen nicht, als er aus dem Wald den Hirsch heraustreten sah. Die Konturen seines gewaltigen Geweihs wiesen nach Jonas Schätzung einen Achtender aus. Mit weit aufgerissenem Äser und dampfenden Nüstern holte der Hirsch zum weiteren Brunftruf aus.

Das Röhren glich einem Donnerschlag und hallte im Echo durch die Berge.

Würde er auch einmal so einen Hirsch schießen dürfen, fragte er sich. Seinem Opa hörte er gerne zu, wenn dieser in seinem Herrenzimmer Jonas von der Jagd erzählte. Sein Urgroßvater mütterlicherseits war auch ein großer Jäger und hatte damals zu dessen Zeit einen Sechsender geschossen.

Jonas trank den letzten Schluck Quellwasser aus und kroch zurück zu Runa ins Bett.

Die Wochen vergingen wie im Flug und füllten die Tage mit vieler, guter und körperlicher Arbeit im Wald sowie auf dem Felde aus. Die Abende verbrachten sie bei einer üppigen Mahlzeit, bestehend aus frischem Fisch oder Wild, auf der Veranda oder vor der Holzhütte hinter dem Felsen, wenn sie mal wieder etwas räuchern mussten.

Der Herbst stand mit seiner Farbenpracht, die sich in den Laubbäumen und Lärchen widerspiegelte im vollen Gange. Manche Blätter schienen alle Farben in sich zu tragen. Es schien, als würde sich das saftige, frische, helle Grün der Blätter vom Beginn des Frühlings nach einem dunklen, schweren Grün den Sommer über, nun mit der verschiedenen Farbenpracht, bestehend aus Gelb, Orange,bis hin zum feurigen Rot und letztendlich in einem Farbton von Braun zu verabschieden. An den Blättern konnte man erkennen, dass der Baum sie nicht mehr mit Leben versorgte. Stückt für Stück ließ der Baum den Energiefluss, der durch den Stiel des Blattes in das verzweigte Adersystem floss, weniger werden. Die Farben in den Blättern symbolisierten das langsame Absterben, indem sich das Grün immer mehr zurückzog und in

Orange, Rot und Violett wechselte, bis hin zum Braunton. Das letzte Grün war an den Hauptadern des Blattes zu sehen, während der Wind mit seiner Kraft das eine oder andere Blatt vom Baum riss. Am Boden liegend, schenkte das Meer der Blätter der Natur mit der Sonne die letzten bunten Flächen, bevor der Winter einkehrte und mit seiner Schneedecke alles in Weiß hüllte.

Jonas' Opa, erzählte ihm einstmals, dass die Farbe Grün die Hoffnung symbolisier. Es ist die Farbe der ersten Blätter und Gräser in jedem kommenden Frühling und steht mit seiner Bedeutung für die Hoffnung auf bessere Zeiten nach einer harten Zeit des Winters. Für die Bauern ist es immer die Hoffnung auf eine reiche Ernte. Dagegen ist die Farbe Braun eine gebrochene Farbe, die sich aus den vielen vorigen, verabschiedenden Farben wie Rot, Orange oder Gelb entwickelt. Braun hat die Bedeutung der Erdverbundenheit, die sich widerspiegelt, indem die abgestorbenen Blätter mit ihrem Braunton am Erdboden zerfallen und wieder zur Erde werden. Braun erdet und verströmt Wärme und Bodenständigkeit, und in der Farbe Braun spiegelt sich aber auch die Mutter Erde.

Sein Opa erzählte ihm unter Tränen, dass in der Nazi-Diktatur die Farbe Braun die Staatsfarbe war. Und der eigentliche Ursprung der braunen Uniform aus der germanischen Mythologie stamme. Mit den braunen Uniformen wollten die sogenannten Braunhemden an die Berserker, was so viel wie Bärentöter bedeutete, erinnern und glaubten damit, außerhalb der Gesetze handeln zu dürfen. Da sie glaubten, das Gesetz selber zu verkörpern und das Recht des Tötens zu haben.

Das Sonnenlicht, welches um diese Jahreszeit kaum noch die Bergketten erreichen konnte, fand trotzdem immer wieder Lücken und Nischen, um die weiten Täler Norwegens und das Haus zu erreichen. Die röhrenden Brunftschreie der Hirsche mit dem Heulen der Wölfe, dominierten den Wald. Sie schleppten die letzten Baumstämme, die sie für Brennholz aus dem Wald gezogen hatten, hinter einen Holzschuppen, der sich neben dem Haus befand. Dem Pferd, welches sie für diese Arbeiten angespannt hatten, konnte man die Strapazen ansehen. Sein Fell, das nass war, dampfte, während es mit dem Vorderfuß immer wieder in den Boden stampfte, als wollte es sagen ‚für heute ist es genug‘.

Ein letztes Mal spannte sich die Stahlkette und das Gespann, das der Gaul dafür trug, schnürte sich tief in seinen Körper ein. Sönke dirigierte geschickt das Pferd mit bestimmten Kommandos, bis der Baumstamm neben den Schuppen gezogen war.

„Für heute machen wir Schluss!“, rief Sönke, „Runa, bring bitte das Pferd in den Stall und versorge es, damit wir noch rechtzeitig loskommen!“
Im Gegensatz zu Jonas verstand Runa ihren Onkel sofort, erlöste das Pferd von seinem Geschirr und brachte es in die Scheune, in der sie ihm Hafer und Wasser zum Saufen gab. Runa beantwortete Jonas’ fragenden Blick nicht, so, als ob sie ein kleines Geheimnis nicht preisgeben wollte.

Nachdem Runa und Jonas sich in ihrem Zimmer frisch gemacht hatten, gingen sie in die Küche zu Sönke. Auf dem Holztisch, der sich in der Mitte des Raumes befand, hatte Sönke ein kleines Abendessen vorbereitet. Einen Dachsschinken und sein selbst gebackenes Walnussbrot, sowie eine Flasche Eigenmarke Rotwein.

DER HIRSCH

Der Jäger spürt den Atem der Natur, ihr gleichmäßiger Pulsschlag und der Rhythmus der Natur, bringt den Jäger zur Einfachheit und Bodenständigkeit zurück und beschenkt ihn mit diesem Glück. Auch wenn es scheint, der Jäger sei der Feind des Tieres. Nur er kennt die mystische Verbundenheit mit ihnen, auch wenn der Kampf tödlich sein kann.

„Nun, mein lieber Jonas, da sich deine und Runas Zeit hier zum Ende neigt, möchte ich dir noch einen Wunsch erfüllen."

Sönke fuhr fort: „Aus deinen Erzählungen mit deinem Opa habe ich herausgehört, dass es ein großer Wunsch von dir wäre, einmal einen Hirsch zu schießen."

Jonas' Augen weiteten sich vor Erstaunen und sein Herz fing an, immer schneller zu schlagen, bis er das Gefühl hatte, es würde ihm aus dem Brustkorb springen.

„Ich habe dir hier auf die Ofenbank einige warme Sachen hingelegt", erklärte Sönke, „die Filzstiefel müssten deine Schuhgröße haben."

Jonas strahlte über alle Backen und wusste, dass dies eine besondere Achtung war, die Sönke ihm gegenüber aufbrachte.

„Runa, was meinst du. Sollen wir den Ansitz im Sumpfgebiet nehmen oder lieber den am Waldrand?"

„Ich denke, der im Sumpfgebiet ist besser für einen Abendansitz, weil die Hirsche gerne wegen der Mücken in der Suhle baden. Außerdem, vielleicht kommt ja auch noch meine Wildsau, die ich schon seit letztem Jahr versuche, zu erwischen", grinste Runa.

Runa erklärte Jonas, dass der Eber schätzungsweise hundertvierzig Kilogramm habe und seine Waffen an die zehn Zentimeter aus dem Kiefer ragen.

Sönke überreichte Jonas sein Gewehr und schnallte sich den Riemen, an dem ein Schlitten befestigt war, um die Schultern. Den grünen Rucksack aus Leinen, in dem sich Ferngläser und Taschenlampen befanden, trug Runa.

Mit einem wehmütigen Gefühl holte Jonas sich den Gedanken her, dass sie vor vier Monaten diesen Weg gekommen sind und dass sie in den nächsten Tagen diesen Weg wieder gehen werden, um diesen für ihn heimischen Ort verlassen zu müssen. Sie kreuzten die Stelle, an der Jonas das erste Mal Sönke traf, und erinnerte sich, wie warmherzig er ihn aufgenommen hatte, ohne von ihm irgendetwas gewusst zu haben. Kurz bevor die Serpentinen weiter den Berg hinauf den Weg bestimmten, bogen sie nach Süden in die Sümpfe ab.

Teilweise mussten sie über alte, von der Witterung glitschige Bretter, die über große Steine gelegt wurden, balancieren, um nicht in dem immer mehr werdenden morastigen Boden zu versinken. An manchen Stellen schulterte Sönke sich den Schlitten auf den Rücken, um sich mit den Händen an einem Stahlseil, welches in der Felswand verankert wurde, festzuhalten.

Als sie sich an einer weiteren Felswand entlanggehangelt hatten, hielt Runa, die voranlief, an, öffnete ihre Feldflasche und füllte sie mit dem Wasser, was aus einer Rinne vom Felsen kam.

Jonas fragte sich, wie sie jemals hier das Wild, was sie schießen würden, zurück zum Haus bekämen. Um kein Wild zu vergraulen, mussten sie so leise wie möglich zu dem Ansitz im Sumpf gelangen. So ließ er die Frage offen und vertraute Sönke, dass er eine Lösung dafür hatte.

Der Pfad, der sich durch einen dichten, sumpfigen Wald schlängelte, an dessen Seiten Rotbuchen standen, endete an einer Lichtung mitten im Wald, die eine Größe von gut zwei Fußballfeldern hatte.

Kleinere Birken und Pappeln sowie mannshohes Sumpfgras schenkten den Tieren auf dieser Fläche etwas Deckung. Nun sah Jonas inmitten der Freifläche einen Hochsitz stehen. Er schätzte die Höhe auf mindestens acht Meter. Die Kanzel schien von Weitem, als wäre sie eine kleine Hütte auf Pfählen. Aus der rechten Dachseite ragte sogar ein Kaminrohr heraus. Jetzt mussten sie nur noch über einen Holzsteg, der eine Länge von fünfzig Metern betrug, gehen, um über die Leiter zum Ansitz zu gelangen. Der Holzsteg war an beiden Seiten mit hohem Sumpfgras bewachsen, sodass die ankommenden Jäger ungesehen blieben.

Als sie über den Steg liefen, drehte sich Sönke zu Jonas um und deutete ihm auf seine Füße, womit er Jonas zeigte, wie er lautlos seine Füße auf dem Holz abrollen sollte.

Am Hochsitz endlich angekommen, hing Sönke an zwei bestehende Haken, die sich hinter der Leiter befanden, den Schlitten leise hin. Alles verlief ohne nur ein einziges Wort zu benutzen. Jeder wusste, was er zu tun hatte und wie wichtig es war, so unauffällig wie nur möglich in die Kanzel zu gelangen, um kein Tier zu erschrecken. Oben angekommen, wurde Jonas das Ausmaß des Ansitzes bewusst. Er hatte sich nicht aus der Ferne getäuscht, dass er einer kleinen Hütte auf Pfählen glich.

An der rechten Seite des Ansitzes befand sich ein kleiner Bullerofen, neben dem ein Korb mit kleineren Stücken Buchenholz lag.

Zu jeder Seite hin waren Fenster, die man nach oben hin leise öffnen konnte, indem sie einfach nach oben in die gewünschte Position gebracht wurden und dann von alleine einrasteten. Wenn sie wieder geschlossen werden sollten, hob man das Fenster leicht an und die Verriegelung löste sich von alleine, während das Fenster nach unten ging. So konnten sie das Wild bei geschlossenem Fenster ansprechen und es nur für einen Schuss öffnen. An der anderen Seite der Kanzel befand sich ein kleiner Tisch mit einer Bank. Vor jeder Fensterseite stand ein kleiner Hocker, der für den Schützen da war. Um die ganze Fensterreihe herum war ein Holzbrett so befestigt, dass der Schütze bequem sein Gewehr und sein Fernglas ablegen konnte.

Die Kanzel, welche schon mehr einer kleinen Hütte nachkam, wurde für längere Ansitze gebaut.

Runa verstaute den restlichen mitgenommenen Dachsschinken mit dem Wallnussbrot und der Flasche Rotwein in einer Kiste unter dem Tisch, zog ein kleines Päckchen Kaffee aus ihrer Jackentasche und füllte den Kaffee in einen Behälter, der sich auch in der Kiste unter dem Tisch befand. Nun nahm sie die Feldflasche, die sie beim Hinweg an der Felswand gefüllt hatte, goss das Wasser in einen alten Emailletopf und stellte ihn mit einem Deckel oben auf die Herdplatte des Bullerofens.

Auch hier, stellte Jonas fest, wurden gewisse Sachen immer erst aufgefüllt, bevor man etwas entnahm. Oder es wurden Dinge auf einem Zettel notiert, den man dann mit zurücknahm, um beim nächsten Ansitz nicht zu viel mitschleppen zu müssen. Es schien, als könnte Sönke Jonas' Gedanken lesen. Er erklärte ihm: „Weißt du, Jonas, manchmal, wenn im Winter hier ein unvorhersehbarer Blizzard kommt, ist für jedermann dies auch eine sogenannte Schutzhütte. Deswegen ist es so wichtig, egal an welchen Orten in Norwegen man sich aufhält, solchen Orten immer Proviant zu hinterlassen und, den man entwendet, wieder aufzufüllen. Am wichtigsten sind immer Streichhölzer, trockenes Holz und Verbandszeug."

Die Sonne, die sich immer mehr von diesem Tag zu verabschieden schien, ließ die Farbenpracht der noch restlichen Blätter an den Bäumen leuchten. In weiter Ferne konnte man an den hohen Berggipfeln den ersten frisch gefallenen Schnee sehen. So wie der Sommer sich dem Ende zuneigte und ein neuer Einbruchbruch des Winters, mit einem Zwischenspiel vom Herbst, schon an die Tür klopfte, breitete sich in Jonas eine immer größer werdende Unruhe bezüglich des Aufbruchs aus.

Als Jonas mit dem Fernglas aus dem Fenster in der vor ihm liegenden Waldkante nach Bewegung suchte, wurde die Stille des Augenblickes mit einem lauten Krachen durchbrochen. Dann stand er majestätisch am Waldrand. Als ob sie sich gesucht und gefunden hätten, blickten sich beide, Jonas und der Hirsch, an. Durch sein Fernglas konnte Jonas die Lichter des Hirschs so klar sehen, dass es den Anschein hatte, sie würden sich über die weite Entfernung trotz allem Auge um Auge tief in die Seele schauen. Der Hirsch holte tief Luft, sein Brustkorb blähte sich um das fast Doppelte auf, bevor er sein Äser weit aufriss und in Jonas' Richtung einen langgezogenen Brunftschrei aus seinem Maul brüllte, während er den Augenkontakt mit Jonas beibehielt.

Die warmen Herbsttage hat das Wild im Schatten der mächtigen Eichenwälder verschlafen. Jetzt, zum Abend hin, zieht es hinaus auf die Lichtung zum saftigen Gras. Von überall ertönt das urige Röhren der Hirsche.

Nun zog das Kahlwildrudel hinaus. Eifersüchtig bewachte der Platzhirsch, der den Augenkontakt zu Jonas nicht abwendete, sein Rudel. Er duldete in seinem Revier keinen Widersacher. Wehe dem, der doch herannahte, der wurde unerbittlich verjagt über die Lichtung. Das zehrte an seinen Kräften.

Vollgepumpt mit dem Hormon Testosteron war der Platzhirsch hoch aggressiv. Jonas beobachtete, wie er seine Aggression nun an einem Baumstamm ausließ, da kein Rivale in Sicht war.

Ein imposantes, beeindruckendes und einmaliges Erlebnis spielte sich vor Jonas' Augen ab.

Im Hintergrund hörte Jonas Sönke auf Norwegisch zu Runa sprechen: „Han fant sin hjort." Was so viel wie ‚er hat seinen Hirsch gefunden' hieß.

Runa, die sich hinter Jonas gestellt hatte, umarmte ihn liebevoll, indem sie ihre Arme um seine Taille schlang. Dann flüstere sie ihm ins Ohr: „Waidmannsheil, hol ihn dir, deinen Hirsch."

„Aber das ist ein Achtender, der Platzhirsch, Runa, den darf man nicht rausschießen." Sönke mischte sich in das Gespräch mit ein. „Du, Jonas, alleine entscheidest, spüre in dich rein, dann wirst du erkennen, was richtig ist."

Eine ewige Stille breitete sich in der Hütte auf den Pfählen aus. Jonas beobachtete mit seinem Fernglas weiter das Geschehen um den Hirsch herum. Er haderte mit sich, diesen kapitalen Hirsch zu erlegen. Ihr gemeinsamer Augenkontakt ließ es nicht zu, dass er schießen sollte.

Langsam, aber stetig, setzte der Hirsch sich in Bewegung und kam immer näher auf sie zu. Zwischendurch schaufelte er wutentbrannt sein Geweih durch das hohe Sumpfgras und riss dabei Grasbüschel mit heraus, die er dann mit einem kräftigen Schwung wegschleuderte. Dreißig Meter vor ihnen blieb er stehen, stellte sich mit seiner Breitseite zu ihnen hin und fing ganz friedlich an, mit seinem Rudel zu äsen.

Jonas setzte sich auf einen der Stühle vor dem Fenster, legte das Fernglas zur Seite, repetierte das Gewehr durch und schob somit eine Patrone in die Patronen-Kammer. Dann öffnete er leise das Fenster, positionierte das Gewehr so, dass der Gewehrlauf etwas aus dem Fenster ragte. Gleichzeitig legte er seinen rechten Ellenbogen gut ab, um keinesfalls schlecht abzukommen beim Schuss.

Als ob er noch nie etwas anderes gemacht hätte, stellte er sein Zielfernrohr auf den Hirsch ein.

Sönke und Runa standen stillschweigend hinter ihm und beobachten das Jagdfieber, das sich in Jonas immer mehr ausbreitete. Jonas entsicherte das Gewehr und stach den deutschen Stecher ein, der die Empfindlichkeit des Abzuges drastisch erhöhte, dass, wenn er den Abzug drücken würde, nur alleine durch die Berührung der Schuss ausgelöst werden sollte. Der Sinn bestand darin, dass dadurch der Schuss nicht verrissen wurde. Der Nachteil der Sache aber war, dass ab diesem Zeitpunkt die kleinste Bewegung am Gewehr oder das nur Berühren des Abzuges einen Schuss auslösen konnte. Jetzt hieß es für Jonas vollste Konzentration. Den rechten Daumen um den Pistolengriff des Gewehrkolbens und mit langem Zeigefinger vor dem Abzug, versuchte Jonas, seinen Atem immer gleichmäßiger werden zu lassen, bis er merkte, dass beim Ein- und Ausatmen, wenn er durchs Zielfernrohr schaute, keine Bewegung stattfand, er somit genau auf der gewünschten Stelle des Hirschs die Kugel platzieren konnte, hinters Blatt, ins Leben des Tieres.

Noch einmal blickten sie sich tief in die Augen. Als wüsste der Hirsch, was gleich mit ihm geschehen würde, hob der stolz das Haupt und ließ seinen letzten Brunftschrei in die Weiten schallen.

Ohne nur eine Sekunde sein Augenmerk vom Zielfernrohr zu nehmen, durch das er das Fadenkreuz auf den Hirsch richtete, näherte sich sein rechter Zeigefinger in Zeitlupe dem Auslöser.

Ein Krachen durchbarst die Stimmung der Natur, als Jonas den Abzug berührte. Die Kugel traf den Hirsch mitten ins Leben, in dem sich sein Herz und die Lunge befanden. Er sprang mit den Vorderläufen hoch und rannte mit gesenktem Haupt ziellos zwanzig Meter, bevor er stehen blieb. Sein Rudel, bestehend aus Kahlwild und Schmaltieren sowie Kälbern, blieb unberührt stehen und beobachtete das Geschehen um den Hirsch. Immer mehr fing er an, zu taumeln, bis er letztendlich in den Vorderläufen einsackte. Die Kraft des Lebens entwich aus ihm und er kippte auf die Seite. Ein letztes Mal hob er sein mächtiges Haupt mit seinem Geweih, bevor dieses nach vorne auf seine Vorderläufe knickte.

„Stag dod!", schrie Sönke, klopfte Jonas anerkennend auf die Schulter und fuhr in seinem gebrochenen Deutsch fort: „Ein sauberer Schuss, mitten in die Kammer. Waidmannsheil, so sagt man doch bei euch Deutschen." Sönke grinste Jonas an und umarmte ihn, als wäre es sein eigener Sohn.

„Waidmannsdank", brachte Jonas gerade noch raus, bevor ihn die Tränen überwältigten und er am ganzen Körper zitterte, als seine Anspannung, die er vor dem Schuss hatte, abfiel. Runa nahm ihn in den Arm und flüstere ihm zärtliche Worte ins Ohr.

Langsam ließ sein Zittern nach und er wischte sich die letzten Tränen mit dem Hemdärmel ab. Stück für Stück realisierte er, was in den letzten zehn Minuten geschehen war.

Sönke holte aus seiner Brusttasche einen Flachmann mit drei kleinen Edelstahlbechern. Er schenkte jedem den Becher voll, reichte erst dem Schützen eines, dann Runa und als Letztes nahm er sich einen mit selbst gebranntem Birnenschnaps gefüllten Becher, der nicht größer war als ein Wachtelei.

Sönke hob den Becher zum Himmel, rief „scoll" auf den Schützen. Dann fügte er noch hinzu: „und auf meine Freunde, Olsen und Jack." Dann kippte er den Schnaps in einem Zug runter.

Wie eine Feuerwalze rann der Birnenschnaps Jonas die Kehle hinunter und breitete in seinem Magen und Gedärmen ein wohliges Gefühl aus.

„Ich werde dir das Haupt präparieren, Jonas. Und wann immer du es haben willst, schicke ich es dir zu. Oder vielleicht kommst du ja noch mal hierher und holst es dir selber ab", hörte Jonas Sönke sagen. *Ich weiß nicht, wo ich hingehen werde, ich habe ja kein Zuhause mehr – nach Deutschland will ich nicht zurück*, dachte sich Jonas. Sönke fügte hinzu: „Nun gut, Jonas, ich werde ihm hier an meiner Trophäen-Wand einen guten Ehrenplatz geben, und wenn ich ihn anschaue, werde ich immer an unsere schöne gemeinsame Zeit denken, und ich bin mir sicher, eines Tages wirst du wissen, wo du hingehörst, und dann wird auch dein ganzer Stolz, deine Hirsch-Trophäe, den Weg zu dir finden."

As sie den Hirsch vor Ort aufgebrochen und zerwirkt hatten, wickelten sie die einzelnen Teile in die abgezogene Decke des Tieres. Danach verschnürten sie alles so, dass beim Heimtransport auf dem Schlitten keine Fliege an das Fleisch gelangen konnte.

Sönke und Runa zogen den beladenen Schlitten aus der morastigen Lichtung, während Jonas sich seine Trophäe über die Schultern legte.

Immer wieder versanken die Kufen des schwer beladenen Schlittens im Morast, bis sie endlich nach zwanzigminütigem, schweißtreibendem Marsch die Waldkante erreichten. Nach weiteren zehn Minuten, die sie quer durch moosbewachsenen Wald liefen, konnte man zwischen den Bäumen durch das Gehöft sehen. Es lag unterhalb von ihnen.

Nun verstand Jonas Sönkes Plan, wie er das erlegte Wild zum Gehöft bekommen wollte.

Alles war durchdacht, nichts überließ Sönke dem Zufall. Denn Jonas war nach der langen Zeit in der rauen Wildnis Norwegens sich dessen bewusst, dass man, wenn man hier etwas dem Zufall überließ, sehr schnell in Lebensgefahr kommen konnte.

KAPITEL 8

DER ABSCHIED

Heimweh ist, wenn man auf der Suche nach einem Ort ist, von dem man nicht mal weiß, ob er existiert. Ein Ort, wo das Herz erfüllt, der Körper geliebt und die Seele verstanden wir.

Am nächsten Morgen lag der Abschied in der Luft. Man konnte ihn förmlich spüren, wie er sich unter die Haut schlich. Für Jonas breitete sich ein immer größer werdendes beklemmendes Gefühl aus. Es schien, als würde er die warmherzige Geborgenheit verlieren, ohne dass er irgendetwas dagegen tun konnte. Auch wenn sich der Abschied

ähnlich anfühlte wie in dem Moment, als er das letzte Mal die Internatstür ins Schloss fallen ließ, wusste er, dass dieser Abschied kein Abschied für immer war. Es fühlte sich an, als könnte er schon die Glückseligkeit in der Zukunft spüren, wenn er wieder mit Runa vereint sein würde.

Sie verabschiedeten sich von Sönke und gingen mit ihren geschulterten Seesäcken den Flurweg hinauf, in Richtung des Waldes, aus dem sie vor Wochen gekommen waren. Ein letztes Mal drehten sie sich zu Sönke, der auf seiner Bank vor dem Haus saß, und hoben die Hand zum Abschied. Dann verschluckte sie der Wald Norwegens.

Der Mensch wird niemals gefragt, wann es ihm recht ist, Abschied zu nehmen. Abschied von Menschen, Gewohnheiten und sich selbst. Irgendwann plötzlich, von einer Sekunde auf die andere, heißt es, dass der Mensch damit umgehen muss, ihn aushalten, annehmen und loslassen, diesen Abschied.

Nach zwei strammen Tagesmärschen, in denen Runa und Jonas wenig sprachen, kamen sie in Bergen an. Beide waren in ihre Gedanken versunken, wussten, dass der Abschied zwischen ihnen immer näherrückte und sie ihn nicht aufhalten konnten. Auch wenn ihre Beziehung, die sie zueinander in den letzten Wochen gefunden hatten, aus reiner Liebe und Verständnis zum Gegenüber bestand, diese für ein Leben lang bestimmt sei, war ihnen klar, dass sie diesen Abschied zulassen mussten, um sich eines Tages auf einer Ebene zu treffen, die sie zu einer Seele zusammenschweißen würde. Das machte den Schmerz nicht leichter.

Sie mieteten sich in einem Hotel ein, das sich direkt am Hafen befand, mit Fensterblick aufs Meer.

Es war Sönkes Wunsch, dass sie die letzte gemeinsame Nacht in diesem Hotel verbringen sollten. Er meinte, es wäre sein Geschenk für Jonas, für seine gute und harte Arbeit auf dem Hof.

Für Jonas war Sönke der erste Mensch, der seine Qualitäten schätzte und seine Schwächen stützte. Natürlich abgesehen von Runa, die ihn zusätzlich liebte.

In dieser Nacht lagen beide eng umschlungen zusammen, so, als wollten sie damit verhindern, jemals auseinandergehen zu müssen.

Doch am nächsten Morgen holte sie die Realität wieder ein und der Lauf des Lebens war nicht zu stoppen. Immer mehr schien es Jonas schmerzlich zu zerreißen.

Der Unterschied zu der Trennung von Deutschland, seiner Familie und der Lehrerin bestand darin, dass eigentlich weder er noch Runa die Trennung herbeisehnte, diese aber für sie unaufhaltsam war. Deutschland den Rücken zu kehren, war seine Entscheidung, und je mehr er sich distanzierte, desto schmerzfreier fühlte er sich. Bei Runa und Sönke war es genau das Gegenteil.

Es schien, als würde er in eine Bodenlosigkeit stürzen, obwohl er wusste, dass diese nicht für immer sein und dass er Runa wiedersehen würde, war die Zeitspanne, bis sie sich wiederträfen, unerträglich für ihn.

Im Gegensatz zu der Zeit, als sie auf Sönkes Hof waren und die Zeit stillzustehen schien, fühlte es sich für ihn im Moment an wie ein Zeitraffer, der immer schneller tickte. Da war der Augenblick gekommen, als sie sich gegenüberstanden vor dem Eingangsbereich, in dem Runa in wenigen Minuten das Schiff betreten musste, für ihre Fahrt zurück.

Ein letztes Mal umarmten sie sich und küssten sich sanft. Runa flüsterte Jonas ins Ohr: „Ich weiß, dass wir uns jetzt trennen müssen, sowie ich weiß, dass wir uns wiedertreffen werden, und es wichtig für uns ist, vertraue mir. Ich weiß, wir werden wieder zusammenkommen. Aber du musst erst deinen Weg zu Ende gehen und das Alte loswerden, bevor wir etwas Neues gründen können. Ich liebe dich und ich glaube fest daran, Jonas."

Dann löste sie sich aus seinen Armen, drehte sich um und ging den Landgang zum Schiff hinauf.

Jonas stand wie versteinert da, als hätte er noch bis zur letzten Sekunde daran geglaubt, dass dieser Moment nicht eintreten würde. Er war sich jedoch auch bewusst, dass er Runa vertrauen konnte. Im Gegensatz zu Sofia, spürte er diesmal, dass die Worte, die Runa zu ihm sagte, wahr sein könnten, wenn er sein Herz offen ließ und nicht in die Härte ginge, wie damals bei seiner Mutter oder Sofia.

Jonas beobachtete das Schiff, wie es immer weiter aus dem Hafen fuhr, bis es letztendlich am Horizont vom Meer verschlugen wurde. Er rückte seinen ledernen Seesack zurecht und machte sich auf den Weg zum Bahnhof, um seinen Zug nach Hamburg zu erwischen.

Manchmal muss man einen weiten, tiefen Schritt in seine Vergangenheit wagen, um mit neuer Kraft in die Zukunft gehen zu können.

Jonas hatte im letzten Moment noch seinen Zug erwischt und war gerade dabei, seinen Seesack auf einer der Ablagen oberhalb der Sitzplätze zu verstauen, als sich die Waggons in Bewegung setzten.

Das Ächzen und Quietschen der einzelnen Räder auf den Schienen ließ ihn in die Vergangenheit schweifen, als er vor einigen Monaten mit dem Zug aus Deutschland flüchtete.

Damals hatte er zwar kein bestimmtes Ziel, jedoch wurde er innerlich Stück für Stück immer leichter, je weiter er sich von Deutschland distanzierte. Jetzt, wo er wusste, in welche Richtung es ihn verschlug, spürte er trotzdem ein Unbehagen. Zum einen, weil er den Ort und die Menschen verlassen musste, die ihm ein Gefühl von einem Zuhause schenkten, und zum anderen, weil er für eine kurze Weile nach Deutschland zurückkehren musste, da sein Schiff nach Kanada von Hamburg aus abfuhr. *Was wäre, wenn meine Familie mich als vermisst gemeldet hätte oder mich jemand in Hamburg, trotzdem ich fünfhundert Kilometer von meinem Heimatort noch entfernt bin, erkennen würde*, ging ihm durch den Kopf. Der Zug fuhr über Oslo Richtung Malmö in Schweden. Die felsige Landschaft Norwegens mit ihrer wunderschönen verschiedenen Fauna, die aus bedeckten Moosflächen und Farnen, gemischt mit dem weiß blühenden Wollgras, dessen Blüten sich an einen langen Stängel säumten, wurde durch steil herabstürzende Wasserfälle, die aus Hunderten von Metern über Felswände sich einen Weg durch die Felswände in den Jahrtausenden von Jahren gearbeitet hatten, durchbrochen. Als sich der Zug immer mehr Schweden näherte, wurde die schroffe Landschaft flacher. Durch dichte, unendliche Kiefernwälder, die immer wieder von morastigen Seen unterbrochen wurden, schlängelte sich nun der Zug, bis die Landschaft, so weit das Auge schauen konnte, im Wechsel von Getreide- und Rapsfeldern gesäumt wurde.

Jonas hatte das Gefühl, dass der Zug von den Klippen Schwedens ins Meer rasen würde. Von einer Sekunde auf die andere wechselte das Bild von den Feldern in ein Bild des unendlichen Meeres vor den Augen von Jonas. Das dumpfe Geräusch der Schienen am Festland wechselte sich ab mit einem donnernden, hohlen rhythmischen Schlagen der Waggonräder, als sie über die Öresundbrücke fuhren.

Sie bildete mit dem Drogdentunnel und der künstlichen Insel Peberholm die Verbindung zwischen der dänischen Hauptstadt Kopenhagen und Malmö in Schweden. Sie wurde auch die längste Schrägseilbrücke oder Doppelstockbrücke genannt, die für einen kombinierten Straßen- und Eisenbahnverkehr gebaut wurde. Ihre Gesamtlänge von siebentausendachthundertfünfundvierzig Metern und einer Höhe von vierhundertneunzig Metern, mit ihren Pylone, die zweihundert und sechs Meter aus dem Meer ragten, ließen einen nur ahnen, welcher menschliche Kraftaufwand und welch Wissen für diesen Bau der Brücke erforderlich gewesen sein mussten.

Unaufhaltsam donnerte der Zug über die gewaltige Brücke, während sich die Landschaft, gezeichnet von hohen Bergen und tiefen Tälern Norwegens, die endlosen Wälder Schwedens, in eine Dünenlandschaft Dänemarks veränderte. Irgendwo dort draußen im Meer fuhr Runa mit dem Schiff nach Oslo zurück. Jonas zerriss es innerlich, bei dem Gedanken, nicht bei ihr sein zu können.

Wieder musste er einen Menschen, den er in sein Herz gelassen hatte, ziehen lassen. Obwohl er wusste, dass es diesmal nicht für unendlich sein musste, fühlte es sich an, als würde der Schmerz sich wie ein Messer durch sein Herz bohren.

Der Blick aufs unendliche Meer mit der immer wiederkehrenden Frage, warum er wieder einen Menschen ziehen lassen musste, ließ Jonas' Augenlider immer schwerer werden, bis er es aufgab, dagegen anzukämpfen, und einschlief.

Manche Träume, die wir im Leben durchleben, sind keine Träume, sie lassen uns vielmehr in eine andere Dimension gelangen, wenn wir bereit sind, hinter die Kulissen des Lebens zu blicken.

Jonas stand auf einem Berggipfel und blickte in das Tal, das vor ihm lag. Die Sonne brannte unbarmherzig auf ihn herab. In seiner Feldflasche befand sich kein Tropfen Wasser mehr und selbst in seinem Mund konnte er keinen Speichel mehr finden, den er hätte runterschlucken können, um seinen Durst zu löschen. Er knickte in den Kniekehlen ein, fiel hart zu Boden und verlor das Gleichgewicht, während er sich mehrere Male überschlug, als er den Hang hinunterrollte. Krampfhaft versuchte er, sich mit seinen Händen immer wieder in den Grasbüscheln festzuhalten. Aber jedes Mal, wenn er einen Halt gefunden hatte, riss er durch die immer schneller werdende Geschwindigkeit die Grasbüschel heraus und rollte weiter den Hang hinab, direkt auf eine Felskante zu. Todespanik breitete sich in ihm aus. Dann schlug er mit seinem Hinterkopf auf einem Felsbrocken auf und verlor das Bewusstsein, als sein Körper schwerelos durch die Luft flog und er zerschunden und blutüberströmt über die Felskante glitt. Schwerelos flog sein Körper durch die Luft, vorbei an der senkrechten Felswand immer tiefer ins Tal.

Von irgendwoher aus einer unendlichen Weite hörte er eine Stimme, die ihm etwas zurief.

„Verliere die Angst und du kannst fliegen, du kannst alles schaffen, wenn du daran glaubst!"
Immer wieder rief ihm die Stimme diese Worte zu. Und mit jedem Mal kamen sie ihm mehr ins Bewusstsein.

Er riss seine Augen auf und sah unter sich den Abgrund immer näher kommen. Er wollte schreien, aber bekam keine einzige Silbe heraus. Er wusste, es würde sich nur noch um einige Sekunden handeln, bis sein zerschundener Körper auf dem felsigen Untergrund aufschlagen musste.

Ihm wurde klar, dass er an dieser Situation nichts mehr ändern konnte, und gab sich dem Gedanken hin, zu sterben. Wie eine Seifenblase, die platzt, löste sich die Todespanik auf und er fand Gefallen an dem Gefühl, frei und schwerelos zu schweben, stellte sich vor, zu fliegen. Als er seine Augen wieder öffnete, bemerkte er, dass der Abgrund sich immer mehr von ihm distanzierte.

Jonas wurde aus seinem Traum herausgerissen, als der alte Mann ihm seine Hand sachte auf die Schulte legte. „Du hast es geschafft, Jonas, du hast deine Angst diesmal besiegt." Jonas schaute verwundert von seinem Platz zu dem alten Mann hinüber, den er aus dem Zug kannte, als er von Deutschland flüchtete. „Was ist gerade passiert?", fragte Jonas. „Ich wollte schauen, was du aus Norwegen für Erfahrungen mitgebracht hast, deswegen habe ich dich in deinem Schlaf in einen Traum versetzt. Aber wie ich sehe, hast du deine Ängste gut verarbeitet und hast gelernt, mehr an dich zu glauben und dir zu vertrauen. Ich bin sehr stolz auf dich, zu sehen, dass du gelernt hast, dein Herz offen zu lassen und dich mehr zu lieben.

Nun bist du bereit für die Reise nach Kanada, aber bitte vergiss nicht den Stein, den ich dir dafür mitgegeben habe, und denke immer daran, er zeigt dir deinen Weg."

„Ihren Pass, bitte", wurde er von einer anderen Stimme aufgefordert. Erst jetzt merkte Jonas, dass er geträumt haben musste. Oder war es gar kein Traum?

Er öffnete seine Augen, kramte verdutzt in seiner Jackentasche nach seinen Pass und gab diesen dem Grenzbeamten.
    Jonas' Sorgen, dass er gesucht werden würde, waren ganz umsonst gewesen. Der Grenzbeamte gab nach einem flüchtigen Blick Jonas seinen Pass wieder und wünschte ihm eine gute Heimreise.

Nun wurde Jonas bewusst, dass seine Eltern ihn immer noch nicht als vermisst gemeldet hatten. Es schien, als wäre es ihnen nicht nur egal, dass er verschwunden war. Vielmehr verstand er nun, dass er ihren Vorstellungen nicht entsprach und sie als Eltern wohl dachten, ihren guten Ruf zu verlieren, wenn es herauskäme, dass ihr Sohn, der in ihren Augen schon immer ein Problem-Kind war, auch noch vom Internat und von zu Hause abgehauen ist.

Der Zug fuhr unaufhaltsam über die dänisch-deutsche Grenze und nichts hatte sich für Jonas geändert. Er lehnte sich entspannt etwas in den Sitz und atmete einen tiefen Atemzug ein. Nun konnte er beruhigter in Richtung Hamburg blicken.

EIN ANDERER BLICK AUF DEUTSCHLAND

Je mehr du dein Herz offen lässt, deine aufgebauten Mauern zum Einstürzen bringst und deine Grenzen bewahrst, je mehr wird sich eine vertrauensvolle Welt um dich bilden.

Als Jonas den Zug im Hamburger Hauptbahnhof verließ, fühlte er sich sehr fremd. Er identifizierte sich nicht mehr mit Deutschland und wäre am liebsten wieder umgedreht, um nach Norwegen zurückzufahren.

Er ging in die Vorhalle des Bahnhofes, in der sich die Telefonzellen befanden, kramte aus seinem Geldbeutel einen Zettel heraus und wählte die Nummer, die ihm Sönke gab.

Kurz darauf meldete sich auf der anderen Seite eine Stimme. „Olsen?" Jonas zögerte einen Moment, zu antworten. „Hallo, hier ist Olsen", wiederholte die Stimme in der Leitung.

Jonas fasste all seinen Mut zusammen: „Ja, hallo, hier ist Jonas." Gerade als Jonas weitersprechen wollte, wurde er von Olsen unterbrochen. „Hallo, Jonas, wir haben dich schon erwartet, Sönke hat uns schon informiert, dass du dich heute melden würdest. Wo bist du?"

„Ich bin gerade am Hamburger Bahnhof angekommen …" Olsen unterbrach Jonas wieder:

„O. k., Jonas, warte einfach vor der Eingangstür ich bin in zwanzig Minuten da und hole dich ab. Bin schon sozusagen auf dem

Weg", ergänzte er, etwas lachend, und legte auf, ohne Jonas'
Antwort abzuwarten.

Nachdenklich legte er den Hörer auf und begab sich vor die Eingangstür des Bahnhofes. Er tastete nach dem Kalkstein in seiner
Hosentasche, den der alte Mann ihm gegeben hatte:
„… Wenn du nicht bereit bist, dein Herz offen zu lassen und
deine Mauern wieder hochziehen wirst, dann wirst du einen
wichtigen Menschen für deinen Lebensweg verlieren …"

Er schüttelte sich, so als wolle er den Gedanken des Zweifelns an
dem Guten in Olsen abschütteln.

„Alles wird gut, Sönke wird mir keinen schlechten Menschen
schicken, zu dem ich Kontakt aufnehmen soll, um nach Kanada zu gelangen", redete Jonas halblaut vor sich hin, während er
dabei war, die Eingangstür vom Bahnhof hinter sich zu lassen.

Ein lautes, tuckerndes Motorradgeräusch, weckte Jonas' Aufmerksamkeit, als es direkt auf ihn zufuhr.
    Ein älterer Mann, im Alter von Sönke, saß auf dem Motorrad
und winkte Jonas zu. Jonas erkannte sofort, dass es sich hierbei
um ein altes Wehrmachtsgespann von der Firma BMW handelte,
welches einen zugeschalteten Beiwagen mit dranhatte.
    Mit einem Grinsen im Gesicht brachte Olsen das Gespann
zum Halten und schwang sich leichtfüßig vom Motorrad, ging
auf Jonas zu und umarmte ihn herzlichst. Jonas, der anfangs etwas zögerlich war, überwand seine zurückhaltende Art und ließ
das vergessene Gefühl der Herzlichkeit zu.

„Nun komm, mein Junge, lass uns nach Hause fahren, morgen
müssen wir früh auf, um aufs Schiff zu kommen." Dann reichte er Jonas einen zweiten Helm und erklärte ihm, wie er sich
im Beiwagen zu verhalten habe, wenn sie in eine Kurve fahren
würden. Olsen gab Jonas das Gefühl, als würden sie sich schon
seit Urzeiten kennen.

Er strahlte für ihn den gleichen Charakter wie Sönke aus, offenherzig und vertrauensvoll.

Jonas hatte das Gefühl, mit seinem Hintern auf dem Asphalt zu sitzen, so tief lag der Beiwagen.

Jedoch machte es ihm einen Heidenspaß, wie Olsen die Maschine in einem rasenden Tempo durch die Straßen Hamburgs manövrierte, während er immer wieder das eine oder andere Auto überholte.

Sie fuhren aus Hamburg raus und gelangten in eine ländliche Gegend, die durch alte Eichenwälder gesäumt wurde. Immer wieder passierten sie die typischen Baumalleen des Nordens.

Früher galten sie den Menschen als Schutz vor Regen und Wind oder als Bodenstabilität, die durch die Wurzeln entstand. Auch boten sie früher den Pferdegespannen Schatten auf der Straße für die Ausdauer der Pferde. Im Winter boten die Baumstämme Orientierungshilfe und hatten somit die Wegfindung vereinfacht.

Jonas wusste von den Erzählungen seines Großvaters, dass im neunzehnten Jahrhundert die Alleen als Zeichen von Reichtum und Besitz galten. Sein Opa erzählte oft von der mächtigen Zufahrt ihres Guts in Pommern zu den Herrschaftshäusern, die mit mächtigen Eichen gesäumt war.

Sie verließen die Hauptstraße und bogen auf eine geschotterte Straße ab, die sie durch eine blühende Heidelandschaft, entlang eines Sees, brachte, bis sie letztendlich vor einem großen eisernen Tor standen. Auf den aus Sandstein gebauten Säulen, die die schweren Tore mit ihren geschwungenen Verzierungen hielten, standen jeweils zwei aus Eisen geformte Wappen. Das Grundstück wurde durch die Sandstein-Mauer, die von den Säulen ausging und ins Unendliche zu reichen schien, eingegrenzt.

Nachdem sie das Tor passiert hatten, fuhren sie noch eine Weile durch einen wunderschön angelegten Garten. Jonas konnte sich gut vorstellen, wie es hier im Frühling ausschauen musste, wenn alles anfing, aus seinem Winterschlaf zu erwachen. Ein Meer von Blütenpracht, aus jeglicher erdenklicher Farbenmischung, würde diesen Garten zum neuen Leben erwecken, wenn der harte Winter weichen müsse.

Olsen parkte sein altes Wehrmachtsgespann in einem dafür vorgesehenen, großräumigen Unterstand, der mit dem Haus verbunden war.

Als sie das Haus betraten, staunte Jonas über die vielen Trophäen, welche sich entlang des Treppenaufgangs an der Wand befanden. *Wie bei Sönke*, dachte sich Jonas, *nur dass das ganze Haus und der Garten einen deutsch-norwegischen Stil haben.* Olsen zeigte ihm sein Zimmer für die Nacht und ließ ihn dann wissen, dass er ihn im Wohnzimmer erwarten würde.

Jonas klopfte an der Wohnzimmertür, die offen stand. „Komm rein und setz dich", hörte er Olsen sagen, der mit einem Glas Rotwein vor dem Kamin saß. „Darf ich dir auch was einschenken?" „Ja, gerne, ich sehe, du trinkst genauso wie Sönke einen dunklen, schweren Rotwein. Das trifft sich gut, den bevorzuge ich auch."

Sie saßen beide vor dem prasselnden Feuer, als Olsen sich ein Zigarillo in den Mund steckte und Jonas die Holzschachtel rüberreichte. Während sie ihre Zigarillo und den Wein genossen, sprachen sie anfangs nicht viel. Olsen war sehr behutsam Jonas gegenüber. Er vertraute seinem Freund Sönke und musste deswegen von Jonas nicht erfahren, warum er nach Kanada illegal überschiffen wollte.

„Woher kennst du Sönke eigentlich?" „Ich war neunzehnhundertachtunddreißig in Norwegen stationiert. Wir hatten eine Offensive gegen die Widerstandskämpfer Norwegens auszuführen, bei der ich als Sanitäter und Dolmetscher eingezogen wurde. Ich war nicht bereit, Menschen in diesem sinnlosen Krieg umzubringen, und da ich vor dem Krieg Medizin studiert hatte, nutzte ich den Vorteil. Hinzu kam, dass meine Eltern norwegische Abstammung hatten und ich somit zweisprachig aufwuchs. Meine Kompanie und ich waren in ein heftiges Gefecht mit den Rebellen gekommen. Wir hatten hohe Verluste auf beiden Seiten. Als der Rest meiner Truppe auf dem Rückzug war, wurde ich verwundet. Ich bekam einen Querschläger in den rechten Oberschenkel, der meine Hauptschlagader verletzte. Ich stellte mich tot, da ich wusste, dass meine Truppe keine Chance hatte, wenn sie sich um mich kümmern würden. So wurde ich zurückgelassen.

Kurz bevor es dunkel wurde, fanden mich die Rebellen. Einer der Männer wollte mich erschießen. Er hielt mir seine Walther P38 an die Stirn, während ich verwundet im Dreck lag. Wie aus dem Nichts tauchte Sönke auf und schrie den Mann auf Norwegisch an, er solle die Waffe wieder runternehmen. Wutentbrannt folgte der Mann den Anweisungen, aber verpasste mir noch schnell einen heftigen Hieb mit dem Pistolengriff auf meine Schläfe, sodass ich das Bewusstsein verlor.

Sönke hatte mir damals das Leben gerettet. Da ich sehr viel Blut verloren hatte durch den Querschläger, wachte ich erst Tage später wieder auf. Als ich zu mir kam, saß ein hübsches Mädchen an meinem Bett, mit hellblauen Augen und blondem langem Haar, welches sie zu einem Dutt, wie es für die norwegischen Frauen typisch war, zusammengeflochten hatte. In jener Sekunde hatte ich mich unsterblich in meine heutige Frau verliebt."

Olsen legte eine lange Pause ein, in der er sehr nachdenklich in die Glut des Feuers schaute, bevor er weitererzählte.

„Du musst wissen, sie pflegte mich mit so viel Hingabe und Liebe, dass ich gar nicht sterben konnte. Nachdem ich nach vier Wochen wieder zu Kräften gekommen war und mit Malin im

Garten einen kleinen Spaziergang machte, kam Sönke dazu. Ich erkannte ihn sofort an seinen markanten Gesichtszügen."

„Hattest du keine Angst, dass sie dich doch noch töten würden oder vielleicht erst foltern, um etwas aus dir herauszubekommen?", unterbrach ihn Jonas.
„Anfangs schon, Jonas, aber nachdem ich mit Sönke dann dieses Gespräch geführt hatte, wusste ich, dass ich nichts zu befürchten hatte."

„Seine Absicht war es nicht, mich vor seinem Kameraden zu beschützen, der mich erschießen wollte, um später mich auszuspionieren. Er vertrat die Meinung, dass ein Sanitäter, der keine Waffe trug, nicht mit der Absicht in den Krieg ziehen würde, um zu töten.

Nun kennst du meine Geschichte, wie ich Sönke kennengelernt habe und seine Schwester meine Frau wurde."

Olsen stand gedankenversunken auf. „Ich werde jetzt ins Bett gehen, wir haben morgen einen anstrengenden Tag vor uns. Du kannst dir gerne noch den restlichen Wein nehmen, Jonas." Dann verschwand er aus dem Kaminzimmer. Jedoch kurz bevor er aus dem Raum ging, hörte Jonas, wie er zu ihm sagte: „Wir werden auf dem Schiff noch genug Zeit finden, um unser Gespräch weiterzuführen, und wenn du möchtest, kannst du mir dann deine Geschichte auch erzählen." Und er fügte mit einem Lächeln hinzu: „Wenn ich dich schon als blinden Passagier mitnehmen darf."

Der Hafen, den sie am nächsten Morgen erreichten, wurde noch von der Dunkelheit umhüllt. Olsens Frachtschiff, das eine Anzahl von zwanzig Fuß Container laden konnte, lag im Pier acht G.
Das Schiff hatte eine Länge von zweihundertsechsundneunzig Metern und wurde von Schweröl betriebenen Zweitackt-Kreuzkopfmotor mit vierzehn Zylindern und einer Gesamtleistung von

achtzigtausend KW angetrieben. Es konnte sowohl Container, als auch Autos mit Passagieren befördern.

Als sie die Kapitänskajüte betraten, zeigte Olsen Jonas, wo er schlafen konnte.

„Wenn dich jemand anspricht oder fragt, wer du bist, dann gib dich bitte als meinen Neffen aus, alles andere erledige ich, falls es nötig wird. Sei so gut und bleib jetzt erst mal in meiner Kajüte, bis ich von der Kommandobrücke wieder zurückkomme. Ansonsten, Jonas, fühle dich wie zu Hause, das wird die nächsten siebzehn Tage hier unser Reich sein."

Kurz nachdem Olsen die Kajüte verlassen hatte, machte es sich Jonas in dem ledernen Ohrensessel bequem, der vor einem Bullauge stand. Seine Füße streckte er auf dem sich davor befindlichen Hocker aus.

Mit seinen drei Steinen in der Hand, die er vorher aus seiner Hosentasche gekramt hatte, schlief er nach kurzer Zeit vor Müdigkeit ein. Sein letzter Gedanke, bevor er ganz in seine Traumwelt verschwand, war … Vertrauen.

Jonas wurde durch ein heftiges Schaukeln aus seinem Tiefschlaf geweckt. Als er seine Augen öffnete und verschlafen aus dem Bullauge schaute, sah er das weite Meer, auf dem sich immer wieder hohe Schaumkronen neu bildeten, nachdem die Wellen in sich zusammenbrachen. Im selben Moment ging die Kajütentür auf und Olsen trat ein.

„Ausgeschlafen, Junge? Ich wollte dich vorhin, als ich schon mal da war, nicht wecken." Er schaute auf seine Armbanduhr und fuhr fort: „Wir sind schon seit fünf Stunden unterwegs und fahren auf eine Schlecht-Wetter-Front zu – wird etwas starken Seegang geben."

Jemand klopfte an der Tür. „Herein!", rief Olsen, der sich in der Zwischenzeit in einem Zimmer nebenan umkleidete.

Der Koch, der ein Tablett in den Armen hielt, trat ein und wartete auf weitere Anweisungen von seinem Kapitän.

„Jonas, sei so gut und nimm dem Koch das Tablett mit unserem Essen ab und stelle es auf den Kirschbaumtisch vor dir!"

Mit den Worten „Guten Appetit und eine ruhige Nacht, wünsche ich ihnen und ihrem Neffen", verabschiedete sich der Koch und verließ die Kapitänskajüte.

Olsen kam mit einer Flasche Rotwein zurück und setzte sich zu Jonas an den Tisch. Dann tranken sie den dunkelroten, nach Rosen schmeckenden Rotwein und aßen dazu die vorbereitete Brotzeit vom Koch.

„Nun, Jonas, was bewegt dich dazu, nach Kanada zu gehen?" Jonas erzählte ihm vom Internat und seinen Eltern, wie er Runa und Sönke kennenlernte, aber verschwieg ihm die verloren gedachte Liebe zu Sofie.

Nachdem Jonas ihm alles erzählt hatte und sich Olsen zufriedengab, stand er auf, zeigte Jonas sein Bett und zog sich mit seinem restlichen Wein im Glas in sein separates Zimmer zurück.

Jonas, dessen Beine vom Wein eine Schwere bekommen hatten, legte sich ebenfalls in sein Bett.

Am nächsten Morgen wurde Jonas, wie er es so liebte, von einem frischen Kaffeeduft geweckt.

Olsen saß schon am Tisch vor dem Bullauge und frühstückte, als Jonas in das Vorzimmer kam, in dem sie am Abend zuvor ihre Brotzeit zu sich genommen hatten. „Guten Morgen, Junge, gut geschlafen?" Olsen wartete gar nicht erst Jonas' Antwort ab.

„Setz dich, hier hast du erst mal einen Kaffee, und wenn wir mit dem Frühstück fertig sind, werde ich dich mit auf die Brücke nehmen, um dich einigen Leuten vorzustellen. Besonders meinen Ersten Nautischen Offizier musst du kennenlernen, der unmittelbar mir nachgeordnet und bei meinem Ausfall oder meiner

Abwesenheit meine Stellvertretung ist. Ich kenne ihn wie Sönke noch von Kriegszeiten her."

Nachdenklich blickte er durch das Bullauge auf die offene See und verstummte dann. Jonas konnte den Schmerz spüren, den Olsen in sich trug, während er an die Kriegszeiten zurückdachte. Er kannte es zu gut von seinem Großvater, der immer abwesend schien, wenn er eine Zeitlang von seinen Kriegserlebnissen erzählt hatte.

Jonas wusste, dass es in diesem Moment besser war, zu schweigen und einfach in der Stille seine Anteilnahme dem anderen zu zeigen.

Obwohl sich beide näherstanden, als je zuvor, in dieser Stille schien eine Ewigkeit zu vergehen, bevor ein weiteres Wort fiel.

Als sie die Tür zur Brücke geöffnet hatten, bekam Jonas den Anschein, als würde man sie schon erwarten.

„Müller, Erster Nautischer Offizier", stellte sich der schlaksige Mann mit seinem Drei-Tage-Bart vor, ohne dass er den Blick durch die vor ihm befindliche, riesige Glasscheibe verlor.

An rechter Seite stand ein etwas durchsetzter, kleinerer Mann vor einem Bildschirm und stellte sich mit „Navigator Schmidsen" vor.

„Was macht die Wettervorhersage, Schmidsen?", hörte Jonas Olsen fragen.

„Das Schlimmste haben wir hinter uns, ab morgen sollte es sich beruhigt haben. Wobei es dann eh keine Rolle mehr spielt, da wir dann die Labradorsee verlassen und in die Hudsonbucht einfahren.

Wenn wir im Zeitplan bleiben, dann passieren wir die Resolution Island und Killiniq Island morgen früh." Olsen lachte.

„Na, dann hoffen wir mal, dass die Wetterprognose so bleibt, sonst wird es nach der Hudsonstraße bei den Nottingham und Salisbury Islands wieder recht ruppig."

Müller klinkte sich ins Gespräch mit ein: „Immer dieser Pessimismus, bis jetzt sind wir immer gut in Churchill angekommen."

Olsen entließ den dritten Mann von der Brücke, der sich anfangs bei Jonas als Maschinist vorgestellt hatte.
Kurz nachdem er die Brücke verlassen hatte, sperrte er die Tür ab.
Müller gab auf der Seekarte im Computer per Mausklick die Route ein, die dann der Autopilot automatisch abfuhr. Mit Hilfe eines Kreiselkompasses und GPS bestimmte das moderne Gerät den Kurs. Zusätzlich berücksichtigte es auch die Schlinger- und Schlierbewegungen durch den Seegang und Windböen sowie die Winddrehungen und Strömungen. Jedes Mal, wenn das Schiff einen eingegebenen Wendepunkt erreicht hatte, ertönte ein akustisches Informationsgeräusch und das Gerät schaltete automatisch auf den nächsten Wendepunkt.

Alle stellten sich um einen großen Tisch in der Mitte der Brücke, während Schmidsen eine Karte auffaltete und auf dem Tisch ausbreitete.
„Das Problem wird nicht sein, den Jungen vom Schiff zu bekommen, sondern, dass er sich illegal in Kanada aufhält."

„Das lass mal ruhig meine Sorge sein, Schmidsen. Der Junge ist so clever, dass er sich nicht erwischen lässt." Dann fuhr Olsen fort: „Müller sein Schwager ist schon von Sönke informiert worden, er wird, sobald ich ihn anfunke, mit seiner Cessna am Flughafen auf ihn warten, um ihn dann mit zu sich auf die Farm am Yokon zu nehmen. Wenn wir am Hafen angelegt haben, wird der Junge, bis die Zollbeamten den ganzen Papierkram durchkontrolliert haben, in meiner Kajüte bleiben. Am frühen Morgen bringt ihn dann Müller zum Flughafen, direkt in den Hangar Elf. Dort wartet dann Müllers Schwager mit seiner Cessna. Er musste in Churchill einige Ersatzteile besorgen für seine Maschinen."

Schmidsen warf Müller einen kritischen Blick zu, so als würde er ihm zu verstehen geben, dass er skeptisch sei, dass Müller die Übergabe hin bekäme. Worauf Müller ihm prompt zur Antwort gab: „Ihr immer mit eurem Pessimismus.".Dann fügte er noch fluchend hinzu: „Verflixt nochmal, Schmidsen."

Schmidsen zeigte Jonas noch einige wichtige Informationen auf der Karte und wies ihn auf die Rückseite hin, auf der alle ihre Namen und Adressen mit Telefonnummern standen, falls er Hilfe bräuchte. An jedem Kreuz, das er auf der Karte versehen hatte, stand ein Name, der wiederum auf der Rückseite zu sehen war. Jonas war verblüfft, wie vernetzt eine Freundschaft von der Kriegszeit über Länder und Kontinente ging, bis in die dritte Generation.

Obwohl er nicht zu irgendeiner dieser Familien gehörte, fühlte er sich geborgen und sicher.

„Das würden wir für jeden tun, Jonas, wenn eines unserer Familienmitglieder Hilfe bräuchte. Wir fragen nicht, wir vertrauen und handeln." Dann klappte Schmidsen die Karte zusammen und übergab sie Jonas.

Verwaschene Wolkenbänder hingen tief über Churchill, als sie in den Hafen einfuhren. Alles verlief reibungslos und so schnell, dass Jonas nicht einmal Zeit fand, sich von Schmidsen und Olsen zu verabschieden. Als Müller ihn bei seinem Schwager im Hangar Elf übergab, überreichte er ihm noch einen Brief. Seinen letzten Worte, die er noch zu ihm sagte, während Jonas in die Cessna einstieg, waren: „Der ist von Runa, ist gestern in meinem Postfach angekommen, das wir am Hafen haben."

Dann zwinkerte er ihm mit seinem Auge zu und schloss die Flugzeugtür.

Die Maschine rollte auf die Startbahn und sie wartete auf das O. K. des Towers für ihre Starterlaubnis.

Nach einem kurzen Funkkontakt löste der Pilot die Bremsen und drückte das Gas durch, sodass die Propeller auf Hochtouren fuhren und die Maschine über die Rollbahn aufs andere Ende zuraste.

Im letzten Moment, bevor die Rollbahn zu Ende war und in einen Abgrund fiel, zog er den Steuerknüppel zu sich ran und die Maschine hob vom Boden ab. Als der Höhenmesser des Bordcomputers tausend Höhenmeter anzeigte, begann die Maschine, sich immer mehr in einen Horizontalflug zu begeben. Innerhalb von Sekunden erblickte Jonas die Welt aus einer anderen Perspektive. Alles schien weit entfernt zu sein, so, als würde er alle Probleme unter sich lassen und die Gewichtigkeit jedes Problems an Bedeutung verlieren, je mehr Höhe die Cessna gewann.

Jonas erinnerte sich an jenen Moment zurück, als er mit seinem Vater in einem Segelflugzeug saß.

Damals hatte sie eine einmotorige Cessna mit einem Schleppseil auf zirka tausend Höhenmeter gebracht, bevor sein Vater dem Schlepppiloten das Zeichen gab, auszukuppeln. Ab diesem Moment schwebten sie ohne irgendein Motorgeräusch durch die Lüfte. Von einer Thermikblase zur nächsten schraubten sie sich damals immer höher. Eine Sehnsucht nach zu Hause breitete sich bei Jonas aus. Nach all den Wochen, Monaten fragte sich Jonas das erste Mal, ob es richtig sei, was er hier tat.

Gedankenversunken blickte Jonas auf die unter ihnen liegende Landschaft, die von zahlreichen Flüssen und Seen übersät waren, als Müllers Schwager sich über Funk bei Jonas vorstellte.
„Man nennt mich hier Jack." Jonas schaute auf und warf einen kurzen Blick zu Jack rüber. Als ob Jack Jonas' Gedanken lesen konnte, erzählte er ihm eine Geschichte von sich.

„Als ich in deinem Alter war, Jonas, brach der Krieg aus. Wir waren drei Kinder, meine zwei Schwestern und ich. Meine Mutter nannte mich immer Nesthäkchen, da ich der Letzte und sehr zierlich gebaut war. Mein Vater schämte sich für mich, da ich schulisch nicht seiner Norm entsprach, und so kam ihm der Krieg sehr gelegen. Er steckte mich in die Hitlerjugend, um aus mir einen richtigen Mann zu machen. Kurz darauf wurden auch wir eingezogen, denn der Krieg schien sich dem Ende zuzuwenden. Sein Kommentar war damals, mache mir keine Schande über unsere Familie. Nun kannst du uns endlich mal beweisen, was in dir steckt oder auch nicht, aber komme mir nicht ohne irgendeinen Orden nach Hause.

Bei der ersten Gelegenheit an der Front türmte ich und wurde von Sönkes Truppen aufgegriffen.

Damit will ich dir sagen, spiele nie den Helden für jemand anderen. Entweder du wirst so akzeptiert, wie du bist, oder du suchst am besten das Weite. Ich kann deine momentanen Gefühle gut nachvollziehen, auch wenn ich deine Geschichte nicht kenne, kann ich sie spüren. Aber glaube mir eines, du hast dich für den richtigen Weg entschieden.

Sie flogen über den Great Slave Lake und dann über den Mackenzie River hoch nach Westen und nahmen an Höhenmetern auf, sodass sie über die Berge des Nahanni National Parks kamen und näherten sich immer mehr Whitehorse.

Als sie die Berge des Nahanni National Parks hinter sich gelassen hatten, verloren sie stetig wieder an Höhe und flogen erneut einen Fluss stromaufwärts. Jack zeigte mit dem Finger auf den Fluss, der sich wie eine Schlange durch die schroffe Landschaft des Yokon Territoriums zog.

Das ist der berüchtigte Yukon River, den Hunderttausende Goldgräber, die man auch Stampeders nannte, achtzehnhundertsechsundneunzig bis achtzehnhundertneunundneunzig von Whitehorse abwärtspaddelten, um an den Klondike River bei Dawson zu gelangen, in der Hoffnung, Gold zu finden.“

Jonas war von dem Land fasziniert, wie weitläufig es ihm doch schien. Jack sprach ins Funkgerät einige Worte. Kurz darauf fuhr er die Bremsklappen der Maschine aus und sie steuerten direkt auf ein Felsplateau zu.

Kurz bevor die Maschine das Plateau berührte, brach es unter einer Felskante ab und vor ihnen lag ein See. Wenige Minuten später landete die Maschine mit ihren Kufen und eingezogenen Rädern auf dem Wasser.

Jonas atmete auf, als die Maschine mit gedrosseltem Motor an die Anlegestelle steuerte.

„Welcome in Yukon, Jonas", hörte er Jack sagen.

Sie zurrten das Flugzeug am Steg mit dicken Tauen fest und beluden einen Jeep, den Jack kurz vor der Anlegestelle geparkt hatte, mit den Besorgungen und Jonas' Seesack.

Jonas bestaunte das Holzkanu, das auf dem Dach des Jeeps festgezurrt lag. Es bestand aus einigen Zedernholzleisten, die ineinander verklebt wurden. Seine Weger und der Bug waren aus Eschenholz gebogen worden und gaben mit ihrem hellen Holz einen wunderschönen Kontrast zu den etwas dunkleren Zedernholzleisten. Jonas hatte noch nie so etwas Schönes gesehen. Es glich fast den Ruderbooten, in denen er als Kind immer am Wochenende mit seinen Eltern und Geschwistern auf dem Schliersee, fuhr. Der Unterschied bestand nur darin, dass die Planken nicht ineinander verklebt wurden, wie bei Jacks Kanu, sondern übereinandergelegt wurden. Jedoch Jonas faszinierte es immer wieder über die glatte Bootswand des Kanus mit seinen Händen zu streichen.

Die Schotterstraße, die endlos schien, bahnte sich ihren Weg immer tiefer in die Wildnis und brachte sie fortdauernd weiter weg von der letzten Zivilisation, des Städtchens Whitehorse. Nach einer holprigen Fahrt über heruntergekommene Holzbrücken und durch tiefe Schlaglöcher, erreichten sie Jacks Wohndomizil. Es war eine schlichte und einfache Holzhütte mit Veranda.

Die massiven Baumstämme, die die Wände der Holzhütte bildeten, waren im Laufe der Jahre durch die Witterung etwas an der Außenseite in Mitleidenschaft gezogen worden.

Kaum waren sie aus dem Auto ausgestiegen, rannten zwei Huskys auf sie zu und Jack wurde herzlichst begrüßt. Jonas wurde während dieser Begrüßungszeremonie nicht aus den Augen gelassen und immer wieder aus einer Distanz begutachtet.

Kurz darauf kamen aus einem Holzschuppen, der neben dem Holzhaus stand, fünf kleine Huskys.

Vier von ihnen folgten ihren Eltern, begrüßten Jack genauso herzlich und ließen Jonas außer Acht.

Bis auf den fünften Welpen, der direkt auf Jonas zusteuerte und sich an ihn schmiegte. Es schien, als würde er Jonas keinen Zentimeter mehr aus dem Auge lassen. Jonas kniete sich zu ihm hinunter und der junge Welpe legte seinen Kopf auf seinen Oberschenkel. Beide blickten sich tief in die Augen und vergaßen das ganze Geschehen außen herum.

„Hunde suchen sich ihren Rudelführer selber aus", hörte Jonas Jack sagen, während er die Besorgungen in den Schuppen brachte.

Jack zeigte Jonas das Haus und gab ihm einige Instruktionen, bezüglich Gefahren, wie zum Beispiel Bären oder Elche. Wo er das Brennholz finden würde und sich die Hühner befanden.

Die Hütte war zu klein, um zwei Leute darin schlafen zu lassen, und so bekam Jonas im Schuppen ein kleines Zimmer, in dem ein Bett mit einem Tisch und kleinem Schrank stand. Wie in Norwegen bei Sönke befand sich aber in jedem Raum ein Kanonenofen in der Ecke.

Es war schon spät geworden, als sie beide gemeinsam auf der Veranda saßen und auf den Teslin Lake schauten, während sie ein kleines Abendbrot genossen. Von Jacks Hütte aus konnte man die Einmündung sehen, bei der sich der Teslin See in den Teslin River umwandelte.

„Nun, Jonas, lass uns zu Bett gehen, wir haben die nächsten Tage noch einige Vorbereitungen zu treffen, bevor ich dich auf deine Reise mit dem Holzkanu auf dem Teslin und dem Yukon River nach Alaska lassen kann."

Jonas schaute Jack verdutzt an „Äh … wie meine Reise zu mir auf dem Teslin …
Ich dachte, ich darf hier bei dir arbeiten?"
Jack lachte; „Ja klar, keine Panik, ich mache aus dir erst einen richtigen Trapper. Oder glaubst du, ich lasse dich als Greenhorn auf die Tour von zweitausend Kilometern. Ich hab keine Lust, mir von Sönke, geschweige denn von Runa, Vorwürfe machen zu lassen, wenn etwas schiefläuft. Nur die Zeit läuft, der Wintereinbruch ist schneller da, als du glaubst. Wenn erst mal der erste Schnee gefallen ist, gibt es außen nichts mehr zu arbeiten außer kurzen Jagdausflügen, um das Fleisch noch zu bekommen, was wir bis zum ersten Schnee nicht erlegen konnten."

Jack war, wie Sönke und Olsen, außen rau und innerlich trug er eine Herzlichkeit.
Das hat sicherlich der Krieg, mit ihrer gemeinsamen Erfahrung der drei, bewirkt, dachte sich Jonas und begab sich in seinen Schuppen direkt ins Bett.

Die Tage und Wochen verflogen wie im Flug. Früh mussten die Hunde und Hühner versorgt werden, dann war noch einiges an Holz zu hacken, welches sie um das Haus stapelten, als zusätzliche Wärmedämmung. Zwischendurch machten sie immer wieder Jagdausflüge, bei denen Jack Jonas die Feinheiten des Anpirschens lehrte.
Nach dem Abendessen und einem guten Schluck Rotwein übten sie das Schießen mit einer Blechdose, die sie auf einen Baumstumpf gestellt hatten. Mal liegend, dann wieder stehend mit einem Pirschstock oder freihändig.

Eines Abends, als sie gemeinsam auf der Veranda saßen, nahm Jonas etwas Merkwürdiges in der Luft wahr. Er schloss seine Augen und atmete langsam und bewusst tief ein, wobei er seine ganze Sinnlichkeit auf den Geruch aus der Luft konzentrierte.

Jack blickte ihn von der Seite fragend an. „Was nimmst du wahr, Jonas?"

Jonas zögerte, bevor er ihm eine Antwort gab. „Ich rieche Schnee, ich habe das Gefühl, Schnee liegt in der Luft. Komisch, aber es ist weit und breit kein Schnee zu sehen." Dann schüttelte er den Kopf und fuhr fort: „Im Gegenteil, der Himmel ist wolkenlos und wir haben einen wunderschönen Sonnenuntergang über dem See."

Jack verzog sein Gesicht zu einem Lächeln. „Warten wir es ab, ob dein Gefühl stimmt." Obwohl Jack wusste, dass Jonas recht hatte und heute Nacht der erste Schnee kommen würde, behielt er es für sich. Er wollte Jonas' Gesichtsausdruck sehen, wenn er am nächsten Morgen aufstand und alles weiß, wie mit Zuckerwatte überzogen, war.

Jonas schlief in dieser Nacht sehr unruhig. Immer wieder träumte er von Runa. Er vermisste sie sehr, aber wusste, dass er erst die Tour mit dem Kanu nach Alaska hinter sich bringen musste, um seinen Weg in der Zukunft zu finden.

Am nächsten Morgen, als er aufwachte und zum Fenster hinausschauen wollte, was sich neben seinem Bett befand, versperrten ihm Eisblumen an der Fensterscheibe die Sicht nach draußen. *Wie im Internat*, dachte er sich, *bilden die Eisblumen ihre Muster an der Fensterscheibe ab.* Eine Ewigkeit schien die Vergangenheit her zu sein, auch wenn es erst acht Monate waren, als er von dort wegging.

Jack lobte Jonas' Feingespür vom gestrigen Abend und mahnte ihn, immer auf sein Gespür zu achten, auch wenn ihm dies in Deutschland anders beigebracht wurde, müsse er dies unbedingt, hier in der Wildnis, zulassen, danach leben und nicht seinem Verstand folgen, sonst könnte das sein Todesurteil sein.

Die kommenden Wochen waren sie damit beschäftigt, auf dem nun mittlerweile zugefrorenen Lake Biberfallen aufzustellen, indem sie in die Eisdecke ein vierzig mal vierzig Zentimeter großes Loch schnitten und oberarmdicke Pappelstangen auf dem Grund festdrückten. Danach steckten sie zwischen die dickeren Stangen drei kleinere Pappelstangen mit jeweils einer Schlinge dran. Das Ganze wurde mit frischen Tannenästen abgedeckt. Das Fleisch der erlegten Biber war für die Hunde, und das Fell nutzten sie, nachdem sie es gegerbt hatten, für einen Mantel für Jonas. Jack zeigte Jonas, wie er aus den verschiedenen Biberfellen sich den Mantel zusammennähen konnte, den er sowohl als Mantel als auch als Schlafsack oder Regenschutz später nutzen konnte.

An manchen Abenden saßen sie gemeinsam in Jacks Hütte vor dem Kamin und tranken Rotwein und sprachen über Gott und die Welt. Aber die meiste Zeit verbrachten sie damit, dass Jack Situationen durchspielte, um ihm ein Wissen zu vermitteln, wie er sich zu verhalten hätte, wenn er sich im Frühjahr sich auf die Reise nach Alaska begeben würde, um seinen Weg für die Zukunft zu finden.

Es gab aber auch Zeiten, in denen jeder für sich sein wollte, und Jonas dann in seinem Schuppen den Kanonenofen hochheizte, um alleine an seinem Mantel zu nähen oder sich damit zu beschäftigen, sein Leben auf Papier zu bringen, was er, seitdem er vom Internat geflüchtet war, angefangen hatte.

Eines Morgens sagte Jack zu Jonas: „Wir müssen heute das Wetter ausnutzen und auf Jagd gehen, unser Fleischvorrat neigt sich dem Ende zu und wir wissen nicht, wie hart der Winter dieses Jahr sein wird. Bis zur Schneeschmelze werden uns die Lebensmittel nicht reichen."

So kam es, dass sie die Hunde vor die Schlitten spannten, einige Vorräte sowie zwei Gewehre und Munition einpackten, die Schneeschuhe auf den Schlitten verstauten und mit einem lau-

ten „Go" die Hunde antrieben. Mittlerweile hatte die Mittags-
sonne schon so viel Kraft, dass Jonas zeitweise seinen selbst genähten Biberfell-Mantel über den Handelbar legen konnte. Er
fühlte sich wie ein richtiger Musher, wenn er seine Füße auf die
Kufen stellte, sich am Handelbar festhielt, während er die Hunde mit seinen Kommandos dirigierte und Jacks Gespann folgte.

Nach einer zerrenden, langen Fahrt kamen sie an einem See an,
der sich Little Teslin Lake nannte. Jacks Jagd-Hütte befand sich
an einem Seitenarm des Sees und stand mit seiner Veranda auf
Baumstämmen im Wasser. Über der Eingangstür befand sich
ein Elchgeweih, welches mit seinen Schaufeln einen ehrfürch-
tigen Blick schenkte.

Als Erstes versorgten sie die Hunde, die sich, nachdem sie gierig
ihr Fressen verschlungen hatten, in eine Mulde im Schnee ein-
rollten und ihre Schnauze zufrieden unter ihren Schwanz legten.

Jonas hatte einen Bärenhunger, aber er wusste, dass es lebens-
notwendig war, erst die Tiere zu versorgen und die Vorräte zu
verstauen sowie den Ofen anzuschüren. Das Wetter konnte hier
sehr schnell umschlagen.

‚Mit so einem Blizzard ist hier nicht zu spaßen', waren immer
Jacks Worte. Jonas hatte noch nie einen erlebt, aber nach dem
Gesichtsausdruck von Jack zu urteilen, konnte er sich das ver-
heerende Ausmaß vorstellen.

Am nächsten Tag schnallten sie sich ihre Schneeschuhe an und
gingen mit ihren geschulterten Gewehren Richtung Westen. Jeder trug einen kleinen Rucksack bei sich, in dem sie eine Ther-
moskanne heißen Kaffee, Streichhölzer und Speck mit Brot bei
sich trugen. Jack hatte noch ein großes Leinentuch eingepackt.
　An ihren Gürteln trugen sie eine kleinere Axt sowie ein Messer aus Damaststahl und ihre Munition.

Die Hunde jaulten, als sie sich von der Hütte entfernten. Erst nachdem sie der Wald verschluckt hatte, hörten sie auf.

„Weißt du, warum wir die Hunde nicht mitnehmen können, Jonas?"

„Ich denke, da ab hier keine Spur gelegt ist für die Schlitten und die Hunde sich zu sehr schinden müssten. Ich könnte mir vorstellen, dass, wenn wir mit unseren Schneeschuhen eine Spur gelegt haben und etwas erlegt, einer zurückgehen wird, um ein Hundegespann zu holen für den Rücktransport des erlegten Fleischs."

Jack nickte und zeigte Jonas mit seiner Mimik, dass er stolz auf seine Denkweise war.

„Ja genau, das ist der Plan, sehr gut beobachtet, Junge."

Ohne Schneeschuhe wären sie sicherlich bis übers Knie in dem Schnee versunken und ein Vorankommen wäre unmöglich gewesen. Die Hunde hätten keine Chance gehabt, den Schlitten, geschweige denn sich selbst in diesen Schneemassen fortzubewegen. Jack hielt Jonas dazu an, neben ihm zu laufen, sodass sie mit ihren Schneeschuhen eine breitere Gasse durch den Schnee hinterließen, um später mit dem Hundegespann leichter voranzukommen.

Der Schnee, der in mehreren Schichten das Grün der Tannen in ein weißes Landschaftsbild verwandelt hatte, glitzerte in der aufgehenden Sonne.

Jack gab Jonas ein Handzeichen und sie blieben beide stillschweigend hinter einer Tanne stehen. Er nahm sein Fernglas und zeigte Jonas die Richtung. Es vergingen einige Minuten, bevor Jack ihm das Fernglas reichte. Als schließlich Jonas den Elch durch das Fernglas ansprach, verschlug es ihm die Sprache, so kapital und imposant empfand er ihn.

Mit der Deckung der Bäume umrundeten sie den Elch, um zum einen sich an ihn näher heranzupirschen, aber auch den

Wind aus seiner Richtung zu bekommen, damit er sie nicht wittern konnte.

Der Elch stand vor ihnen in zirka fünfzig Metern und äste ungestört die Flechten von einer Baumrinde. Jack wies Jonas mit langsamen Handbewegungen und immer den Blick auf dem Elch an, sich für den Schuss in Position zu bringen.

Jonas schob eine Patrone in sein Magazin und repetierte das Gewehr leise durch, lehnte sich am Baum an, um mit dem Gewehrlauf angestrichen zu schießen.

Fertig für den Schuss, hielt Jonas den Elch im Visier, der spitz zu ihnen stand. Er könnte auf den Träger schießen, jedoch wollte Jonas kein Risiko eingehen und eine Nachsuche provozieren, wenn er den Elch nicht exakt traf. So wartete Jonas geduldig ab, bis sich der Elch breitstellen würde.

Jack bewegte sich keinen Millimeter, während er im Wechsel Jonas und den Elch beobachtete.
Ein Seeadler schreckte in unmittelbarer Nähe von einer Baumkrone auf und überflog kreischend das Jagdszenario. Im gleichen Augenblick konnte man erkennen, wie der Elch seine Muskeln anspannte, sein Haupt hob und seine Lauscher in ihre Richtung drehte. Jonas wusste, dass der Elch sie unmöglich wittern konnte. Irgendetwas anderes musste ihn durch den Seeadler zur Vorsicht bewegt haben.

Plötzlich ging alles ganz schnell. Schräg von ihnen kam ein Rudel Wölfe immer näher, das sich auch für den Elch Interessierte. Aber weder die Wölfe noch der Elch hatten Jonas und Jack bemerkt. Der Elch drehte sich so, dass er zwei Tannenbäume hinter sich hatte, und bewegte sich dann keinen Meter mehr von der Stelle, denn er wusste bei dem tiefen Schnee, dass er sonst gegenüber den Wölfen verloren wäre. Der Elch ging in seine Angreifer-Position. Jedoch so weit kam es nicht. Der tödliche Schuss aus Jonas' Gewehr fiel und traf den Elch mitten ins Leben. Er sprang vorne hoch, versuchte, noch einige Meter zu flüchten. Jedoch der tiefe Schnee raubte ihm seine letzte Kraft und er sackte kurz darauf in sich zusammen. Die Wölfe, die gerade dabei waren, den Elch zu umkreisen, flüchteten erschrocken durch den Schuss. Jonas repetierte durch und blieb im Anschlag, im Visier immer noch den im Schnee liegenden Elch. Jedoch stand der Elch nicht mehr auf. Jonas konnte sicher sein, dass sein Schuss tödlich war. Nachdem er eine kurze Zeit gewartet hatte, sicherte er sein Gewehr und ging aus dem Anschlag. Jack klopfte ihm auf seine Schulter, als Zeichen der Anerkennung.

„Ich sehe, Jonas, du bist fast so weit, um deine Reise über den Teslin und Yukon River nach Alaska antreten zu können. Noch ein paar Kleinigkeiten und du wirst deine Reise zu dir selbst beginnen können."'"

Als sie sich durch die Schneemassen zum Elch vorgearbeitet hatten, kniete sich Jonas vor den Elch und nahm sich die Zeit, ihm zu danken, dass er ihnen sein Fleisch zum Überleben gab.
Instinktiv übte er das gleiche Ritual aus, wie er es bei Runa und Sönke gelernt hatte. Jack zeigte sich zufrieden mit Jonas' Verhalten und vermittelte ihm seinen Respekt, indem er ihm seinen Flachmann reichte, bevor er sich selber einen Schluck auf den gemeinsamen Erfolg gönnte.

Jonas fiel auf, dass Jack den gleichen Flachmann besaß wie Sönke. Er war immer wieder erstaunt, welch innige Verbindung zwischen Jack, Sönke und Olsen bestand, trotzdem sie über die ganze Welt verstreut waren. Jonas spürte, dass bei vielen Dingen jeder der drei Männer ganz bewusst eine Verbindung zum anderen herstellte. Sie machten immer die gleiche Geste, wenn sie einen Schluck aus dem Flachmann nahmen, indem sie ihn erst zum Himmel hoben und ‚scoll, meine Freunde' riefen und dann die jeweiligen Namen nannten.

„Jonas, wie würdest du jetzt weitermachen, wenn du eine Entscheidung treffen müsstest?"

Jonas blickte zum Himmel und beobachtete die Natur sowie den Wind, bevor er Jack eine Antwort gab.

„Ich würde sagen, dass wir uns aufteilen, mein Gefühl sagt mir, dass ein Blizzard kommt. Einer von uns sollte zurückgehen und das Schlittengespann holen, während der andere den Elch zerwirkt und vor den Wölfen, wenn nötig, verteidigt."

„Das ist eine gute Entscheidung, so würde ich auch die Sache angehen. Und wer soll das Schlittengespann holen?"

„Wenn ich Erfahrungen sammeln soll für meine Reise zu mir selbst …", lachte Jonas und fuhr fort, „… dann sollte ich den Elch zerwirken und hier ausharren, bis du mit dem Schlittengespann zurückkommst, damit wir das Fleisch besser transportieren können. Denn bei dem Fleischgewicht und den Schneemassen werden wir kaum vorwärtskommen."

„So machen wir es, Jonas. Ich mache mich gleich auf den Rückweg, um keine Zeit zu verlieren und die Spur, die wir mit unseren Schneeschuhen gezogen haben, zu nutzen, bevor der nächste Schneefall kommt."
Jack ließ Jonas das Leinentuch da und machte sich auf den Rückweg, um das Hundegespann zu holen.

Jonas suchte drei Tannen aus, die in einem Abstand von ungefähr vier Metern standen, und spannte das Dreieck-Leinentuch an seinen Enden mit Schnüren an jeweils einen der Bäume, wobei er drauf achtete, dass er so tief wie möglich am Boden des Stammes die Schnüre befestigte. Nachdem er einen dünneren Ast, unter dem Leinentuch, zu einer U-Form gebogen hatte, verankerte er die Enden im Boden und brachte somit eine gewisse Spannung und gleichzeitig eine Erhöhung, was das Ganze als ein Zelt aussehen ließ. Innen legte er frische Tannenzweige zur Isolierung aus und breitete darüber seinen Biberfell-Mantel aus.

Jetzt musste er nur noch ein kleines Feuer vor dem Biwak entzünden, in dessen Glut er einen mit Schnee gefüllten Behälter stellte.

Nun machte er sich durch den Schnee zum erlegten Elch, der gute zwanzig Meter vom Biwak entfernt lag.

Nachdem er ein Seil um einen Ast über den Baum, unter dem der Elch lag, geworfen hatte, schnitt er mit seinem Messer den Elch an den Hinterbeinen zwischen Achillessehne und dem Wadenbein ein. Dabei war er besonders achtsam, um nicht die Sehne von den Hufen zu durchschneiden. Durch beide Schnitte zog er einen kräftigen Ast, spreizte, so gut es ging, die Hinterläufe auseinander und verknotete das eine Ende des Seils in der Mitte des Astes. Nun trennte er mit drei gekonnten Messerschnitten den Kopf vom Rumpf.

Mit ein paar kräftezehrenden Griffen hievte er den Elch etwas in die Höhe, sodass das Hinterteil und ein Stück vom Rumpf nach oben hing und der Träger mit dem unteren Teil des Rumpfes am Boden schräg lag.

Er musste sich mit dem Zerwirken beeilen, bevor der Elch immer mehr auskühlte und letztendlich einfror bei der Kälte. Er stach mit seinem Bowiemesser zwischen die Hinterläufe in die Decke und zog einen Messerschnitt geschickt nach unten bis zum Brustbein. Das Brustbein öffnete er mit drei gekonnten Hebelbewegungen, indem er das Messer mit Druck nach unten zog. Am Träger ging es wieder leichter, dort musste er nur die Decke so öffnen, dass er später die Luft- und die Speiseröhre mitsamt der Lunge und dem Magen herausziehen konnte.

Mit einem weiteren Ast spreizte er den Brustkorb auf, löste das Zwerchfell von den Rippen und ließ die Gedärme sowie Innereien rausgleiten. Das Herz hatte einen Splitter abbekommen, aber Nieren und Leber legte er zur Seite.

Jonas kam ins Schwitzen, aber er wusste, er durfte keine Pause einlegen. Der Geruch des aufgebrochenen Tieres würde auf kurz oder lang Wildtiere heranlocken.

Der tote Elch dampfte immer noch, als Jonas ihm die Decke abzog.

Er breitete die Decke auf dem Schnee aus und legte die abgetrennten Keulen und Schultern mit dem Rücken auf die Decke. Jetzt musste er noch die Enden der Decke wieder über das Fleisch legen und mit dem Seil, welches noch über dem Ast hing, zusammenknoten. Mit seinen letzten Kräften zog er das andere Ende des Seils so weit, bis er alles gut vier Meter über dem Boden hatte. Nun befestigte er das Seilende an einem weiteren Stamm. Den mittlerweile gefrorenen Aufbruch packte er und trug ihn ein weites Stück weg vom hängenden Fleischvorrat, um so wenig wie möglich andere Tiere anzulocken.

Verschwitzt ging er zum Biwak zurück, wusch sich die blutigen Hände mit Schnee ab und machte sich aus dem bereits kochenden Wasser einen Kaffee.

Gerade als er den ersten Schluck unter seinem Biwak machen wollte, hörte er Hundegebell in der Ferne. *Jack und die Hunde …* dachte sich Jonas erleichtert.

Gerade als er seinen letzten Schluck getrunken hatte, schoss Jack mit dem Hundeschlitten-Gespann heran.

„Whoa, whoa", schrie Jack, was so viel wie „stopp" für die Hunde heißen sollte. Er warf den Schneeanker, der am hinteren Ende des Schlittens hing, in den Schnee, damit die Hunde sich mit dem Schlitten nicht selbstständig machen konnten.

Ohne viele Worte bauten sie das Biwak ab, verstauten alle Sachen auf dem Schlitten und fuhren das Gespann zum zerwirkten Elch.

Jonas löste den Knoten am Baum und ließ den Fleischvorrat in der Decke auf den Schlitten nieder. Jack verzurrte alles gut und wies Jonas an, sich im vorderen Bereich auf den Schlitten zu setzten.

„Come gee!", schrie Jack die Hunde an, die sich in die Riemen stemmten und den Schlitten um hundertachtzig Grad geschickt wendeten.

„Hike… hike", rief Jack und die Hunde nahmen immer mehr Fahrt auf. Die Hunde folgten den wenigen Kommandos, die Jack ihnen zurief, und hielten exakt die Spur, die sie herwärts gezogen hatten.

Wie aus dem Nichts brach ein heftiges Schneetreiben ein, was die Sicht immer schlechter werden ließ.

Jonas konnte neben ihnen immer wieder Stecken im Schnee erkennen, an denen ein rotes Band befestigt war, er wusste, dass Jack, als er zurückfuhr, um ihn zu holen, diese angebracht hatte, da er schon wusste, dass sie in einen derartigen Schneesturm geraten würden.

Immer mehr verschluckte sie der Sturm, bis man nicht mal mehr die Hunde vor dem Schlitten erkennen konnte.

Jack ließ die Hunde einfach laufen, weil er wusste, sie würden den Weg zur Jagdhütte notfalls auch alleine zurückfinden. Der Wind, der ihnen die Schneeflocken ins Gesicht pfiff, fühlte sich wie tausend Nadeln an. Auf einmal wurden die Hunde langsamer und blieben stehen. Beim genauen Hinschauen konnte man die Jagdhütte erkennen, die unmittelbar vor ihnen stand. Jack sprang von den Kufen des Schlittens runter und schrie zu Jonas. „Lade den Schlitten ab, ich versorge die Hunde!"

Als Erstes brachte Jonas die Gewehre und Munition in die Hütte. Legte zwei Scheiter Holz in den Kaminofen und entzündete eine Petroleumlampe am Tisch.

Nachdem er den zerwirkten Elch in der Vorratskammer, die er durch eine Luke im Boden erreichte, gebracht hatte, hängte er die einzelnen Stücke fachgerecht an eine dafür vorbestimmte Stange.

Da die Vorratskammer sich im Erdreich unter der Hütte befand, war dies der perfekte Ort, in dem Lebensmittel kühl gelagert werden konnten. Jonas schätzte die Temperatur dort unten auf ungefähr sieben Grad.

Der Blizzard hielt sie mehr als drei Tage in der Jagdhütte fest. In dieser Zeit ließ sich Jack von Jonas immer wieder die Karte vom Tessli und Yukon erklären. An welchen Stellen er Quellen finden würde sowie die gefährlichen Passagen, die es mit dem Kanu zu überwinden gab.

Seit vier Tagen saßen sie in der Hütte fest. Außer dem Wind, der mit seinem unerbittlichen Pfeifen den Anschein zeigte, die Hütte wegpusten zu wollen, hörten sie nichts. Wie ein Lied schien es sich irgendwann in Jonas' Ohren zu drängen, welches ihn in der Nacht in den Schlaf wiegte.

Mit der Zeit konnte einem die Laune schon vergehen. Die erste Zeit war es wohl noch ganz schön, am knisternden Kaminfeuer zu sitzen und über den Jagderfolg zu fachsimpeln, während der Schneesturm seine Flocken an die Fensterscheiben peitschte. Aber irgendwann waren sie sich der Jagdgeschichten und des Kartenlesens überdrüssig.

Abend für Abend setzten sie ihre Hoffnung auf den kommenden Morgen, der einen klarbefreiten Frühlingsmorgen bringen sollte.

In der Nacht zum vierten Morgen legte sich der Sturm. Nun schmiegte sich eine Nebelwand an die kleinen Fensterscheiben und es vergingen weitere drei Tage, in denen sie keinen Meter vor die Hütte schauen konnten. Die Nebelfrauen hatten die Schneeflocken ersetzt und sie weitere Tage in der Hütte zum Verweilen verdonnert. Als aber dann die Nebellast Tag für Tag unbeweglich liegen blieb, hörte die Behaglichkeit in der Hütte auf. Jack ging vor die Hütte und blieb lange aus. Endlich kam er wieder herein.

„Ich meine, er wird ein bisschen dünner." Er … war der Nebel, der seit Tagen der Gesprächsstoff in der Hütte war.

Als sie am siebten Morgen aufwachten, strahlte die Sonne durch die milchigen Fenster der Hütte.

Die Schlittenhunde gruben sich aus ihren eingeschneiten Iglus heraus und warteten sehnsüchtig auf etwas zu fressen.

Jack ließ Jonas wieder die Beständigkeit des Wetters prüfen, um ihn auf seine Reise mit dem Yukon noch besser vorzubereiten.

„Wie ist deine Wetterprognose, Jonas?"

Jonas beobachtete den Himmel und schloss die Augen, um die Luft, die er einatmete, besser wahrzunehmen. Dann lauschte er den Stimmen der Vögel. Sönke hatte es ihm beigebracht, anhand des Gesangs der Vögel abschätzen zu können, wie das Wetter werden würde.

Jonas lauschte den Vögeln, die unerwartet zu singen anfingen, obwohl noch keine Brutzeit bevorstand.

„Die Wetterlage wird stabil bleiben, da die Amseln nicht hektisch ihrem Tagesgeschäft nachgehen. Es wird eine warme Wetterfront kommen und vom Geruch der Luft her, die einen süßlichen, frühlingshaften Duft in sich trägt, ist der Frühling nicht mehr weit. Ich denke, wir können zusammenpacken und zurück zum Haus am Teslin fahren."

Dann lachte Jonas und fügte hinzu: „Bevor uns der Schnee unter den Kufen wegschmilzt."

KAPITEL 9

DER AUFBRUCH

Der Aufbruch naht – so schön und geborgen der momentane Augenblick auch sein mag – du darfst nicht stehen bleiben – so wie nach jedem Winter der Frühling kommen wird – musst du gehen, Schritt für Schritt aufs Neue vor dich setzen – damit das Alte gehen darf und das Neue entstehen kann.

Jonas verstaute seine letzten Sachen im Kanu, die er gewissenhaft die Tage davor mit Jack einige Male durchgegangen war.

Der Abschied nahte und Jonas wurde es flau im Magen. Nicht, dass er sich vor der Reise auf dem Fluss fürchtete, mehr der Abschied von einem, so kann man es nennen, sehr guten Weggefährten, wie es Jack war.

Aila, der Husky, der aus seinem spielerischen Welpenalter zu einem fast ausgewachsenen, starken Rüden herangewachsen war, saß schon in Startposition an der Spitze des Kanus und hielt seine Schnauze in den Wind.

Jack und Jonas umarmten sich, als Jack Jonas nochmals an die Koordinaten und den Breitengrad erinnerte, an denen er ihn in zirka acht Wochen mit seiner Cessna einhundertvierzig, die im Jahre neunzehnhundertfünfundvierzig gebaut wurde, abholen würde. Mit einer Leermasse von vierhundert Kilogramm und einem Triebwerk von fünfundachtzig PS war es eine Leichtigkeit für diese Maschine, einen Passagier mit einigem Gewicht an Gepäck über eine Länge von mindestens siebenhundert Kilometern zu transportieren.

Nach einigen Paddelschlägen befand Jonas sich mittig des Teslin Sees und konnte nur noch mit fast zugekniffenen Augen Jacks

Haus mit dem Steg im Wasser erkennen. Die Strömung nahm stetig zu, je mehr er in die Mitte des Sees kam. Jonas nahm mit seinen Paddelschlägen eine Geschwindigkeit mit seinem Kanu von knapp fünf Stundenkilometern auf. Je näher er der Einmündung in den Canyon kam, desto weniger musste er paddeln.

Er ließ sich von der Strömung tragen und korrigierte nur noch zeitweise die Lage des Bootes. Jack hatte ihn für die Reise gut vorbereitet und ermahnte ihn immer wieder, niemals quer zur Strömung das Kanu treiben zu lassen. Zu viele Gefahren gab es unter dem pechschwarzen Wasser, wie Treibholz, das sich kurz unter der Wasseroberfläche von vergangenem Winter befand und das Kanu bei einer Strömungsgeschwindigkeit von gut zehn Kilometern pro Stunde hätte zum Kentern bringen können. Da das Wasser vom Teslin und Yukon River durch den langen kalten Winter nur knappe neun Grad hatte, wäre Jonas und seine Aila, bis sie ans Ufer gekommen wären, wegen Unterkühlung ertrunken.

Jonas machte seine ersten Erfahrungen mit unruhigem Gewässer, in dem sich die kleinen Wellen, welche durch die enge Einmündung des Canyons entstanden, am Bug des Kanus schlugen.

Von einer Sekunde auf die andere befand er sich mit seinem Boot in einem atemberaubenden, schmalen Fluss, der nicht mehr als fünfzehn Fuß Breite hatte. Auf beiden Seiten ragten senkrecht aus dem Wasser steile, mit Moos bewachsene Felswände ins Unendliche empor, von denen in Felsrinnen immer wieder Wasser heruntertropfte. Auf einen Schlag wurde aus der drückenden Hitze auf dem See eine kühle Atmosphäre, welche wie gespenstisch wirkte.

Jonas wusste, dass er die Passage des Canyon in gut vier Stunden hinter sich lassen und bis dahin die Sonne erst mal nicht direkt zu Gesicht bekommen würde. Erst kurz bevor er den Canyon verließ, spitzten die ersten Sonnenstrahlen über die Felswände in die Tiefe. Diese kurze Zeit von einer Stunde Licht reichte den

Farnen und Moosgeflechten sowie den vereinzelten Pappelbäumen in den Felsritzen aus, um zu überleben.

Nach einer scharfen Rechtskurve stockte ihm für einen kurzen Moment der Atem. Ein brodelndes Geräusch in der Ferne ließ ihn durch sein Fernglas erkennen, dass ein Baumstamm vom letzten Winter sich halb quer zwischen den beiden Felswänden verkeilt hatte. *Links müsste es gehen,* dachte sich Jonas. Lange hatte er keine Zeit zum Überlegen. Noch mal machte er einen kurzen Blick durch sein Fernglas. Rechts, erkannte er, war der Baum oberhalb des Wasserspiegels in der Felswand verkeilt, wobei das andere Ende des Baumes auf der linken Seite kurz vor der Felswand im schwarzen Wasser verschwand. Viel Platz blieb ihm nicht zwischen dem im Wasser verschwindenden Baumstamm und der linken Felswand. Aber es musste reichen. Jetzt nur keinen Fehler machen, sonst ist die Reise schneller zu Ende, als sie begann. Zumal er hier im Canyon verloren gewesen wäre.

Ein kräftiger Paddelschlag rechts, um noch mehr Fahrt aufzunehmen, und dann schoss er schon mit seinem Kanu zwischen dem Hindernis und der Felswand hindurch.

Aila warf Jonas einen Blick zu, so als wollte sie ihm sagen: „Hast du gut gemacht, mein Herr."

Mittlerweile stand die Sonne senkrecht am Horizont und füllte mit all ihrem Licht den Canyon aus. Die Felswände glitzerten und es machte den Anschein, als würden silberne Tropfen von einem Farn zum anderen hüpfen. Wie ein lebendiges Lichterspiel fielen die Regentropfen, im Sonnenlicht, immer wieder vereint mit den Farnen und sich letztendlich doch wieder lösend, um weiter tiefer zu fallen.

Jonas kam sich wie in einem großen Symphonie-Orchester vor, das in der Stille der Natur stattfand.

Immer mehr Licht fiel herein. Genauso abrupt, wie er in die Felsformation hineinfuhr, wurde er auch regelrecht ausgespuckt.

Breite Kiesbänke säumten den Fluss am Ufer, von denen aus sich, so weit das Auge schauen konnte, Birkenwälder in einer leicht ansteigenden Böschung nach oben ausbreiteten.

Es dauerte nicht mehr lange, bis er sein erstes Etappen-Ziel erreichte. Wieder hörte er ein Rauschen von Wasser. Das musste die Einmündung vom Seiten-Fluss sein, die ihm Jack auf der Karte beschrieben hatte. Wieder musste alles schnell und kontrolliert geschehen, denn einmal vorbeigefahren hieße, Anlegestelle verpasst und bis zur nächsten Möglichkeit weiterpaddeln. Das Problem war nur, dass es zum Fischfang einfacher an den seitlich einmündenden Flüssen in den Teslin war als auf dem Teslin selber.

Mit einem kräftigen Bogenschlag, gefolgt von einem Zielschlag des Paddels, brachte Jonas sein Kanu in das Kehrwasser, welches sein Boot in die entgegengesetzte Richtung der Strömung brachte. Mit ein paar gezielten Steuerschlägen navigierte er sich mit dem Kanu ans Ufer des kleinen einmündenden Flusses.

Der Bug des Kanus bohrte sich in die Kiesbank, als Jonas aus dem Boot sprang und das Bug-Seil packte, an dem er das Kanu aus dem Wasser zog. Aila blieb solange auf ihrem Platz am Bug sitzen, bis Jonas ihr das Kommando zum Aussteigen gab. Erst jetzt sprang sie mit einem Satz aus dem Kanu und schnupperte mit der Schnauze jeden Zentimeter am Boden ab. Dann gab sie Entwarnung, indem sie sich auf den Boden legte und ihre Schnauze auf die Pfoten legte.

Jonas packte aus seinem Gepäck ein Leinensegeltuch aus und spannte es zwischen drei mittelgroße Birken, sodass er bequem darunter sitzen konnte und, falls ein Regen kam, er von oben im Trockenen saß.

Nun saß er hier irgendwo mitten in der Wildnis von Kanada, auf sich gestellt. Ohne bestimmte Vorstellungen oder Erwartungen. Nur mit dem Wissen, erst den Teslin und dann den einmündenden Yuko bis nach Alaska runter zu paddeln. Warum hatten

Sönke und Jack das für ihn geplant, ihn darauf vorbereitet? War es wirklich nur so, wie sie immer sagten, damit er sich finde, er dachte zu wissen, wer er war. ,Oder steckt mehr dahinter?', fragte er sich, als er am Feuer saß und in die Wildnis Kanadas schaute, während er an einem Stück Dachsschinken kaute.

Nachdem er seinen kleinen Snack vertilgt hatte, holte er seine Angelrute aus dem Kanu und verknotete einen Blinker an der Schnur. „Aila, bei Fuß! So ist ein Braver, bist mein Bester!" Dann liefen sie über den lauwarmen Kies zu dem einmündenden Fluss und stellten sich genau an die Uferböschung, bei der der kleine Fluss in den Teslin floss.

Gedankenversunken blickte er den kleinen Fluss stromaufwärts, der sich in der Tiefe der Wildnis verlor.

Alles schien stillzustehen, als Runa, wie eine Metapher, auf einmal vor ihm stand. Mit ihren wundschönen langen schwarzen Haaren und ihren kastanienbraunen Augen, in denen sich die smaragdfarbigen, verschiedenen Grün-Töne im Sonnenlicht widerspiegelten. Immer wenn Jonas in ihre Augen blickte, stärkten diese tiefen, in sich schlummernden Augen seine durch Kummer und Schmerz geplagte Sichtweise des Lebens. Er spürte das erste Mal, wie es sich anfühlte, wenn Sönke sich mit Jack verband, obwohl sie sich nicht gegenwärtig gegenüber waren. Jonas erinnerte sich, wie sie in Norwegen zu ihm sagte: „Denke immer daran, wenn du eine Angel auswirfst, wirf sie ins Kehrwasser. Dort halten sich die Rauschfische meistens auf, um sich die kleineren Fische aus der Strömung zu erbeuten."

Er hatte das Gefühl, dass Runa ganz real neben ihm stand. Er konnte ihren süßlichen, liebenden Duft riechen. Es war eine Verbindung wie mit einem Geist.

Er spürte ihre zarten Hände, die sie um die seinen und die Angelrute legte, und mit ihm den Köder in die Strömung warf. Kurz darauf gab es einen starken Ruck an der Rute und sie bog sich durch. Jonas wachte von dem Geist Runas auf, gab der Angelrute einen Anhieb, sodass sich der Köder mitsamt dem Haken ins Maul des Fisches bohrte. Kurz darauf sprang der Fisch aus dem Wasser, um dann wieder mit seiner Flanke auf der Wasseroberfläche zu landen, und dann im Anschluss wieder tief abzutauchen. Jonas holte die Angelschnur ein, indem er gleichmäßig und ruhig an der Angelrolle kurbelte. Als sich die Rute zu sehr durchbog, löste er etwas die Bremse an der Rolle und kurbelte langsamer weiter, sodass die Schnur stetig unter Spannung war. So konnte sie zum einen nicht reißen und zum anderen blieb der Haken im Maul seiner Beute in Position. Dieses Wechselspiel zwischen Schnur geben und einholen machte er einige Male, bis der Fisch vom Todeskampf müde wurde und sich die Rute immer weniger durchbog. So geschickt der gefangene Fisch auch versuchte, sich durch Schwimmmanöver von dem Haken zu befreien, war sein Schicksal schon besiegelt.

Jonas stieg etwas in das seichte Uferwasser, um mit zwei gekonnten Griffen den Fisch in den Kiemen zu packen und ans Ufern zu bekommen.

Eine Poläräsche hatte er am Hacken, die mit ihrem graugrünen bis bläulich schimmernden Rücken, welcher durch einen leuchtenden silbrig-weiß gefärbten, mit messingschimmernden Längsstreifen an der Bauchseite umrandet war, ein Wunder der Natur darstellte. Kleine dunkelfarbige Punkte, die sich am Vorderkörper befanden, ließen sie sich im ersten Moment als eine Forelle einordnen. Jedoch durch die purpur gefärbte und dunkel gefleckte Rückenflosse, die einer Fahne glich, welche am Saum einen rötlichen Schimmer hatte, war die Poläräsche unverwechselbar.

Er löste den Hacken aus ihrem Maul und legte die Angelrute zur Seite. Während er den in seinem letzten Todeskampf zappelnden Fisch auf den Kies drückte, schlug er mit einem Holzknüppel dem Fisch einige Male auf das Haupt. Langsam verschwand das Leben aus seinen Augen, bis das Augenlicht einen aschfahlen-Ton hatte.

Er kniete sich vor seine erlegte Beute und schloss seine Augen. Jonas atmete bewusst tief ein und aus, um sich zu sammeln. Er legte seine rechte Hand auf den Körper des Fisches und bedankte sich für seinen Tod, dass er etwas zu essen hatte. „Petri heil, mein Fisch", sprach er bedacht und achtsam aus.

Nachdem er sein Ritual der Achtung vor der Beute beendet hatte, schlitzte er dem Fisch den Bauch auf, entnahm die Gedärme und warf sie in die Strömung, sodass andere Lebewesen sich dran nähren konnten.

Mit etwas Butter und Gewürzen legte er ihn in eine Folie ein, verschloss diese so, dass kein Fett oder Fischsaft entgleiten konnte, und legte ihn in die noch vorhandene Glut. Am liebsten hätte er noch weitere Male die Rute in die Strömung geworfen, um diesen Adrenalin-Kick zu bekommen mit dem Wechselspiel des Todeskampfes eines Fisches. Jedoch hatte er die Achtung vor den Gesetzten der Natur, die ihn Sönke gelehrt hatte. ‚Nur das aus der Natur zu entwenden, was wir brauchen, um zu überleben.'

Ganz bewusst aß er den fertig gebratenen Fisch, indem er sich beim Essen auf den Geschmack des leckeren weißen Fischfleisches konzentrierte und sich vorstellte, wie der für ihn gestorbene Fisch die Jahre und Gezeiten, wie Sommer und Winter, in diesem Gewässer für ihn heranwuchs. Er holte sich ins Bewusstsein, dass die Äsche ungefähr drei Jahres-Zyklen durchlebt hatte. Und er stellte sich in seiner Fantasie vor, wie die verschiedenen Jahreszeiten wohl gewesen waren, in denen der Fisch in dem Fluss lebte.

Müde von der Paddel-Etappe, aber gleichzeitig vollkommen zufrieden mit der Welt, legte er sich unter sein aufgespanntes Segeltuch zwischen den drei Birken. Auf seinen ausgebreiteten, aus

Fellen genähten Mantel, den er sowohl als Schlafsack als auch als Mantel in kalten Tagen benutzen konnte, und mit dem Wissen, dass Aila über ihn wachen würde, schlief er selig, tief und fest ein.

Jonas musste sehr lange geschlafen haben, denn als er wieder aufwachte, war es dunkel geworden. Die Sterne leuchteten am wolkenlosen Himmel und noch nie zuvor konnte er die Milchstraße der Sterne so klar erkennen. Hier beinhaltete sie weitaus mehr Sterne und eine leuchtende Kraft als dort, wo er sie bis jetzt beobachtete. ,Doch was liegt da in der Luft?', fragte er sich. Weit über dem Bergkamm, am anderen Ufer des Teslin, stiegen rote Funken in den Himmel empor, welche nach einer gewissen Zeit verloschen. Nun wurde auch Aila unruhig und fing an zu winseln. Jetzt nahm er einen rauchigen Geruch wahr und hörte lautes Krachen, wie Kanonendonner. Plötzlich schien der ganze Bergkamm zu leuchten. Als er sein Fernglas nahm, um den Bergkamm auszukundschaften, der seiner Abschätzung nach gute fünfzehn Kilometer entfernt schien, lief es ihm eiskalt den Rücken runter. Ein Waldbrand, mit einer Breite von gut zehn Kilometern, raste über ein Bergmassiv wie eine Walze ins Tal und riss alles mit sich, was sich ihm in den Weg stellte. Mit seinem Fernglas konnte er gut erkennen, wie es die riesigen Baumstämme, durch die schnelle Hitze in sich, regelrecht zerriss. Als die Feuerwalze hinter der davor stehenden Hügelkette, die niedriger war, verschwand, wartete Jonas darauf, dass die Feuerwalze sich jeden Moment wie eine Welle über den nächsten Kamm wälzen würde. Aber es blieb aus.

Nur eine riesige Wolke aus schwarzem Rauch stieg hinter der letzten Hügelkette empor, welche sich zwischen ihn und den Teslin River stellte.

Erst jetzt wurde ihm klar, in welcher Gefahr er sich befand, wenn sich der Waldbrand über die letzte Hügelkette weiter ausbreiten und durch den Wind über die Barriere des Flusses zu ihm übergreifen würde.

Ab diesem Moment machte er in dieser Nacht kein Auge mehr zu, um jederzeit ins Kanu springen zu können, um sich vor den Flammen zu schützen.

Zum Sommer hin wurden die Nächte immer kürzer, bis die Sonne im Juli gar nicht mehr unterging.

So dauerte es in dieser Nacht nicht lange, bis es wieder hell wurde.

Er verstaute seine Sachen im Kanu und versuchte, sein Nachtlager so gut es ging, so zu hinterlassen, wie er es vorgefunden hatte.

Bei den ersten Paddelschlägen brannten ihm die Oberarmmuskeln von der vergangenen Tagesstrecke. So als wäre er ein eingerostetes Getriebewerk, quälte er sich die ersten Kilometer flussabwärts. Der Fluss, der sich immer weiter durch die Weiten Kanadas schlängelte, trug Jonas mit seinem Kanu wie ein kleines Stück Treibholz mit sich. Ein grauer Schleier, weit oben am Himmel, verhinderte, dass die Sonne ihr Gesicht zeigen konnte. Jonas war sich bewusst, dass es der Rauch vom Waldbrand war, der sich in die höheren Atmosphärenschichten gezogen hatte.

Am dritten Tag fing es an zu nieseln und Jonas stellte zu seinem Erstaunen fest, dass der Nieselregen Asche mit sich trug. Zum Teil regnete es sogar verbrannte Tannennadeln, welche binnen kürzester Zeit sein Kanu und alles darin Befindliche mit einem Aschefilm überzogen.

Je mehr er sich der Einmündung vom Teslin in den Yukon näherte, desto schlechter wurde die Luft. Teilweise zogen Rauchschwaden dicht über die Wasseroberfläche hinweg, sodass er sich ein feuchtes Tuch vor den Mund binden musste, um sich vor dem Qualm zu schützen.

Am rechten Ufer sah er das Ausmaß des Brandes. Alles war verkohlt, nichts, aber auch gar nichts stand mehr, außer verbrannten Baumstümpfen. Die Erde schien jetzt noch zu glühen, denn teilweise stieg hier und dort noch Qualm auf.

Er musste sich wohl hier im Gebiet befinden, in dem der Waldbrand gewütet hatte. Laut seiner Karte bewegte sich der Fluss durch jenes Gebiet, das er in seiner ersten Nacht mit dem Fernglas beobachtete, als die Feuerwalze über die Bergkette raste. So weit das Auge reichte, war alles verbrannt, die Farbenpracht des Frühlings war erloschen. Durch eine scheinbare Totenstille sowie durch eine absolut leblose Landschaft steuerte er sein Kanu.

Noch nie in seinem Leben nahm er den Regen so intensive wahr wie an diesem Tag. Die Regentropfen, in Verbindung mit der Stille nach dem Waldbrand und dem zerstörerischen Ausmaß, bildeten mit der Zeit eine phonetische, klangmäßige, ja fast meditative Stimmung in Jonas.

So erkannte er, dass manchmal etwas im Leben erst total zerstört werden muss, damit sich etwas Neues aufbauen kann. Es fiel ihm wie Schuppen von den Augen, und nun verstand er Sönke und Jack, warum sie darauf hin gearbeitet hatten, dass er diese Reise antreten sollte, warum Runa ihn hat ziehen lassen, in die Reise zu sich selbst. Der Waldbrand zeigte ihm seine Vergangenheit auf, an der er immer noch festhielt. An jenem Schmerz und jener Enttäuschung, die er durch Sofia und seine Eltern erfahren hatte. Mit einem Male sah er nicht nur den Schmerz oder die Enttäuschung, sondern erkannte auch ein Quäntchen Verbindung zu den gemeinsamen schönen, liebevollen und geborgenen Momenten.

Er erkannte den Unterschied zwischen der Realität und seinen Ängsten, indem er sich seine Hoffnungslosigkeit über die Enttäuschung offenbarte. Je tiefer es schien, dass ihn der Fluss von all dem wegtrug, desto mehr konnte er loslassen.

Trotz all dieser Gedanken versuchte er immer wieder, Trost im Schatten der Stille zu finden.

Sicherlich würde es lange Zeit dauern, bis sich dieses verbrannte Gebiet wieder mit Leben füllen würde. Bis wieder Bäume und

Blumen atmen könnten. *Der Unterschied zwischen der Natur und dem Menschen besteht darin*, dachte sich Jonas, *dass der Mensch mehr denkt, bevor er handelt. Andersrum in der Tier- und Pflanzenwelt, dort geht es nur ums Überleben. Das Denken steht mehr im Hintergrund. Die Natur denkt aus Erfahrungen heraus, eignet sich Verhalten an, welche sie weiterbringt. Im Gegensatz zum Menschen, der gerne in seiner Vergangenheit steckenbleibt.*

Es wird nicht lange dauern, dann werden hier die ersten Vögel drüber fliegen und in ihrem Kot, den sie hier entleeren werden, werden sie neue Samen von anderen Bäumen mitbringen. Auf diesem nahrhaften Boden durch den Kot der Vögel werden neue Bäume und Blumen wachsen und die Tierwelt wird wieder zurückkehren.

Würde aber die Natur im Alten festhalten, hätte sie Angst, sich hier anzusiedeln.

In Jonas breitete sich einen Balance zwischen den beiden Erfahrungen von Schmerz und Geborgenheit aus.

„Du bist einen großen Schritt weitergekommen", sagte eine Stimme zu Jonas.

„Wie meinst du das?", fragte Jonas den alten Mann, der am Bug neben Aila, wie aus dem Nichts, gekommen war. Seine vertraute Stimme machte ihm mittlerweile keine Angst mehr, sie gehörte zu ihm, als würde sie schon immer in seinem Leben gewesen sein.

„Du hast die Gabe, dein Ich gut zu reflektieren. Das können die wenigsten. Bei den meisten Menschen tue ich mich schwer, überhaupt zu ihnen vorzudringen. Die ich aber mit viel Aufwand erreiche, rufen mich oft um Hilfe, aber es schaffen wenige, meinen Rat umzusetzen, weil sie immer wieder an ihrem Muster festhalten."

„So ganz verstehe ich dich nicht, alter Mann. Was mache ich denn so anders?"

„Du hast dir eines bewahrt, mein Junge, du hast dir die Verbindung zu der Natur aufrechterhalten. Ein großartiges Geschenk, das dir deine Mutter in deiner Kindheit nahegebracht hatte."

Jonas senkte den Kopf für eine Weile und schwieg, Tausende von Gedanken von seiner Mutter schossen ihm durch den Kopf, wie sie ihn geschlagen hatte. Oder als er ins Internat abgeschoben wurde.

Als ob der alte Mann Jonas' Gedanken lesen konnte, fuhr er fort:
„Sieh es wie den Waldbrand in diesem riesigen Ausmaß, und doch im Verhältnis zu der Fläche von Kanada als winzigen Fleck an. Du hast zwei …"

Der alte Mann kam nicht mehr zu Wort, Jonas unterbrach ihn:
„… Möglichkeiten. So wie die Natur hier. Aus Angst, nichts mehr zu säen, im Zorn und Misstrauen zu bleiben, oder zu vertrauen und auf der neuen Erde hier etwas Neues wachsen zu lassen. Habe dich schon verstanden, alter Mann", beendete Jonas, in einem demütigen Ton, des alten Mannes Satz.

„Besser hätte ich es dir auch nicht erklären können", schmunzelte er in seinen grauen Bart.

„Trotzdem ist da aber noch eine Sache offen. Der Gedanke daran tut weh und ich kann ihn nicht ausschalten."

„Du musst ihn auch nicht aushalten, es liegt nur an dir, wie viel Macht du ihm gibst, über dein Denken, verstehst du, Junge? Würde die Natur oder würden die Tiere dem Gedanken der Angst oder Enttäuschung so viel Macht einräumen wie die Menschen, könnte zum Beispiel keine Hirschkuh ein Kalb mehr gebären, denn sie würde ständig in der Angst und mit den Erfahrungen leben, dass die Wölfe es ihr nehmen könnten. Aber der Unterschied zu den Menschen ist, dass die Natur aus bitteren Erfahrungen lernt, vorsichtiger zu sein, jedoch der Angst nicht die Macht gibt, sonst könnten sie nicht überleben. Denn ständige Angst macht blind. Und Blindheit kennt keine Gnade. So einfach ist das."

„Das würde ja bedeuten, alter Mann, Gedanken schaffen Realität."

„Es ist deine Entscheidung, Jonas, ob es das nur bedeutet oder es die wird in deinem Leben."

Kurz darauf verschwand der alte Mann von Jonas' Bildfläche und Jonas war mit Aila und seinem Kanu wieder alleine in den Weiten Kanadas unterwegs. Jedoch nahm er wahr, dass er durch seine Bewusstseinsveränderung, mit allem verbunden zu sein, nie mehr alleine sein würde. Dieses neue frische Gefühl, schien sich wie ein gesätes Samenkorn in seinem Körper auszubreiten.

Trotz präzisen Markierens und Kontrollierens seiner Tagesetappen auf der Landkarte, verlor er das Zeitgefühl. Immer mehr stand die Sonnen senkrecht am Horizont und ging somit immer weniger unter. Der Teslin mündete in den Yukon ein und er näherte sich den ‚five finger rapits.', einer grandiosen Felsformation, welche mitten im Yukon den Wassermassen trotzte.

Er steuerte sein Kanu an die rechte Uferböschung, um an Land zu gehen. Jack hatte ihn immer wieder ermahnt, dass er sich erst einen Eindruck über die Lage verschaffen sollte. Er band das Kanu an einen Baumstamm und gab Aila ein Kommando: „Voran, Aila!"

Mit einem Satz sprang sie an die Böschung, folgte ihm, ohne nur einen Augenblick die Umgebung aus den Augen zu verlieren.

Durch einen kleinen Birkenwald gelangte er mit Aila auf einen Felsvorsprung, der ihm einen Einblick über die Fluss-Passage gab.

Ein Wanderfalke kreiste im Aufwind an der gegenüberliegenden Uferseite der Felswand.

Aus unzähligen Büchern, in denen Jonas im Internat sich in der Bibliothek belesen hatte, wusste er, dass der Wanderfalke ein Kosmopolit ist und bis auf die Antarktika alle Kontinente besiedelte. Als er die atemberaubenden Felsformationen der Five Finger Rapits betrachtete, mit ihrer steilen Gebirgslandschaft, war ihm klar, warum sie eine hervorragende Brutstätte für diese Falken war. Viele kleine sowie mittelgroße Vögel holten sich hier am Ufer des Yukons Nahrung. Das Wasser war an dieser Stelle durch die fünf Felsen, die wie Finger mitten aus dem Yukon herausragten, durch die verwirbelten Wassermassen mit Sauerstoff angereichert. Deshalb hielten sich hier sehr viele Fische auf, die auf dem Speiseplan der Möwen standen. Durch das große Fischangebot für die Möwen gab es dadurch einen großen Nachwuchs von jungen, geschlüpften Möwen, welche eine beliebte Beute des Falken waren. Hier konnte man den Lebenskreislauf sehr gut beobachten und konnte feststellen, dass nur die Stärksten überlebten. Wer zu schwach war oder krank, war als Beute für den Feind gedacht im Sinne der Schöpfung. Jonas sah einen Falken in größerer Höhe kreisen und auf Beute Ausschau halten. Der Falke musste einen unter ihm entlangfliegenden Vogel erspäht haben, denn er ging in einen Steilflug über, legte die Flügel an, während die Steuerung mit den Daumenfittichen erfolgte.

Mit ungeöffneten Füßen versetzte er der Beute, bei einer Spitzengeschwindigkeit bis zu vierhundert Kilometern pro Stunde, einen Schlag. Jonas wusste, dass nur durch den Aufprall alleine die Beute meistens schon tot war. Nachdem er an seiner Beute, die, wie Jonas erkannte, eine Taube war, vorbeiflog, um in einer kurzen Kurve zurückzukehren, beobachtete Jonas mit seinem Fernglas, dass die Taube noch am Leben war. Es schien jedoch, dass der Falke ihr den rechten Flügelknochen zerschmettert haben musste, da sie nur noch mit dem linken Flügel versuchte, durch einen unkontrollierten Fluchtflug zu entkommen. Mit einem gezielten Genickbiss, indem er seinen scharfen, spitzen Schnabel ins Genick der Taube schlug, tötete der Falke die Taube, griff sie geschickt mit seinen Fängen, indem er seine Krallen in den Körper bohrte, und flog mit seiner Beute in seinen Horst. Jetzt verstand Jonas, warum die Stärke

des Falken der Überraschungsangriff aus dem „toten Winkel"
auf die Beute war.

Jonas setzte sich an die Felskante und ließ seine Füße zum Yukon runterbaumeln.
Er stellte sich vor, wie hier vor hundert Jahren das Schiff, die
Klondike, mit ihren dampfangetriebenen Wasserrädern, sich
durchs Wasser hochstampfte. Wie präzise der Kapitän sein Schiff
zwischen die zwei Felsformationen manövrieren musste, war ein
Akt der Akrobatik.

Immer wieder schaute er sich die Stromschnellen genau an, bevor er sich dann auf den Weg zu seinem Kanu machte. Er verstaute und verschnürte all sein Hab und Gut mit einem Seil am
Boot, um sicherzugehen, dass durch die starken Stromschnellen
nichts über Bord ging.

Mit einigen kräftigen Paddelschlägen brachte er sein Kanu in
die Strömung, die ihn direkt zwischen die zwei Felsen durch
die Stromschnellen schaukelte. Das Wasser spritzte Aila, die am
Bug saß, ins Gesicht. Sie schien es trotz des heftigen Schaukelns
zu genießen. Nach einigen Minuten war das Spektakel vorbei,
aber Jonas' Herz raste immer noch. Sein Adrenalin ließ sein Blut
durch die Adern schießen, sodass er es an seiner Halsschlagader
pulsieren hörte.

Zum Glück wurde die Strömung langsam ruhiger, denn sein
Kanu hatte einiges an Wasser abbekommen. Die Kartoffeln, die
aus der Holzkiste durch Schläge der Wellen backbordseitig herausgefallen waren, schwammen im Kanu hin und her.
Endlich kam eine Kiesbank, die Jonas ansteuern konnte. Durchnässt stieg er aus dem Kanu und zog es aus dem Wasser auf die
Kiesbank.

Nachdem er die Kartoffeln eingesammelt hatte, legte er sie zum
Trocknen in den Kies. Nun inspizierte er die Kiesbank, packte

seine Sachen aus dem Kanu und drehte es um, damit das Wasser herausfloss.

Danach richtete er das Kanu wieder so aus, dass er jederzeit die Insel verlassen konnte, verstaute alle Dinge und verschnürte sie zusätzlich an den Haken der Außenseite.

Kurz darauf entzündete er ein kleines Feuer zwischen einigen größeren Steinen, die er in einen Kreis gelegt hatte, legte seinen Bibermantel aus und machte es sich vor dem Feuer gemütlich. Einen Teil der Glut schob er auf einen kleinen Haufen neben seiner Feuerstelle, in die er drei Kartoffeln legte.

Das Sonnenlicht verschwand hinter dem letzten Bergmassiv am Horizont, als Jonas zwei Wölfe in ungefähr hundert Metern Entfernung sitzen sah. Es schien, dass sie ihn schon eine Zeitlang regungslos beobachteten.

Ihr grau-schwarzes Fell glitzerte in den letzten Sonnenstrahlen.

Jonas fühlte sich in dieser endlosen Wildnis mit den Tieren in einer Verbundenheit, so als wäre er ein Teil des Ganzen geworden.

Er nahm sich nur das aus der Natur, was er benötigte, um zu überleben, und wusste, solange er mit diesem Respekt der Natur gegenübertrat, brauchte er keine Angst zu haben, dass sich die Natur an ihm rächen würde.

Hier wurde ihm klar, was der alte Mann ihm immer wieder sagen wollte. Nur wenn er an sich glaubte und seine eigenen Entscheidungen treffen würde, sich nicht für Anerkennung oder Liebe von anderen abhängig machte, könnte er seinen eigenen freien Weg gehen. Eines Nachmittags, als er mal wieder eine Pause einlegte, holte er sich einen Bogen Papier und einen Stift aus seinem Seesack. Nun war er so weit, einen letzten Brief an seine Familie zu schreiben. Seine Entscheidung lag fest, er würde zu Runa und Sönke zurückgehen.

Liebe Eltern und meine lieben Geschwister,
da mir bewusst geworden ist, dass ich niemals euren Nor-
men eurer Gesellschaft entsprechen werde, habe ich mich
entschlossen, meinen eigenen Weg in meinem Leben zu
suchen. Hier in der Wildnis von Kanada habe ich mei-
ne ersten Schritte zu mir selber gefunden. Dank mancher
Menschen, die mir in dieser Zeit auf dem Weg dorthin be-
gegnet sind, habe ich erkennen dürfen, dass nicht ich ver-
kehrt bin, sondern es vielmehr daran lag, dass ihr in eurem
Sohn und Bruder gerne einen anderen Menschen gesehen
hättet. Ich bin euch deswegen nicht böse oder wütend für
das, was geschehen ist. Ich bin auch nicht traurig über vie-
les, was ich im Internat über mich ergehen ließ. Im Ge-
genteil, ich bin dankbar dafür, denn ohne diese Erfahrung,
die ich durch euch gemacht habe, wäre ich heute nicht hier
mit meiner Erkenntnis. Ich bin mir auch bewusst, dass ihr
all das nicht aus Boshaftigkeit mir gegenüber getan habt.
Heute weiß ich, dass ihr aus bestem Wissen und eigenen
Erfahrungen so gehandelt habt. Ich weiß auch, dass ihr
mich auf eure Weise geliebt habt. Trotz all dem will ich
euch schreiben, dass ich nicht gegangen bin, um euch weh-
zutun, sondern vielmehr, um eines Tages zurückzukom-
men, damit wir gemeinsam einen Weg, für einen neuen
Anfang, finden werden.

Jonas faltete den Brief und steckte ihn in einen Umschlag, um ihn bei der ersten Gelegenheit auf einem Postamt wegzuschicken.

Er war nun schon über acht Wochen alleine unterwegs, aber hatte keineswegs das Gefühl, dass ihm irgendetwas fehlen würde.

Der einzige Mensch, den er vermisste, war Runa. Vor zwei Wochen hatte er das Territorium Yukon verlassen, fuhr nun den Yukon River weiter ins Alaska-Territorium und befand sich kurz vor dem Flussdelta an der Nordwestküste Alaskas, das in die Beringsee mündet. Er hatte nun an die dreitausend Kilometer hinter sich gebracht. Er hatte den Takhini River, White River und viele mehr der atemberaubenden Flüsse, die in den Yukon münden, passiert.

Als er in das Yukon Delta National Wildlife Refuge, mit einer Größe von siebenundsiebzigtausendfünfhundertfünfzig Quadratkilometern, ankam, formten die Deltas der beiden Flüsse ein von Seen, Flüssen und Tümpeln durchzogenes Tundra-Flachland. Im Hinterland des Feuchtgebiets konnte er erkennen, dass die Landschaft in Hügel mit Baum- und Strauchbewuchs und Bergen mit einer geschätzten Höhe von tausend Metern sich ausbreitete.

Er erreichte die Koordinaten zweiundsechzig Grad fünfunddreißigfünfundfünfzig Nord.

Hier musste er sein Lager aufschlagen und auf Jack warten, mit dem er vor zwei Monaten ausgemacht hatte, dass sie sich hier treffen würden.

Als auch nach dem vierten Tag keine Cessna am Himmel zu sehen war, wurde Jonas nicht unruhig. Durch seine lange Reise zu sich selbst, die vergangenen Wochen, vertraute er darauf, dass Jack kommen würde.

Am darauffolgenden Morgen spürte er, dass Aila unruhig wurde, immer wieder flussaufwärts schaute und die Nase in den Wind steckte.

Jonas hatte sich gerade einen Hecht zum Mittagessen geangelt, als er Motorgeräusche am Horizont wahrnahm. Schnell legte er einige grüne Tannenäste auf das Lagerfeuer, um ein Rauchsignal zu senden.

Kurz darauf donnerte Jack mit seiner einmotorigen Cessna über ihn hinweg, winkte mit den Flügeln und drehte eine steile Kurve, um gegen die Strömung zum Landeanflug überzugehen.

Geschickt manövrierte Jack sein gelandetes Flugzeug über die Wasseroberfläche in den geschützten Seitenarm, des Delta-Dreiecks, öffnete die Cockpit-Tür und sprang von der Kufe ans Land. Jonas half ihm, das Flugzeug mit einem Tau, welches an einer

Kufe befestigt war, an die Uferböschung zu ziehen, und den An-
ker an der anderen Seite des Taus hakte er in den Boden.

Sie umarmten sich herzlichst und genossen den gerade fertig gebratenen Hecht. Jack packte zwei Dosen Bier aus und warf
eine, mit einem Grinsen im Gesicht, Jonas zu. Jonas brach das
Schweigen, während er über die Wasseroberfläche schaute.

„Liebe ist etwas, was sich einfach verstecken lässt, aber schwer
zu töten ist. Ich werde nicht mehr nach Deutschland gehen."

Jack schwieg, während er in Jonas' Richtung blickte.

„Ich werde zu Runa zurückgehen, das ist mein Zuhause. Ich
habe, durch die Zeit mit Sönke, dir und bei meiner Reise zu
mir selbst, erkannt, Jack, dass ich mich von Menschen fernhalten
muss, die mich nicht so sehen, wie ich bin. Und dass man nicht
viel braucht im Leben, um glücklich zu sein.

Ich will diese Wegwerfgesellschaft und den Konsum nicht, der
einen in Deutschland erwartet. Hier oder bei Sönke in Norwegen besteht das Leben aus dem Tun, um etwas zum Essen zu haben. Und nicht daraus, sich Luxusgüter anzuschaffen, die einen
in eine Abhängigkeit bringen."

Nach einer kurzen Pause, in der er in sich zurückgezogen war,
fügte er noch hinzu:

„Ich sehe mehr Erfüllung, das zu säen, was ich ernte, als dafür
zu arbeiten, um mir es teuer kaufen zu müssen, was mich nicht
erfüllt."

DIE REISE NACH HAUSE

Der Wind in den Baumwipfeln und ein Adlerschrei hoch hinauf im weiten Blau ein stilles, weißes Wolkenschiff. Ich träume von einer Frau. Ich träume von einer Geborgenheit. Das weite Blau des unendlichen Himmels ist die Wiege einer Sehnsucht die sucht, darin gestillt zu werden so wie der Leib jener Mutter, in der ich lag.

Nachdem Jonas Kanada hinter sich gelassen hatte und sich auf dem schnellsten Rückweg nach Bergen befand, um zum Haus von Sönke zu gelangen, hoffte er, Sönke noch einmal zu sehen. Jack hatte ihm erzählt, dass es Sönke wohl gesundheitlich sehr schlecht ginge und es sein könnte, dass er stirbt.

Runa hatte in der Zeit, als Jonas die Weiten Kanadas durchstreifte, ihr Agrarstudium abgeschlossen und war auf den Hof ihres Onkels zurückgekehrt, um den Hof zu übernehmen.

Noch einmal nahm er die drei Steine, die ihm der alte Mann im Zugabteil gegeben hatte, aus seiner Hosentasche und ließ den Kalkstein immer wieder durch seine linke Hand gleiten. Dann erinnerte sich Jonas wieder an die Worte des alten Mannes, *der zweite Stein, ist ein Kalkstein, seine Bedeutung wird dich in deiner Heimat klar werden lassen, dass du im Begriff bist, einen wichtigen Menschen in deinem Leben zu verlieren, wenn du nicht bereit bist, dein Herz offen zu lassen. Und deine Mauern wieder hochziehen wirst.*

Nun war im klar, dass er eines Tages, diese Erfahrung in Deutschland, noch vor sich haben würde.

HERZ FUR AUTOREN A HEART FOR AUTHORS À L'ÉCOUTE DES AUTEURS MIA KAPΔIA ΓIA ΣYΓΓ
RTA FÖR FÖRFATTARE UN CORAZÓN POR LOS AUTORES YAZARLARIMIZA GÖNÜL VERELIM SZ
PER AUTORI ET HJERTE FOR FORFATTERE EEN HART VOOR SCHRIJVERS TEMOS OS AUT
ZOINKERT SERCE DLA AUTORÓW EIN HERZ FÜR AUTOREN A HEART FOR AUTHORS À L'ÉCOU
AO ВСЕЙ ДУШОЙ К АВТОРАМ ETT HJÄRTA FÖR FÖRFATTARE Á LA ESCUCHA DE LOS AUTO
MIA KAPΔIA ΓIA ΣYΓΓPAΦEIΣ UN CUORE PER AUTORI ET HJERTE FOR FORFATTERE EEN
ARIMIZA GÖNÜL VER SERCE DLA AUTORÓW EIN HERZ FÜ
SCHRIJVERS TEM ВСЕЙ ДУШОЙ К АВТОРАМ ETT HJÄRTA FÖ

Der Autor

Der Autor, Mischa Schlemmer, geboren 1967 in München, weist nach seiner schulischen Laufbahn einen vielseitigen beruflichen Werdegang auf. Zunächst tätig als Koch, arbeitet er später als Bankkaufmann und in den letzten Jahren als Physiotherapeut mit traumatisierten Menschen. Seine Lieblingsbetätigungen sind das Kochen, Jagen und der Sport. Sein Lebens-Motto ist, nie den Glauben an das Gute zu verlieren. Er ist verheiratet und hat zwei Kinder.

Der Verlag

*Wer aufhört
besser zu werden,
hat aufgehört
gut zu sein!*

Basierend auf diesem Motto ist es dem novum Verlag
ein Anliegen, neue Manuskripte aufzuspüren, zu veröffentlichen und deren Autoren langfristig zu fördern.
Mittlerweile gilt der 1997 gegründete und mehrfach
prämierte Verlag als Spezialist für Neuautoren in
Deutschland, Österreich und der Schweiz.

**Für jedes neue Manuskript wird innerhalb
weniger Wochen eine kostenfreie, unverbind-
liche Lektorats-Prüfung erstellt.**

Weitere Informationen zum Verlag und
seinen Büchern finden Sie im Internet unter:

www.novumverlag.com